ANSELM NEF

HELDEN in SCHNABELSCHUHEN

ANSELM NEFT

HELDEN in SCHNABELSCHUHEN

Roman

Knaus

MIX
Papier aus verantwortungsvollen Quellen
FSC® C014496

Verlagsgruppe Random House FSC® N001967
Das für dieses Buch verwendete FSC®-zertifizierte Papier
Super Snowbright liefert Hellefoss AS, Hokksund, Norwegen.

1. Auflage

Satz: Uhl + Massopust, Aalen
Druck und Einband: GGP Media GmbH, Pößneck
Printed in Germany
ISBN 978-3-8135-0561-0

www.knaus-verlag.de

Es gibt ein richtiges Leben im falschen!

Katja Stappen

1. KAPITEL

Helmut Schmidt starrte missmutig durch die Windschutzscheibe auf Bonn. Alles sah so klein aus, so bedeutungslos, so anders als in den Tagen, in denen er von hier aus die Geschicke des Landes bestimmt hatte. Das Regierungsviertel: ein Witz. Der Posttower: obszön. Die Menschen, an denen er vorbeirollte: ein Trauerspiel.

Am Bertha-von-Suttner-Platz ließ er seinen Fahrer halten, setzte seine Sonnenbrille auf, stieg aus und betrat die Fußgängerzone. Auch hier hatten die Bonner ganze Arbeit geleistet. Soweit das Auge reichte: nur H&M, Pizza Hut, Subway und Backfabrik. Selbst das 200 Jahre alte »Hähnchen« hieß jetzt »Starbucks«. Wo früher Männer und Frauen bei Kölsch und Käsewürfeln über Politik diskutiert hatten, twitterten nun geklonte Milchbärte dumpfen Blickes vor sich hin. Schmidt wünschte sich gerade die RAF zurück – da hatte er es wenigstens noch mit interessanten Idioten zu tun gehabt –, als er die groß gewachsene junge Frau auf sich zukommen sah. Wieder einmal konnte der Altkanzler nicht anders, als ihre Erscheinung mit konzentriertem Blick in sein Innerstes zu saugen: wie ihre frech geschwungenen Lippen den ernsten Hornbrillenblick betonten und zugleich Lügen straften. Wie die langen, glatten, dunkelbraunen Haare im Licht des Maiabends auf die grüne Lederjacke fielen.

Schmidt fühlte sich schlagartig so, als hätte er eine Nase genommen. Sein Altersmissmut wich dem Wunsch, noch einmal jung zu sein und mit Katja Stappen in der Küche ihrer WG zu sitzen, Rotwein aus Kaffeetassen zu trinken und über Politik zu sprechen, als hinge alles davon ab. Was zum Teufel ging da in ihm vor? Schnappte er bald doch noch über wie so mancher Kollege?

Schmidt kannte sich nicht als Lustgreis. Er hatte schon viele schöne Frauen gesehen, ohne je einen solchen Firlefanz zu fühlen. Er trauerte seiner Jugend nicht hinterher, hatte keinen Männlichkeitskomplex, nichts nachzuholen, und fürchtete sich nicht vor dem Tod. Warum also kümmerte es ihn, dass diese Frau in der Flachheit Bonns so unverschämt dreidimensional wirkte? Sein Blick folgte der Vorübergehenden und fiel rein zufällig auf ihre Jeans, die nichts betonen wollte und doch nichts verbergen konnte – Schmidt aschte ab.

Katja Stappen bog in die Gasse »Im Mauspfad«. Gleichzeitig schob sich ungefragt der Dicke ins Bild. Der verdammte Fettsack war natürlich wieder mit von der Partie. Den aufgeschwemmten Soziopathen wurde die Philosophin einfach nicht los. Dieser grässliche Bremser! Dem Altkanzler pochte die Schläfenader. Er wusste, dass er sich zum Narren machte, aber das spielte jetzt keine Rolle. Zügig und entschlossen folgte er den beiden in die Gasse und erkannte dort, wohin es sie führte: ins pompös benannte, tatsächlich aber winzige Kammerspiel »Euro Theater Central«, von dem Schmidt angenommen hatte, es sei, wie so vieles andere, was ihn mit Bonn verband, längst einer Steak-House- oder E-Plus-Filiale gewichen. Hier aber hatte sich nichts geändert. Auch der Glaskasten mit Spielplan hing noch an seinem Platz.

Katja Stappen drückte eine Klingel neben der unauffälligen Eingangstür, und Schmidt hatte gerade noch Zeit zu lesen, dass heute »Geschlossene Gesellschaft« gegeben wurde, ein Stück, das er hier vor gut und gerne dreißig Jahren mit Loki gesehen hatte. Ein Türöffner summte, und Schmidt folgte der Schönen und dem braun gelockten Teigschädel ins Innere des Gründerzeithauses.

Wieder ging der komplett in Schwarz gekleidete Koloss so, dass er Schmidt die Sicht verdeckte. Dabei rieben die Innenseiten seiner fetten, jeansumhüllten Oberschenkel gegeneinander, während er sich in seinem grotesken Watschelgang schnappatmend die Stufen in den ersten Stock heraufbugsierte.

Dort, im hintergründig nach Spekulatius riechenden Foyer, kam Schmidt zu Bewusstsein, dass das Stück längst begonnen hatte. Tatsächlich gingen die zwei auch nicht über den abgewetzten, bordeauxroten Teppich in den Theaterraum, sondern setzten sich an genau jenen schwarzen Tresen, an dem Schmidt früher hin und wieder mit Bonner Lokalgrößen geplaudert hatte. Eine Thekenfrau mit schwarzem 20er-Jahre-Chignon begrüßte das Hornbrillen-Schneewittchen und den bartlosen Rübezahl und schenkte Rotwein aus, ohne von dem blassen Altkanzler Notiz zu nehmen, der im Eingang stand und noch immer seine Sonnenbrille trug.

Wie sollte Nadine, unsere gute Sommelière, ihn auch sehen? Schließlich handelte es sich bei Schmidt um ein Hirngespinst in meinem Teigschädel. Wäre der Seniorpolitiker tatsächlich an diesem Abend ins Euro Theater Central gekommen, wäre es möglicherweise so weitergegangen: Katja und ich diskutieren gerade die Frage, ob ein Mensch Eigenheiten seines Charakters ändern kann und welche Bedingungen dafür gegeben sein müssten, als Schmidt sich auf den Barhocker neben Katja setzt, eine Zigarette anzündet und ungefragt einwirft, dass dort, wo ein Wille, immer auch ein Weg sei. Ich gähne demonstrativ und kontere dann mit meinem Lieblings-Schopenhauerzitat, dass der Mensch zwar tun kann, was er will, aber nicht wollen kann, was er will, und dass ja eben die Frage nach der Freiheit des Wollens den Kern unseres Gespräches ausmache. Schmidt scheint mich gar nicht zu hören. Er fragt, was wir machen, sieht dabei aber nur Katja an. Katja tut so, als ob ihr das nicht schmeicheln würde, erzählt jedoch verdächtig gewissenhaft, dass ich und sie gerade unser Philosophiestudium beendet hätten. Sie erwähnt sogar den Titel ihrer Magisterarbeit: »Falsche Exzellenz – die Darstellung der Sophisten bei Platon«. Katja führt aus, dass sie nun philosophisches Fragen und Argumentieren für Laien zugänglich machen wolle. Gleich ihr erstes Buch – »Mythos Glück« – solle ein Bestseller werden. Natürlich müsse nicht nur das Buch, sondern auch ein Doktortitel her.

Schmidt schaut Katja mit leicht wässrigen Augen an, und plötzlich, als ich mir schon sicher bin, dass er gar nicht zuhört, fragt er: »Aber was machst du dann hier? Du solltest am Schreibtisch sitzen!«

»Das ist es ja«, erwidert Katja. »Ich habe vor einem Jahr mit dem Buch angefangen, und seit elf Monaten stecke ich fest. Ich bekomme Bauchschmerzen, wenn ich nur daran denke. Ich ekle mich vor jedem Wort, das ich schon geschrieben habe, und vor jedem, das ich noch schreiben könnte.«

»Und deshalb sitzt du hier mit ihm?« Schmidt macht eine kaum sichtbare Kopfbewegung in meine Richtung. Und weil Katja darauf nicht sofort antwortet, sage ich: »All unser Übel kommt daher, dass wir nicht allein sein können.«

Schmidt sieht mich an wie einen Schiss auf der Windschutzscheibe seines Dienstwagens. Ich füge hinzu: »Einem Mann der Tat ist tiefergehendes Denken gewiss nur Hemmschuh und Zeitvergeudung. Wir hingegen erlauben uns diesen unökonomischen Irrsinn aus voller Überzeugung.« Und dann endet die Phantasie so: Schmidt steht auf und sagt: »Für solches Geschwurbel habe ich tatsächlich keine Zeit«, und Katja sieht mich böse an, nicht wegen meiner Äußerung, sondern wegen dem »wir«, und erst ein paar Minuten später fällt uns auf, dass Schmidt seinen Wein nicht bezahlt hat.

Immer dieser Schmidt-Quatsch! Es ist eine fixe Idee von mir, in manchen Momenten von ihm beobachtet und bewertet zu werden. Seit Jahren hat mich mein innerer Helmut am Wickel.

Man sucht sich so etwas nicht aus. Bei Katja ist es Günter Netzer. Ob sie will oder nicht: Er taucht immer wieder auf und beurteilt ihr Schreiben mit der gleichen sachkundigen Strenge wie sonst Länderspiele: »Das, was wir hier geboten bekommen, ist natürlich weit entfernt von großer Philosophie. Das ist bestenfalls Mittelmaß. So gewinnt man noch nicht einmal einen Stipendienplatz.«

Das aber war es, was wir beide brauchten: ein Stipendium. Katja, um ihren Bestseller und nebenbei eine Doktorarbeit zu verfassen, ich, um gemütlich herumzupromovieren. Ich glaubte, auf diese Weise mein Leben in Völlerei und Kontemplation weitgehend ungestört fortsetzen und in Katjas Nähe bleiben zu können. Wann wir allerdings Fördergelder einstreichen würden und ob überhaupt – das stand in den Sternen. Deshalb strebten wir eine die Finanzen erfrischende Zwischenlösung an. Katjas Cousin Timo wollte uns an diesem Abend treffen und ein Jobangebot unterbreiten. Da er als Wertpapierhändler bei der Deutschen Bank in Frankfurt arbeitete, rechnete ich mit einer moralisch fragwürdigen, aber durchaus lukrativen Offerte.

Kurz nach 21.00 Uhr betrat der missratene Cousin das Foyer. Seine Erscheinung entsprach nicht meinen Erwartungen. Ein Broker sollte gefälligst ein drahtiger Typ im Armani-Jackett sein, mit unstet flackernden Augen, hochgegelten Haarstacheln, von pathologischer Gier verzerrten Gesichtszügen und Spuren weißen Pulvers unter den Nasenflügeln. Timo aber mit seinen Geheimratsecken und der römischen Nase über fast anrüchig vollen Lippen glich einem antiken Kaiser, der weinend das brennende Rom besingt oder auf einem Senator durch die Stadt reitet. Nur zufällig kam er heute in weinrotem Polohemd und ohne Lorbeerkranz ins Euro Theater Central.

Er sah sich übertrieben interessiert um und sagte mit einer Stimme, die ihre naturgegebene Tiefe genussvoll ausreizte: »Hey-ho.« Dann breitete er seine kräftigen, gebräunten Arme aus und umklammerte Katja mit den Worten »Ah, Cousinchen«. Nadine nickte er freundlich zu, mir gab er einen fleischigen Händedruck und sagte absolut glaubwürdig: »Gut, euch zu sehen.«

»Ja«, sagte ich. »Total schön.«

»Alter, was für ein geiler Laden. Irgendwie voll Gothic-Horror.«

»Tja«, lachte Nadine, »Theater des Grauens.«

»Nee, ernsthaft – geniales Vampire-Setting. Ich hatte mal einen Vampire-Mage.«

Es war mir vollkommen gleichgültig, ob der Typ einen Vampire-Mage hatte oder bloß einen Schatten. Er sollte nicht lange herumfaseln, sondern mir fix einen Job in einem Büro mit riesiger Glasfront besorgen, in dem ich auf ein paar Tasten tippte und im Handumdrehen nicht nur Reiche reicher machte, sondern vor allem mich. Bestenfalls verdiente ich in wenigen Wochen genug, um danach monatelang das mir gemäße Leben als Privatier fortsetzen zu können.

»Was trinken?« Nadine stemmte die Hände in die Hüften und sah Timo an.

»Oh ja. Bier bitte!«

»Bitburger oder Frühkölsch?«

»Egal. Bitburger.«

Timo bekam eine geöffnete 0,33-Liter-Flasche, sagte »Prösterchen!«, nahm einen sehr großen Schluck, atmete laut aus und sagte dann: »Das habe ich jetzt gebraucht.«

Es wurde noch eine Weile Small Talk betrieben. Kurz ging es um unsere Magisterarbeiten, dann um Timos Freundin Nicole, aber das war ein »ganz, ganz schlechtes Thema«. Endlich erbarmte sich der Hochfinanzadept und sagte: »Ihr braucht einen Job, stimmt's?«

»Ich würde das Geld auch einfach so nehmen«, sagte ich wahrheitsgemäß und ohne zu lächeln.

»Sehr gut.« Timo lachte maskulin. »Also, was hört ihr für Musik?«

Was sollte das? Fand man heutzutage über die Musikpräferenz heraus, ob einer fürs Brokergeschäft taugte? Oder sollten wir die Plattensammlungen seiner Yuppie-Freunde sortieren?

»Heavy Metal«, sagte Katja.

»Immer noch? Ja geil«, sagte Timo. »Und du Max?«

»Lasst uns nicht über Musik reden.«

»Wieso nicht?«

»Max meint, alles außer klassischer Musik und Jazz sei Schrott.«

»Das stimmt doch gar nicht«, verteidigte ich mich. »Ich finde auch im Jazz und in der Klassik vieles erbärmlich.«

»Was hältst du von Mittelaltermusik?«, fragte Timo ungerührt.

»Kenne ich nicht. Ich kenne nur ›mittelalter Gouda‹.«

»Alter. Ich meine Bands von heute, die Musik aus dem Mittelalter spielen. Corvus Corax, In Extremo, Schandmaul – diese Richtung.«

»Du meinst Schlagermusik für gepiercte Spießer?« Ich bemerkte Katjas Blick und las darin: »Sei so gut und halt die Schnauze!«

Timo schaute ein wenig verblüfft, fing sich aber sofort: »Nee, mehr so Underground.«

»Ist doch mal was anderes«, sagte Katja. Mir dämmerte, dass sie längst mehr wusste als ich.

»Passt auf. Es gibt eine Band, die ist noch nicht so bekannt, aber mal so richtig geil. Das ist jetzt nicht mega-authentisch, was die machen. Im Prinzip ist das Rock 'n' Roll in Gewandung.«

»Gewandung?«, fragte ich mehr ironisch als aus Interesse.

»Mittelalterklamotten«, übersetzte Timo hilfsbereit. »Wir hatten schon legendäre Auftritte. Die Leute gehen total ab.«

»Wir?«, fragte ich, und Timo strahlte: »Ich bin seit sechs Monaten bei Kobold, und ich kann nur sagen: arschgeil.«

Ich fühlte mich mit einem Schlag sehr müde. Meine Arschbacken waren links und rechts des Barhockers bereits eingeschlafen. Vor Ernüchterung beinahe quäkend wiederholte ich das Wort »Kobold«.

»Ja. Wir nehmen das alles nicht so ernst. Ich zeig euch mal den Flyer.« Timo zog ein Faltblatt aus seiner Hosentasche und legte es auf den Tisch. »Ganz großes Kino«, soufflierte er mir, während ich unter einem markant gestalteten »Kobold«-Schriftzug die Worte »Spielleut' jenseits von Gut und Böse« entziffern konnte. Das Foto unter dem Slogan unterstrich dessen Aussage eindrucksvoll: Sieben Gestalten standen in bunten, sackartigen Gewändern auf einem Acker und hielten mit todernsten Gesichtern hölzerne Tröten, bauchige Trommeln und euterartige Dudelsäcke in Richtung einer sicherlich fellumwickelten Kamera. Die einzige Frau des Ensembles grinste allerdings pausbackig und präsentierte eine Laute. Hinten im Bild war unser Investmentbanker neben schlagzeugähnlichen Aufbauten zu erkennen. Für einen Augenblick bekam ich beinahe Mitleid mit ihm.

Die anderen waren allerdings erst recht nicht von Pappe: Im Vordergrund drängten sich drei dicke, blasse Brummer, darunter ein Halbwüchsiger und die grinsende Frau. Weiter hinten standen zwei merkwürdig verwachsene Schlackse mit schwarz gefärbten Haaren und länglichen, irgendwie englischen Visagen. Am rechten Rand schoss der Letzte im Bunde den Vogel ab: ein irre dreinblickender Stan Laurel mit schlohweißem Pagenschnitt.

»Allerhand«, sagte ich und tauschte einen Blick mit Nadine.

»Im Prinzip ist das eine Familienband«, sagte Timo fröhlich. »Dieter« – er zeigte auf den Brummer mit Bart und Nickelbrille – »ist der Bandleader. Spielt sieben Instrumente, war lange Straßenmusiker in Irland. Hat auch richtig auf der Straße gelebt. Und das ist seine Frau Gundula, und der Youngster hier ist sein Sohn Mike. Supertalentiert.«

»Das ist superinteressant«, sagte ich. »Ich habe nur gerade etwas den Faden verloren.«

»In der Szene ist Kobold schon ein Name. Und ich sage euch: Das geht steil nach oben.«

»Das ist schön.« Ich lächelte gütig. »Aber vielleicht sollten wir jetzt über den Job reden.«

»Tun wir. Balgor und Gryphius« – Timo zeigte auf die Schlackse – »sind kurzfristig ausgefallen. Autounfall. Ganz harte Sache. Rede ich nicht drüber. Und jetzt kommt erst mal die Tour in den Osten. Sachsen, Thüringen und so weiter.« Timo sah uns erwartungsfroh an.

»Und da fährst du mit?«, fragte ich.

»Ja klar. Aber, Punkt 1: Die Veranstalter haben sieben Leute gebucht, da sollten wir nicht zu fünft anrücken. Punkt 2: Kobold hat echt schon einen Ruf. Klasse *und* Masse!« Timo lachte. »Also, was meint ihr?«

Ich lachte nicht. Ich hatte mich auf einen Job gefreut, bei dem ich die windige Welt der Finanzjongleure kennenlernen und nebenbei meine Taschen vollstopfen konnte.

»Tja«, sagte ich. »Schade, dass ich kein Instrument spiele. Wäre ja sonst echt eine Versuchung, da mal mitmachen zu dürfen.« Jetzt war ich es, der Katja einen Blick mit Veto-Botschaft zuwarf.

»Kein Problem.« Timos Augen leuchteten. »Gar kein Problem. Ich konnte ja auch nicht Schlagzeug spielen. Da fuchst man sich ganz schnell rein.«

»Okay«, sagte Katja. »Wie lange?«

»Von Juni bis Ende Dezember.«

»Wie viel Geld?«

»Im Schnitt 125 pro Auftrittstag. Und Unterkunft und Happihappi.«

»Wie viele Auftrittstage?«

»Zurzeit sind es bis zum Ende des Jahres noch gut 50. Meistens am Wochenende. Ihr könnt ja mal die Termine auf der Homepage checken. Da kommt aber immer noch was dazu. Und auf Tour machen wir manchmal auch noch Straßenmusik.«

Katja nickte nachdenklich. Ohne mein telepathisches Flehen zur Kenntnis zu nehmen, sagte sie: »Klingt gut. Ich habe aber eine Bedingung.«

»Ich höre, Cousinchen.«

»Ich mache die Ansagen.«

»Das musst du mit Dieter absprechen. Bisher machen wir das eher so reihum.«

»Sagt mal«, unterbrach ich die beiden, »da gibt es bestimmt noch andere Bewerber.«

»Keine Sorge«, sagte Timo. »Es gibt zwar noch zwei andere Hansel, aber rein von der Chemie her sehe ich euch ganz vorne.«

»Cool«, sagte Katja, ohne von mir Notiz zu nehmen. »Wann soll's losgehen?«

»Kommt doch erst einmal nächsten Dienstag zur Probe.«

»125 Euro«, warf ich ein, »das ist ganz schön mager bei dem Aufwand. Bandproben, tagelang unterwegs sein und dann noch Kinderlieder üben und Gewandung häkeln.«

»Guter Punkt.« Timo lachte. »Aber es gibt ja noch mehr im Leben als Geld.«

»Ja, zum Beispiel Würde.«

»Genau. Und einfach eine legendäre Zeit haben. Wenn wir alt sind, dann werden wir genau an solche Aktionen zurückdenken.«

»Und damit das Elend verdoppeln.«

Timo stutzte. Kurz hatte ich den Eindruck, dass er mir tatsächlich einmal zugehört hatte. Dann aber lachte er wieder sein männliches Lachen und sagte: »Der ist gut, der Mann.«

Katja ließ mir endlich die Gunst ihrer Aufmerksamkeit zuteilwerden: »Ich kann schon verstehen, dass du dich lieber weiterhin in Bonn einigeln willst.« So freundlich und harmlos dieser Satz klang, ich wusste, was mir Katja damit sagen wollte. Schmidt und sie waren einer Meinung, was meine soziale Beweglichkeit anging.

»Netter Versuch«, sagte ich. Dabei schien mir nicht nur die eigene Stimme fremd, auch meine Wortwahl machte mich stutzig. Ich hätte nun einen Vergleich ziehen können zwischen dieser beknackten Ostdeutschlandtour und den Russlandfeldzügen unter Napoleon und Hitler, um dann ein pointiertes Plädoyer für das gleichermaßen vernünftige wie gemütliche Zuhausebleiben zu halten, aber ich traute meiner eigenen Argumentation nicht über den Weg. Schmidt und Katja hatten ja recht: Ich hatte Angst vor dem Unbekannten, das doch immer auch das Ungemütliche ist. Bei der Koboldsache kam allerdings erschwerend hinzu, dass sie auch noch durch und durch bescheuert war.

Katja sah mich mit einem halb liebevollen, halb spöttischen Lächeln an. Die Farbe ihrer Augen wechselte von Dunkelbraun ins Fast-Schwarze. In diesem Moment ertönte aus dem Theaterraum Applaus. Die Aufführung von »Geschlossene Gesellschaft« hatte ihr Ende erreicht. Gleich würde es an der Theke voll werden.

»Noch was trinken?« Nadine grinste mich breit an.

Ich nickte, obwohl ich eigentlich die ganze Zeit den Kopf schütteln wollte. Katja seufzte und sagte: »Also – machen wir weiter.«

Knapp drei Stunden später wankten Katja und ich zwischen den Jugendstilvillen der Bonner Südstadt. Katja wirkte glücklich. »Jetzt hör doch endlich auf. Das hat alles seinen Sinn.« Sie lispelte leicht – wie immer, wenn sie betrunken oder aufgewühlt war. »Und ich bin sehr froh, dass du mitmachst. Das ist viel besser so.« Katja hakte sich bei mir ein. Es fühlte sich weich, warm und aufregend an, und ich fragte mich etwa zum hundertsten

Mal, ob nur ich das so empfand oder ob das nicht der richtige Zeitpunkt wäre, sie an mich heranzuziehen und zu küssen.

»Genau«, sagte Schmidt. »Besoffen genug wärst du. Nach neun Jahren Freundschaft ist das jetzt der perfekte Moment. Na los, Fettsack: Attacke!«

Ich zog meinen Arm aus Katjas knautschendem Lederjackengriff: «Warum willst du unbedingt die Ansagen machen?«

»Ist doch klar. Ich muss mal raus aus der Studierstube. Ich will Philosophie ins Volk tragen.«

Ich wollte etwas erwidern, aber Katja kam mir zuvor: »Ich weiß, du hältst das für Quatsch. Aber ich halte es für Quatsch, Wissen anzuhäufen und es nicht zu teilen.«

»Auf Mittelalterfesten?«

»Mal was anderes als die Uni.«

»Die große Katja Stappen predigt zum einfachen Volk und fühlt sich danach besser?«

»Das wird etwas bewegen. Darum geht's.«

»Klar, du erzählst den Leuten was von Ethik, und sie werden zu besseren Menschen. Ich erzähl dann was über Ästhetik, und plötzlich werden alle große Künstler.«

»Jajaja.«

»Komm, du bist betrunken. Steh zu deinen Starallüren, und ich lass dich in Ruhe.«

»Psi … Psa … Psychologisier nicht rum, mein lieber Donck. Ich werde dir zeigen, wozu der ganze Spuk eigentlich gut ist.«

»Als Kobold-Ansagerin? Da wette ich dagegen.«

»Gut. Gerne. Wetten wir. Um was?«

»Erst einmal müssen wir die Siegbedingung definieren. Woran erkennen wir, ob du mit deinen Reden was bewegt hast?«

»Wenn du es zugibst. Daran erkennt man's.«

Ich blieb stehen. Katja hatte ordentlich einen im Kahn. Ich hingegen fühlte mich nüchtern, aber das konnte täuschen. Die blühenden Kastanien rochen unverschämt. Der Mond stand sehr weiß über den Dächern. Auf einem Balkon grölten drei Burschenschaftler »Go West« von den Pet Shop Boys.

»Gute Bedingungen für dich, oder?« Katja sah mich mit einem undurchsichtigen Lächeln an. »Also, um was wetten wir?«

Ich biss mir auf die Lippe, dann sagte ich: »Schlag du zuerst was vor!«

»Gut. Gerne. Hier: Wenn du verlierst, nimmst du ab. Auf Normalgewicht. Wie groß bist du? 1,90?«

»1,92.«

»Also, du nimmst ab auf 92 Kilo.«

»Was noch Platteres fällt dir nicht ein?«

»Jajaja. Jetzt du.«

»Und wenn ich das nicht schaffe?«

»Was du sollst, kannst du. Also?«

»Wenn ich gewinne, dann heiratest du mich.«

Katja machte leise »pfft«. Ein paar Schritte gingen wir schweigend nebeneinander, während sich mein Magen zusammenrollte wie ein bedrohter Igel.

»Bist du dir sicher?«, fragte Katja.

»Wenn du mit so einem Abnehmquatsch kommst.«

»Ja schon, aber Heiraten – das ist doch noch viel platter.«

»Na und?«

»Also bleibt es dabei?«

»Ja.«

»Hand drauf.«

»Das gilt dann aber.«

Beim zweiten Versuch klatschten unsere Hände schön laut gegeneinander.

Wie üblich brachte ich Katja bis zu dem Haus in der Südstadt, in dem sie sich mit der aus Italien eingeflogenen Marxistin und Philosophie-Doktorandin Silvia Arruza eine Wohnung teilte. Vor dem Treppenaufgang umarmten wir uns. Ich hasste diese

Umarmungen, aber sie hatten sich vor Jahren etabliert. Endlich ließ Katja los und sagte: »Lustiger Typ, der Timo, was?«

»Ein bisschen dumm.«

Katja drehte sich zur Tür: »Jajajaja.«

Ich nickte, obwohl sie es nicht sehen konnte und es auch sonst keinen Sinn ergab. Dann ging ich nach Hause, hob eine Schale mit selbst gemachtem, schön durchgezogenem Kartoffelsalat wie einen duftenden Säugling aus dem Kühlschrank, zupfte ein paar Rucolablätter hinein und löffelte sie leer.

2. KAPITEL

Manchmal sitzt Helmut Schmidt nachts am Rand meines Bettes, schaut mich ausdruckslos an und fragt: »Sag mal Junge, warum so fett?« Er würde dann vielleicht gerne hören, dass ich an einer schlimmen Erbkrankheit leide.

»Trag es mit Fassung!«, würde Schmidt sagen, und wir würden sehr männlich schweigen, denn alles wäre gesagt. Aber ich habe keine Erbkrankheit. Ich wiege für drei, weil ich für drei fresse. Dabei koche ich gut und gerne und fröne eher hochwertigen Schlemmerorgien als verstohlenen Burgerking-Besuchen. Aber ich mache mir nichts vor: Es spielt sich ja auch mancher Alkoholiker als Genussmensch auf, der nur bestimmte Weine goutiert. Dabei trinkt er längst heimlich Kölnisch Wasser, wenn nichts anderes zur Hand ist.

Immer wenn ich Schmidt die Fakten meiner Fresssucht vor den Latz knalle, sagt er dasselbe: »Wieso reißt du dich nicht zusammen? Du bist doch ein schlauer Kopf!« Und seit Jahren antworte ich darauf mit einer Gegenfrage: »Kann ich mal eine Zigarette haben?« Dabei rauche ich gar nicht.

Der Witz ist: Als Kind war ich dünn, ja richtiggehend schmächtig. Weil ich ständig krank wurde und an Allergien gegen Substanzen litt, die noch nicht von der Forschung, wohl aber von meinem Immunsystem entdeckt worden waren, versuchte meine Mutter mich zu mästen. Vermutlich wollte sie auf diese Weise auch meine Plattfüße in gut gepolsterte Fettsohlen verwandeln und mein sperriges Wesen in das eines gutmütigen, geselligen, humorvollen Dickerchens. Denn es lag von Anfang an kein Segen auf meinen Beziehungen zu anderen Kindern, und die Schuld dafür wurde allgemein bei mir gesehen. Im Kindergarten bekam ich Kopfschmerzen vom sinnlosen Gelärme, den Stuhlkreis fand ich unerträglich, das Singen schwachsinniger Lieder ließ mich verzweifeln. Nehmen wir nur einmal »Häschen in der Grube«: Häschen, in der Grube saß und schlief, saß und schlief. Armes Häschen, bist du krank, dass du nicht mehr hüpfen kannst? Häschen, hüpf, Häschen, hüpf, Häschen, hüpf!

Nur weil jemand schläft, muss er noch lange nicht krank sein, und wenn jemand tatsächlich schläft oder krank ist und nicht mehr hüpfen will oder kann, dann ist es unhöflich bis grausam, ihn anzubellen, er solle gefälligst hüpfen. Aber so ist unsere Gesellschaft: Gehüpft werden muss. Genau wie das arme Häschen kam ich mir vor. Ich sollte hüpfen und lustig sein, weil Kinder das nun einmal so taten. Ich sollte mit den anderen spielen, nicht alleine in der Ecke sitzen und aus dem Fenster schauen. Ich sollte reden, aber nicht so sonderbares Zeug, ich sollte Bilder malen, aber nicht nur mit schwarzer Farbe, ich sollte andere nicht schlagen, wenn sie mir auf die Nerven gingen, und wurde bei solchen Gelegenheiten von der Kindergärtnerin am Arm gerissen und angeherrscht: »Max, Gewalt ist keine Lösung!«

In der Grundschule ist es mir dann zum ersten Mal aufgefallen: Die meisten Menschen denken nervenzerfetzend langsam, umständlich und verworren. Wenn sie überhaupt denken. Und wenn man ihnen etwas erklärt, werden sie schnell ungehalten. Das gilt vor allem für Lehrer.

Viele in meiner Grundschulklasse waren sich sicher, dass ich geistig behindert war. Und ein Arschloch. Außerdem ging phasenweise das Gerücht um, dass ich stinke. Ein stinkendes, geistig behindertes Arschloch, das man hin und wieder verprügeln musste, um es zur Räson zu bringen. Im Lehrerkollegium wurde beratschlagt, ob ich nicht vielleicht auf einer Sonderschule besser aufgehoben wäre – zu meinem eigenen Schutz versteht sich. Dann aber setzte sich meine Klassenlehrerin für mich ein, die am heimischen Rechner ein Horoskop von mir erstellt hatte und überzeugt davon war, ich sei ein Avatar Shivas und solle deshalb eine Klasse überspringen. In der neuen Klasse ging es besser. Ich wurde weniger geschlagen und mehr ignoriert.

In der Unterstufe des Gymnasiums griff die Kalorienpädagogik meiner Mutter. Immer öfter verspürte ich Hunger ohne Appetit oder Appetit ohne Hunger und wusste bald gar nicht mehr, was was war, nur dass es mich auf eine niederschmetternde Weise beruhigte. Ich hätte meinen Eltern vielleicht erzählt, dass mir in der neuen Schule Jungen im Schwimmunterricht hinterherliefen und die Badehose auszogen und gackerten, ich hätte keinen Penis, oder dass es ein beliebter Spaß war, den Inhalt meines Ranzens aus dem Fenster des zweiten Stocks zu schütten, oder dass niemand neben mir sitzen wollte oder dass ich abends oft nicht schlafen konnte, weil ich am nächsten Tag wieder in die Schule musste. Aber meine Eltern stritten mittlerweile täglich und fragten mich manchmal in Abwesenheit des anderen, was ich denn über ihn dachte, ob ich denn nicht auch meine, dass dieses oder jenes Verhalten ganz unmöglich sei – da wollte ich nicht mit eigenen Problemen stören. Ich spürte, dass sich meine Eltern einen normalen Jungen wünschten, und konnte sie gut verstehen, es ihnen aber nicht recht machen. Meine fünf Jahre jüngere Schwester Julia gab da mehr Anlass zur Hoffnung, auch wenn sie ständig an ihren Nägeln kaute.

Spätestens ab der Mittelstufe hatte mich der tägliche Schulirrsinn selbst irre gemacht. Ich wähnte mich phasenweise in einem exklusiven Geheimbund der geistigen Elite, der dummerweise nur aus mir selbst bestand. Wenn ich versuchte, mitzuteilen, was mich beschäftigte, bekam mein Gegenüber schnell diesen glasigen Blick. Aber niemand konnte mir erklären, warum die Matthäuspassion langweilig war und Tokio Hotel nicht, warum man sich als Vierzehnjähriger nicht für das Spätwerk Hölderlins, den Freiheitsbegriff bei Augustinus oder gnostische Elemente in den Minima Moralia, sondern für Graffiti, Mangas, Skateboards, Günter Jauch oder Grand Theft Auto III zu interessieren hatte. Kamen die anderen nicht mehr mit, oder war ich irgendwo komplett falsch abgebogen? War ich genial, oder hatte ich einen an der Waffel? Das waren so Fragen. Obendrein war ich längst fett geworden. Meine Mutter sagte, ich solle mich nicht so gehen lassen. Ich sah mittlerweile aus wie ein Schwork – halb Schwein, halb Ork – mit Tendenz zum Troll. Vermutlich durfte ich deshalb auf dem Schulhof bei den Typen stehen, die sich für hundertbändige Fantasyreihen, Computerrollenspiele und Magic-Sammelkarten interessierten.

Es gab einen Geschichtslehrer, der mich zu mögen schien. Ein jugendlich wirkender Mann, der mich einmal zu sich nach Hause einlud, um mit mir über meine interessanten Gedanken zu reden. Ich referierte über Garum, die Fischsoße im römischen Reich, deren Bedeutung man kaum überschätzen konnte. Er hörte sehr aufmerksam zu, und ich spürte, wie sich eine Spannung in mir lockerte, die ich erst in dem Moment bewusst wahrnahm, in dem sie nachließ. Herr Stüpgen unterhielt sich mit mir wie mit einem Erwachsenen und fragte dann, ob ich bei ihm übernachten wollte. Im Bett könnten wir uns noch weiter unterhalten. Er zeigte mir sein Doppelbett, und ich fragte mich, warum ein alleinstehender Mann so ein großes Bett brauchte.

Die ins Auge gefasste Übernachtung verlief unglücklich: Weil ich ihm nicht erzählen wollte, wie ich es mir selbst machte, meinte er, ich sei verklemmt, und weil ich nicht sehen wollte, wie er es sich machte, meinte er, er frage sich manchmal, ob ich noch ganz richtig im Kopf sei. Da seien sich ja viele nicht so sicher. Gegen Mitternacht bestellte er sehr schlecht gelaunt ein Taxi, und ich fuhr nach Hause.

»Du kommst aber spät«, sagte meine Mutter, die mit einer Karaffe Rotwein in der Küche saß. Dabei schaute sie nicht von dem Buch auf, das sie gerade las. Ich glaube, es trug den Titel: »Liebe dich selbst, und es ist egal, wen du heiratest.«

Kurz nach meinem Besuch beim Geschichtslehrer schaute ich in den Spiegel, sah mein aufgeschwemmtes Gesicht und musste weinen. Durch das Heulen sah ich noch grässlicher aus. Ich fragte mich, ob es einen Zusammenhang zwischen meiner körperlichen Hässlichkeit und meinem kranken Kopf gab. Das konnte doch alles kein Zufall sein: Heuschnupfen, Plattfüße, Farbenblindheit, phasenweise täglich Kopfschmerzen, eine Bronchitis nach der anderen und eine immer dreckig wirkende Mischhaut über wucherndem Speck. Dazu gesellte sich vor allem in der Pubertät eine allgemeine Unwucht meines Bewegungsapparats. Ich lief wie eine Marionette der Augsburger Puppenkiste. Damit sorgte ich im Sportunterricht für großes Hallo. Und Sport galt unter Männlichkeitsaspekten als das einzig wirklich wichtige Fach. Es gab Tage, da hätte ich eine Geschlechtsumwandlung und eine Konversion zum Islam auf mich genommen, wenn ich danach vom Sport befreit worden wäre. Aber es gab keine Gnade.

In der zehnten Klasse wurde ich wieder einmal genötigt, beim Sportfest der Schule mitzumachen. Jeder musste mitmachen, auch der fette Grobmotoriker. Das nennt man Inklusion. Ich entschied mich für Hundertmeterlauf, weil dieser Schwachsinn am schnellsten abgehakt werden konnte. Unter den Augen der auf der Tribüne des Sportparks herumlümmelnden Jungen und Mädchen der Unter-, Mittel- und Oberstufe trat ich gegen fünf sehnige, ehrgeizige Sprinter an und hörte bald die ironischen Anfeuerungsrufe Dutzender Pubertierender: »Wesen, Wesen, Wesen!« Ich schloss die Augen und schwabbelte den Läufern hinterher. »Roll schneller!« Ich machte eine verbreitete »Spastiker«-Bewegung mit den Armen, um mich selbst zu demütigen, aber auch, um zum Ausdruck zu bringen, was ich von diesem Universum hielt. Was machte ich da? Es war alles so absurd. Ich musste lachen und fiel in vollem Lauf auf die Fresse. Es krachte sonderbar laut. Unter dem Johlen der Menge rappelte ich mich auf und trabte ins Ziel. Erst als ich saß, merkte ich, dass ein Stück meines Knochens aus der Haut stach. Und so ging ich als der gestörte Spasti-Fettsack in die Geschichte der Schule ein, der sich beim Hundertmeterlauf den Arm gebrochen hatte.

Der gleiche Arm leistete mir ungefähr ein Jahr später gute Dienste, als ich mit einem Faustschlag Jonas Bock die Nase brach, weil er mit beiden Zeigefingern meine Brustwarzen berührte und »hmmm, schöne Biertitten« sagte. Danach musste ich zwar dämliche Gespräche mit einer beunruhigend attraktiven Schulpsychologin führen, aber ich hatte vom einen Tag auf den anderen Ruhe. Dass ich da nicht früher draufgekommen war: Gewalt ist eine Lösung.

Das hatte sich vermutlich auch mein Vater gedacht, als er im Sommer 2002 meiner Mutter so fest mit einer Badelatsche aufs rechte Ohr schlug, dass es blutete und meine Mutter einen Hörsturz hatte. Bevor mein Vater auszog, nahm er mich mit in einen Biergarten, in dem das WM-Endspiel Deutschland gegen Brasilien auf großer Leinwand gezeigt wurde. Dabei interessierten wir uns beide kaum für Fußball. In der ersten Halbzeit saßen wir herum und gaben hin und wieder semi-fachmännische Kommentare ab. In der zweiten Halbzeit erklärte mir mein Vater, dass die Ehe schon seit meiner Geburt nicht mehr in Ordnung gewesen wäre. Und je älter und seltsamer ich geworden sei, desto schlechter sei die Ehe geworden. Ich nickte und war froh, dass mein Vater etwas aussprach, was ich die ganze Zeit geahnt hatte: Ich trug die Hauptschuld am Unglück meiner Eltern. Kurz darauf schoss irgendein brasilianischer Teufelsdribbler das spielentscheidende 2:0, während gleichzeitig eine Wespe in mein fast volles Weizenglas flog.

Am nächsten Tag wünschte ich meinem Vater »Alles Gute«, er zog aus und ich in den Hobbykeller. Dort verbrachte ich die Sommerferien damit, ein Strategiespiel zu entwickeln, mit dem man die Ardennenoffensive nachspielen und – anders als in der Historie –mit den drei deutschen Armeen durchaus gewinnen konnte. Leicht war es aber nicht. Ich spielte gegen mich selbst, und in 21 vollständigen Partien, die sich über Tage hinziehen konnten, gewann Deutschland nur vier Mal.

An jenem Augustdonnerstag, an dem Katja Stappen in der frisch gegründeten 12. Klasse auftauchte, saß ich allein in der letzten Bank am Fenster und entwarf auf Millimeterpapier Schlachtanordnungen für das »Unternehmen Greif«. Kurz vor Unterrichtsbeginn rauschte sie blass und genervt an den anderen vorbei, stand plötzlich mit unter den Arm geklemmter Ledertasche vor mir und fragte: »Ist da noch frei?«

Ich nickte, räumte meine Papiere zur Seite und versuchte, so leise wie möglich zu atmen und um keinen Preis zu schwitzen oder auf sonst irgendeine Weise eklig zu sein. Verstohlen betrachtete ich das helle Ledermäppchen, das sie auf den Tisch gelegt hatte. Auf der einen Seite standen die Namen von Bands: Overkill, Anthrax, Slayer. Auf der anderen Frauennamen, mit denen ich damals noch nichts anfangen konnte: Martha Nussbaum, Ursula Wolff, Judith Butler.

Während der Unterrichtsstunde konnte ich mich weder auf die Worte des Deutschlehrers noch auf die Besetzung strategisch wichtiger Maas-Brücken konzentrieren. Ich brauchte all meine Kraft, um nicht das Knie des Mädchens zu berühren, das so unverschämt nah neben mir saß und nach warmer Milch mit Honig duftete. Aber natürlich hätte ich auch all meinen Mut gebraucht, um genau das zu tun.

Ein paar Mal stöhnte Katja. Ich stand kurz davor, mitzustöhnen. Schließlich flüsterte sie »Boah, ist das langweilig«, sah rüber auf mein Kästchenpapier und fragte: »Was ist das? Schiffeversenken für große Jungs?«

»So ähnlich«, sagte ich und wagte mich dann vor: »Unternehmen Greif, Ardennenoffensive.«

»Ah ja, da hatte Hitler dann endgültig den Verstand verloren.«

Ich musste mich zusammenreißen, um nicht zu sagen: »Möchtest du bitte meine Frau werden?«

Nach der Doppelstunde fragte mich Katja, ob ich ihr die Cafeteria zeigen könne, wenn sie jetzt nicht Koffein bekomme, müsse sie in der nächsten Stunde wegdämmern. Ich hingegen fühlte mich derart wach, dass ich am liebsten ein starkes Beruhigungsmittel genommen hätte. Zum Glück stellte Katja auf dem Weg zum Kaffeeautomaten eine Frage nach der anderen, was mir dabei half, meine Gedanken in der Spur zu halten und mit ihr wie in einem Fiebertraum die Treppen in den zweiten Stock hochzusteigen.

»Gibt es eine Bibliothek?«, wollte sie wissen.

»Ja, im Erdgeschoss. Im Anbau.«

»Gut sortiert?«

»Wie man's nimmt.«

»Wie nimmst du's?«

»Ich finde genug gute Bücher darin.«

»Was liest du gerade?«

»Das Gilgamesch-Epos.«

»In welcher Übersetzung?«

»Auf Deutsch.«

»Du bist lustig. Ich meine, wer ist die Übersetzerin?«

»Keine Ahnung«. Ich blieb kurz stehen. »Aber warum glaubst du, dass es unbedingt eine Frau übersetzt haben muss?«

»Ich habe das generische Femininum benutzt.«

»Ach so«, sagte ich und wurde noch aufgeregter, weil ich mich überraschend dumm fühlte. Ich setzte mich wieder in Bewegung, überwand meinen Stolz und fragte: »Was ist das generische Femininum?«

»Normalerweise benutzt man die männliche Form, um damit beide Geschlechter zu umfassen. Das nennt sich generisches Maskulinum.«

»Und du glaubst...« Ich blieb noch einmal stehen und hielt mich am Geländer fest. »Du glaubst, dass die Sprache unser Bewusstsein formt und willst die Frauen stärker ins Bewusstsein rücken.«

»Das Bewusstsein formt die Sprache und die Sprache das Bewusstsein, und beides ist zunächst vermutlich erst einmal vom Sein bestimmt, hyper... hypertro... hypertrodingsbums«

»Hypertrophiert.«

»Genau, danke, wuchert von dort aber ganz beachtlich und erzeugt ein neues Sein. Und ja: Ich will dem Sein der Frauen auch im Haus der Sprache Raum geben. Manchmal zumindest. Komm, ich will Kaffee.« Katja stieg die Treppen zügig hoch, sprach noch zügiger, geriet aber nicht außer Atem.

Erst am Kaffeeautomaten versuchte ich mich an einem längeren Satz: »Meinst du nicht, dass durch Rumreiten auf dem sprachlichen Unterschied der Unterschied selbst vertieft wird? Ich dachte, es geht darum, nicht auf das Geschlecht zu schauen, sondern auf die Persönlichkeit.«

»Jajaja, stimmt schon. Ich benutze das Geschlecht in der Sprache halt so, wie ich gerade Lust habe.«

»Ach so.«

»Ja, ach so. Worum geht es im Gilgamesch-Epos?«

Bei einem Pappbecher voll Kaffee fasste ich für Katja die Geschichte so weit zusammen, wie ich sie bisher gelesen hatte. Als ich zur Schenke im Edelsteingarten kam, in der Gilgamesch der Wirtin Siduri vom Tod seines Freundes Enkidu und der Zerknirschung über die eigene Sterblichkeit erzählt, fragte mich Katja: »Gibt es in dem Epos kein Leben nach dem Tod?«

»Nein.«

»Interessant. Und du? Glaubst du an eine unsterbliche Seele?«

»Klingt doch ziemlich fantastisch, oder? Nein, wenn das Gehirn tot ist, ist Schicht im Schacht.«

»Tja, verstehe. Aber kann man sich lieben, ohne zu hoffen, unsterblich zu sein?«

Ich hielt Katjas Blick keine Sekunde lang stand. Allerdings erschien mir meine Erwiderung sehr gelungen: »Ich weiß vermutlich noch nicht viel über Liebe.«

Sie nickte und sagte: »Beschissener Kaffee übrigens.«

Als ich an diesem Tag von der Schule nach Hause kam, war ich eine einzige hopsende Freude. Plötzlich hatte mein Leben einen Sinn. Die beschissenen Jahre im Kindergarten, in der Grundschule und im Gymnasium verstand ich nun als Prüfung. Die Götter hatten mich in meinen Qualen beobachtet, für würdig befunden und endlich ein Einsehen gehabt: »So, jetzt hat Max Wesendonck genug gelitten. Schicken wir ihm eine Gefährtin. Und nicht irgendeine: Schicken wir ihm Katja Stappen!«

Durch Katja wurden die Karten neu gemischt. Zwar herrschte in der Oberstufe vermutlich aufgrund personeller Verschiebungen und zunehmender Reife ohnehin ein milderer Geist und ich stieg – sicher auch wegen dem Nasenschlag – vom Klassenarsch zu einer interessanten Laune der Natur auf, die man halb spöttisch, halb gutmütig »Wesen« oder – wenn einem der Schalk so richtig im Nacken saß – »Unwesen« nannte. Dass aber die Trendscouts meinen Starfaktor entdeckten und ich bald respektvoll »der Donck« genannt wurde, lag eindeutig an Katja. Katja saß in allen gemeinsamen Kursen neben mir, Katja führte mit mir lange Gespräche auf dem Pausenhof, den Gängen der Schule oder flüsternd und per Zettel im Unterricht. Wenn uns ein Lehrkörper aufforderte, doch endlich einmal das Getuschel zu lassen oder wenigstens SMS zu schreiben, wie alle anderen, und jetzt gefälligst zu wiederholen, was er oder sie gerade gesagt hatte, kam es in der Regel zu Dialogen dieser Art:

Katja: »Sie haben gerade gesagt, dass E.T.A. Hoffmann in ›Der goldene Topf‹ ...«

Lehrer Abel: »Nein, nein. Ich will es von Herrn Wesendonck hören. Sie sind doch ohnehin multitaskingfähig.«

Katja: »Ja, so als Frrrauu.«

Sie rollt das ›r‹ wie ein Sprecher der Wochenschau. Vereinzeltes Gelächter in der Klasse.

Abel: »So, Herr Wesendonck, wenn ich bitten darf.«

Ich: »Sie sagten, dass sich Hoffmann in seinem spindeldürren, zwergenhaften Körper äußerst unwohl fühlte und deswegen Zuflucht in die Fantasie nahm, wovon ›Der goldene Topf‹ ein besonders eindrucksvolles Beispiel gibt. Zumal die Zerrissenheit zwischen erdenschwerer Alltagswelt und frei schwebender Fantasie ...«

Abel: »Blödsinn. Das habe ich nicht gesagt.«

Ich: »Steht das nicht so im Reclam-Lektüreschlüssel?«

Abel: »Im Reclam-Lektüreschlüssel steht das ganz und gar nicht.«

Ich: »Oh, dann stimmt es sicher nicht.«

Abermals vereinzeltes Gelächter.

Abel: »Es ist nicht gerade seriös, das Werk eines Autors aus seiner Biografie heraus zu erklären. Ein Werk will für sich stehen.«

Katja: »Er hat gerade die Hoffmann-Biografie von Rüdiger Safranski gelesen. Ich bin ja auch der Meinung, dass Safranski teilweise unnötig psychoanalytisch zu Werke geht.«

Abel: »Eine Hoffmann-Biografie von Safranski? Interessant. Das sollte ich mir vielleicht notieren.«

Ich (an Katja gewandt): »Das Psychoanalytische bei Safranski ist doch samt und sonders der Biografie von Gabrielle Wittkop-Ménardeau entnommen. (Zu Herrn Abel): Die ist von 1966.

Die können Sie sich auch noch notieren. (Wieder zu Katja): Und wenn ich über den Körperekel reden will, muss man mich auch mal ausreden lassen. Anselmus fällt doch dauernd auf die Fresse. Das ist ein Grobmotoriker wie er im ... na ja ... Buche steht.«

Abel: »Na, jetzt interpretieren Sie sehr frei.«

Ich: »Die Dichtung bezwingt die Erbärmlichkeit des Körpers. Und wenn schon nicht die Dichtung, dann ein ordentlicher Punsch. Und wer würde sich nicht für Serpentina entscheiden, wenn die Alternative Veronika heißt? Diese prosaische Bürgerschlampe will doch bloß Hofrätin werden. Die nimmt ja gleich den Nächsten.«

Abel: »Jetzt bremsen Sie mal Ihren Redefluss.«

Katja (ohne auf Abel zu achten): »Vielleicht wird Anselmus aber auch nur langsam wahnsinnig.«

Abel: »Eben.«

Ich: »Das ist eine Perspektivenfrage. Von dieser Welt aus betrachtet, ist Atlantis eine alberne Fantasterei, von Atlantis aus betrachtet, gilt das Gleiche für diese Welt. Das ist ja der Witz.«

Abel: »Schön, Herr Wesendonck. Das ist druckreif. Schreiben Sie das auf, aber lassen Sie mich jetzt bitte mit meinem Stoff fortfahren. Es gibt andere, die ich für die Klausur vorbereiten muss.«

Katja (an mich gewandt und ohne auf Abel zu achten): »Findest du ›Bürgerschlampe‹ als Begriff nicht total daneben?«

Nach der Stunde stritten Katja und ich weiter über den Ausdruck »Bürgerschlampe« und dann über die Frage, ob Anselmus sich nicht besser für Veronika entschieden hätte. Katja fragte mich, für wen ich mich entschieden hätte. Ich wich aus, indem ich behauptete, dass man ja oft eher entschieden werde, als zu entscheiden, was Katja für Gewäsch hielt. Ich solle jetzt nicht wieder mit der nicht vorhandenen Willensfreiheit kommen, weil so die wichtigsten Diskussionen überflüssig würden. Sie wolle lieber wissen, ob ich es mit einer Veronika aushalten könnte. Ich verneinte.

»Mit irgendwem?«, fragte Katja.

»Keine Ahnung. Du?«

»Nein. Ich fürchte nicht.«

»Aha. Was mich noch interessieren würde: Stellst du eigentlich immer so viele Fragen?«

»Willst du wirklich das wissen? Oder eher, ob ich jedem so viele Fragen stelle?« Mir fiel zum ersten Mal auf, dass Katja manchmal lispelte.

»Das Zweite«, sagte ich.

Sie sah mir in die Augen: »Nein.«

Einige Jungen beobachteten mich mittlerweile äußerst aufmerksam. Vielleicht trieb sie die Frage um, was man von mir lernen konnte, um jemanden wie Katja zu interessieren. Auch Mädchen, die mich vorher kaum beachtet hatten, sahen mich offensichtlich mit neuen Augen. So einfach kann es gehen. Es kam so weit, dass sich die als bezaubernd schön geltende Nina Hartmann in der großen Pause auf dem Gang aus ihrem Tross löste, neben mich stellte und mich eine Weile ansah. Ich nickte ihr freundlich zu. Sie strich ein paar blonde Haare hinters sonnengebräunte Ohr, beugte den Oberkörper näher an mich heran und sagte: »Donck, du bist ganz schön cool. Jemand wie ich ist bestimmt unter deinem Niveau.«

Ich wusste nicht, was ich sagen sollte. Hatte ich es mit einer Verarschung zu tun? Immerhin lag Verarschen noch immer im Trend. Und gerade ich musste aufpassen, nicht wieder in eine Falle zu tappen. Die anderen aus Ninas Gefolge sahen schon zu uns herüber. Ich entschied mich dafür, so zu antworten, dass auch Nina sich fragen musste, ob ich es ernst oder ironisch meinte: »Du bist ein sehr wertvoller Mensch.«

Nina versuchte sich an einem abgeklärten Erwachsenenlächeln, aber es verrutschte etwas.

»Du auch«, sagte sie und drehte sich auf dem Absatz um.

Ich fand meine Gedanken und Gefühle derart auf Katja fokussiert, dass mir andere Mädchen austauschbar und beinahe unwirklich vorkamen. Mädchen wie Nina waren hübsch, weil sie hübsch waren. Katja war für mich schön, weil sie Katja war. Allerdings hatte diese hehre Ergebenheit eine Kehrseite: Beim Onanieren dachte ich so gut wie nie an Katja. Ich versuchte es, aber wenn ich an Katja dachte, passierte zu viel in mir, um in Ruhe auf einen kleinen handgemachten Orgasmus hinarbeiten zu können. Wen ich stattdessen im Geiste nach allen Regeln der Kunst durchnagelte, war Nina Hartmann. In einer meiner damaligen Lieblingsfantasien gebe ich ihr Nachhilfe in ihrem nach Erdbeeren riechenden Mädchenzimmer, und während ich ihr erkläre, wie man eine Gerade im Raum rotieren lässt und auf diese Weise ein Rohr bekommt, räkelt sie sich in Spaghettiträgerhemdchen und Shorts auf ihrem Stuhl, nuckelt konzentriert an einem Kugelschreiber und fragt plötzlich ganz ernst, wie sie denn überhaupt bezahlen soll. Ich lege beruhigend eine Hand auf ihr nacktes Knie und versichere, dass wir da schon eine Lösung fänden. In diesem Moment kommt die Schulpsychologin ins Zimmer und sagt, dass wir zwei Kids unbedingt relaxen müssten. Sie würde uns da was zeigen, und so weiter und so fort.

Die Zumutungen des erwachten Sexualtriebes steigerten die Verwirrung, in der ich mich aufgrund meines bipolaren Selbstwertgefühls ohnehin schon befand. Vielleicht erklärt das ansatzweise, warum sich die Dinge zwischen Katja und mir so entwickelten, wie sie es taten.

3. KAPITEL

Aus den fleischigen Pranken des Bankers hatten Katja und ich je ein Exemplar der bisher einzigen Kobold-Veröffentlichung empfangen: eine CD-Eigenproduktion mit dem Namen »Vagantentanz«. Das Cover zeigte ein Bild aus der Ackerfoto-Serie, jedoch derart bearbeitet, dass es wie ein düsteres Ölgemälde anmutete. In meinen Augen biss sich der Titel ein wenig mit dem Motiv der herumstehenden Kobolde, aber hätten sie sich als tanzende Vaganten ablichten lassen, wäre der Anblick womöglich zu extravagant gewesen.

Mit gutem Willen konnte man den Sound der sechzehn aufgenommenen Stücke als »authentisch« bezeichnen, zumindest wenn man unter »authentisch« einfach »miserabel produziert« verstand. Ob Lieder aus der späthochmittelalterlichen, vielleicht aber auch erst frühspätmittelalterlichen Sammlung »Cantigas de Santa Maria« oder Sauf- und Vergewaltigungs-Top-Hits aus der Carmina Burana, ob polnische Mazurka, mazedonische Skudrinka oder steiermärkischer Flohbeutler, ob Wandervogelgassenhauer oder patriotisches Klagelied aus einem irischen County – »Vagantentanz« interpretierte den Begriff »Mittelalter« mit dekonstruktivistischer Kühnheit.

Mein Mitbewohner Peer fand die CD super. Er meinte, das sei Punk. Folk-Punk unplugged. Er begleitete mich auf der Gitarre, als ich auf verschiedenen Flöten zwei Stücke der CD für die erste Bandprobe einübte. Ich hatte die drei »Tin« Whistles aus urigem Plastik auf Timos Anraten bei einem Bonner Musikalienhändler für rund 180 Euro erstanden. Und obwohl Timo zugesichert hatte, dass ich die Flöten in »D«, »C« und »B Flat« jederzeit ohne Verlust an die Band verkaufen könnte, schwante mir schon, dass ich spätestens mit diesem schwachsinnigen Akt den Rubikon überschritten und meiner Vernunft den Krieg erklärt hatte.

»Kobold« nutzte ein Klassenzimmer der Freien Waldorfschule Bonn-Poppelsdorf als Proberaum. Als Katja und ich am Haupteingang des Schulgebäudes ankamen, standen dort sämtliche Bandmitglieder im Kreis. Drei von ihnen rauchten, während Mike, der supertalentierte Youngster, auf den Schlohweißen einredete: »Oh doch, du wirst schneller. Du ziehst jedes Mal an. Kauf dir ein beschissenes Metronom.«

Gundula entdeckte uns als Erste: »Ah, wen haben wir denn da«, sagte sie mit einem in jeder Hinsicht breiten Grinsen. Sie sah aus, als ob sie schon als Kind in den Kessel mit Marihuana gefallen wäre. Bei noch näherer Betrachtung erschien sie mir wie eine freundliche Inuitfrau, mit der man herrlich Nasen reiben konnte. Sie trug ein schwarzes T-Shirt und blaue Jeans, während ihr Mann Dieter heute in blauem T-Shirt und schwarzen Jeans aus dem Haus gegangen war. Ohne pseudomittelalterlichen Zwirn erinnerte er nicht mehr so sehr an Räuber Hotzenplotz, sondern eher an einen bebrillten Saddam Hussein in seinen letzten Tagen. Wild und schwarz wucherten Haar und Bart. Dämonisch irrlichterte der Blick. Die Statur allerdings ließ an einen Busfahrer denken: Verhältnismäßig dünne Arme und Beine wuchsen aus einem Rumpf, dessen unterer Teil eine perfekte Halbkugel formte. Ein Plauzenmann.

»Das Vertretungskommando«, schnurrte er nasal. »Schön. Dieter.« Gewissenhaft gab er erst Katja, dann mir die Hand. Artig schüttelten wir reihum auch die Hände der anderen und stellten uns vor. Mike sah auf den Boden, als ihm Katja die Hand gab. Mich hingegen beäugte er misstrauisch. Sein Gesicht erinnerte mich an das Märchen vom dicken fetten Pfannkuchen, in dem ein beseelter Palatschinken durch den Wald rollt. Anders als das fidele Gebäck trug Mike allerdings eine Baseballkappe mit 49ers-Schriftzug. Stan Laurel, ganz in Schwarz gekleidet, gab sich als »der Hörbie« zu erkennen. »Evil Egil« sei aber auch in Ordnung.

»Ich hoffe, ihr wisst, worauf ihr euch einlasst«, sagte er mit einem schiefen Grinsen. »Noch habt ihr nix unterschrieben.«

»Hörbie, halt's Maul!«, rief Dieter. »Wir machen weiter.«

Wir folgten dem Tross in den Klassenraum, in dem Dudelsäcke, Schalmeien, Lauten, eine Drehleier und Timos »Schlagwerk«, also ein mittelalterlich verkleidetes Schlagzeug, auf ihren Einsatz warteten. Timo gab Katja einen Schellenkranz, dann fragte Dieter: »Was habt ihr geübt?«

»Den Tourdion und Winder«, sagte ich und hielt albernerweise meine Flöten hoch. Katja nickte.

»Versuchen wir Winder. Erster Durchgang nur Bouzouki, dann mit Tin Whistle. Zwei, drei.«

Gundula spielte die Akkorde des Stückes. Als mein Einsatz kam, nickte sie mir freundlich zu. Ich verpatzte es trotzdem. Entschuldigend hob ich die Schultern.

»Egal«, rief Dieter von seiner Seite des Hufeisens aus Tischen und Stühlen, in dem vormittags die Waldorfschüler gesessen und Goethes Farbenlehre oder die Ränke des Ahriman studiert hatten. »Setz beim nächsten Durchgang ein.«

Diesmal klappte es. Ich verspielte mich erst zwei Takte später, hörte Dieters »weiter, einfach weiter« und dann ein ohrenbetäubendes Knallen, als Hörbie auf die große Trommel schlug, die er sich vor den Bauch geschnallt hatte – eine sogenannte Davul.

»Leiser, verdammte Scheiße!«, brüllte Dieter, und dann richtig laut: »Stopp!« Das Getrommel setzte aus. In die plötzliche Stille sagte Dieter drohend: »Ein für alle Mal, Herbert: Spiel das verfickte Kackding so, dass man die anderen noch hört. Noch mal von vorne.«

Das Stück »Winder«, das ein gewisser Neidhart von Reuental Anfang des 13. Jahrhunderts komponiert und getextet haben soll, besteht aus einer schlichten Melodie, die sich auf wundersame Weise nicht abnutzt. Am Wochenende hatte ich das Stück ungefähr 60 Mal auf meinen frisch erworbenen Flöten geflötet und immer größeren Spaß daran entwickelt, sei es, weil die Melodie tatsächlich überaus gelungen war, sei es, weil mir das Selberflöten ungleich mehr Freude bereitete, als anderen beim Flöten zuzuhören.

Der Text von »Winder« zählt zu dem von Neidhart begründeten Genre der »dörperlichen Dichtung«, einem tollen Kniff, um sich beim Adel einzuschleimen: Das geschlechtliche Treiben der Dorftrottel wurde einem höfischen Publikum vorgesungen, vielleicht so, wie heute Bürgerkinder Gangsterrap hören oder Lehrerehepaare das schockierende Treiben der Unterschicht im Tatort begutachten und sich auf pädagogisch wertvolle Weise gruseln. Vielleicht aber auch ganz anders.

Zumindest hätte das Stück gut klingen können, wenn Hörbies Trommel und Timos in diesem Falle ohnehin deplatzierter Schlagzeugeinsatz miteinander harmoniert hätten. Mike hatte recht: Hörbie konnte den Takt nicht halten. Diese für einen Trommler nicht unwesentliche Schwäche versuchte er durch Lautstärke zu kompensieren. Erschwerend kam hinzu, dass auch Gundula den Rhythmus auf ihrer leicht verstimmten Laute sehr frei interpretierte. Katjas Schellenkranzschläge verwandelten das Ganze endgültig in einen komplexen Anti-Groove, dem ich mich mit meiner Flöte so helden- wie stümperhaft entgegenstellte. Als der Gesang einsetzte – Gundula in einem wackligen Alt flankiert von Dieters zweieinhalbter Stimme –, verblies ich mich vor Lachen und setzte ab. Mit der

Nummer konnten die Kobolde einen Youtube-Hit landen. Vielleicht sollten sie sich auch gleich für den Eurovision Songcontest bewerben, denn es durfte in ganz Europa kaum jemanden kalt lassen, wie Gundula und Dieter inmitten des kindergartenartigen Getrommels und Gerassels mit todernsten Gesichtern auf mittelhochdeutsch aneinander vorbeisangen:

»Winder wie ist nû dîn kraft
worden gar unsigehaft,
sît der meie sînen schaft
hat ûf dir verstochen!

vor den welden ûf dem plân
siht man wunneclîchen stân
liehtiu bluemel wolgetan
der hân ich gebrochen.«

Es wurde still im Klassenzimmer. Ich schüttelte den Kopf, wischte mir die Augen und sagte nach einem Seufzer: »Ach, herrlich!«

»Was?«, fragte Dieter, der den Dudelsack für den Instrumentalteil bereits einsatzbereit in den Händen hielt.

»Das ist so schlecht, dass es schon wieder gut ist.«

Weil alle nur stocksteif dastanden und nichts sagten, redete ich weiter: »Irgendwie wie Helge Schneider. Natürlich ohne dessen Musikalität. Richtig grotesk. Mir gefällt's.«

»Noch was?«, fragte Dieter so leise, dass ich es kaum hören konnte. Ich hatte den Eindruck, dass er zitterte.

Plötzlich knallte er den Dudelsack vor sich auf den Tisch und stapfte zur Tür und raus aus dem Klassenzimmer.

Nach einem Moment andächtigen Schweigens sagte Gundula: »Mensch, wir üben das doch erst. Was bist du denn für ein Großkotz?«

»Aber echt«, sagte Katja.

»Ich geh zu Dieter«, sagte Gundula.

Katja sah mich an. Ich blies keck in die Flöte und winkelte dabei ein Bein kranichartig an wie dieser zauselige Hippie-Querflöter. Mein Manöver führte dazu, dass ich das Gleichgewicht verlor und mich am Tisch abstützen musste. Nur Hörbie grinste.

Schließlich standen wir alle draußen vor der Schule. Dieter rauchte. Ich überlegte, ob ich irgendetwas sagen konnte, was die Sache noch schlimmer machen und dazu führen würde, dass aus meinem und Katjas Band-Engagement nichts wurde. Am besten, ohne dass Katja hinterher sauer auf mich war. Leider fiel mir nichts Zwingendes ein.

»Er hat ja recht«, sagte Dieter, ohne mich anzusehen. »Weil ihr nicht übt. Ich sag immer wieder, ihr sollt üben. Wenn ihr nicht übt, klingt es scheiße. Das hört jeder. Dazu brauch ich keinen Philosophen.«

»Ich übe wie die Sau«, sagte Mike.

»Dich meine ich auch nicht.« Dieter wirkte müde. »Timo und Hörbie gehen jetzt rein und trommeln das Pattern so lange, bis es sitzt. Mike, geh mit und pass auf, dass Hörbie nicht wieder anzieht! Katja, stell dich daneben und hau einfach nur auf die Eins, okay?«

Während drinnen der Trommelworkshop stattfand, übten wir draußen zu dritt das Singen. Für sich alleine genommen klang Dieters Stimme charismatisch und sicher. Er forderte mich auf, ihn mit der zweiten Stimme zu begleiten, aber es war wie verhext: Ich lag völlig daneben.

»Sing mal alleine die Erste«, sagte Dieter. Ich tat wie mir geheißen, aber es wollte nicht fruchten. Singen lag mir eben nicht.

»Ich hör ja selbst, dass das schief ist«, zeigte ich mich einsichtig und zitierte die Dichterin Sarah Kirsch: »Besitze leider wenig Talent, nur viel Geschmack.«

»Lass mich raten«, sagte Dieter. »Du bist vor allem Theoretiker. Du kannst vermutlich den Quintenzirkel auswendig, was?«

»Welchen Quittenzirkel?«, versuchte ich dem Gespräch eine heitere Färbung zu geben.

»Pass auf!« Dieters Augen funkelten ungesund. »Damit wir uns von Anfang an verstehen: Musik muss von hier kommen.« Er schlug sich mit der flachen Hand auf die Herzseite der Brust.

»Musik ist Feeling«, assistierte Gundula.

Der Rest der Probe verlief ermutigend. Gundulas Bouzouki wurde gestimmt und das Rhythmusproblem messerscharf analysiert und behoben: Hörbie setzte aus. Während er schmollend in der Ecke saß, schnallte sich Timo die Davul vor den Bauch. Auch den Gesang bekamen wir in den Griff: Dieter sang die erste und Mike die zweite Stimme. Schließlich durfte auch Katja mitsingen, und es klang gar nicht übel. Ein weiterer Kniff bestand darin, dass Dieter am Anfang ebenfalls Bouzouki spielte, laut genug, um Gundula zu übertönen. Später griffen dann er und Mike zu ihren C-Dudelsäcken, um im Instrumentalteil »ordentlich Druck« zu machen. Wenn man sich mein Geflöte wegdachte, hörte sich das Ganze schon recht passabel an.

Nach der Probe luden wir die erstaunlich zahlreichen Instrumente in den Kofferraum eines giftgrünen Mercedes Sprinter Kombi 315 CD, an dessen Flanken dick und schwarz der Koboldschriftzug prangte. Dieter fuhr uns von Poppelsdorf zum Stadtteil Hardtberg und parkte den Bus in einer Siedlung, in der ein kastenförmiges Mehrfamilienhaus dem anderen glich. Hier wohnten Gundula, Dieter und ihr Sohn Mike als Familie Wolff. Während wir den Krempel in die Wohnung schleppten, sah mich Hörbie feixend an und sagte: »Total gut, was? Voll die Negerarbeit.«

Ich schwitzte noch immer, als wir längst in einer nach kaltem Rauch riechenden Polstergarnitur um einen Glastisch herum saßen. Lange war ich nicht mehr in einer Wohnung mit einem solchen Möbelstück gewesen, und ich konnte nicht anders, als die kalte Tischplatte ausgiebig anzufassen und mich gewissen erotischen Fantasien hinzugeben.

Mike schaltete den Flachbildfernseher am Kopf der Sitzgruppe an. Das schließlich gewählte Programm zeigte Trickfiguren, die ernstzunehmende Probleme miteinander hatten und diese ausschließlich mit Gewalt zu lösen suchten.

»Habt ihr Hunger? Ich mach uns was«, sagte Gundula.

»Ja, mach mal«, sagte Dieter, und seine Frau verschwand durch einen dunklen Flur in eine kleine Küche mit leberwurstfarbenem Boden. Während dort schon bald ein verheißungsvolles Brutzeln anhob, reichte Dieter jedem von uns als Aperitif eine 0,5er-Flasche Warsteiner. Timo hebelte den Kronkorken mit seinem Feuerzeug auf. »Prost«, sagte er und lehnte sich entspannt im Sessel zurück. »War doch wieder ganz geil.«

Dieter strich sich durch den Bart und starrte versunken vor sich hin. Als Katja ihn nach den Anfängen von »Kobold« fragte, behielt er den nach innen gerichteten Blick bei, so als säße er wie Nostradamus vor einem Bottich voll Wasser und orakelte schicksalsergeben drauflos. In Dieters Ausführungen ging es allerdings nicht um den 3. Weltkrieg, sondern um ein anderes dramatisches Spektakel: sein Leben. Er schilderte seine Zeit in Irland, den Daseinskampf auf der Straße, den harten Weg zum akzeptierten Bouzoukispieler in der irischen Musikergemeinde.

Ich mochte es, wenn Menschen ihre eigene Lebensgeschichte für ein Publikum aufbereiteten. Während Dieter redete, fühlte ich mich zunehmend behaglich. Seine Worte passten genau in dieses Wohnzimmer. Die eingesetzten Mittel mochten konventionell sein, aber der Wille zum Besonderen loderte heiß: Auf dem Glastisch stand ein massiver Metallaschenbecher in Form eines sich ringelnden Drachens, in einer Ecke hob eine geschnitzte Dämonenstatue einen Arm zum Gruß, ein gerahmtes Poster zeigte einen bösen, alten Weihnachtsmann, der sich die Hände rieb. Weiter hinten schnurrten in einer schmalen Verlängerung des Zimmers zwei Rechner unter der Fotografie eines Adlerkopfes. Blasinstrumente, CD-Roms, Weihrauchschalen, Lederpflegemittel, Schnabelschuhe, Gewandungsstoffe und eine Schneiderpuppe standen oder lagen herum – nicht zu unübersichtlich, nicht zu aufgeräumt: Ein braver Geist hielt das kreative Chaos in Schach.

Irgendwann fand Dieters Erzählung ihren Weg aus Irland zurück nach Deutschland und über die Auflösung einer Irish Folk Band namens »Murphy's Law« und eines Paintball-Ladens namens »Shoot to thrill« schließlich doch noch zur Gründung von »Kobold«, wozu Dieter die Idee in einem luziden Traum gekommen sein sollte.

Ich glitt gerade in ein angenehm tranceartiges Halbdämmern, als Dieter mich ansah und völlig unvermittelt fragte: »Und? Was macht man so als Philosoph?«

Vermutlich sah ich für eine Schrecksekunde aus wie ein aufgestörter Wombat, ein Plumpbeutler, dem man in seiner Höhle nassforsch ins Gesicht leuchtete. Ich fing mich jedoch rasch und antwortete: »Versuchen, die Philosophien anderer Philosophen zu verstehen.«

Offensichtlich konnte Dieter zu dieser Antwort nichts beisteuern. Er blickte verdutzt drein, ähnlich wie der CSU-Dünnschnabelgeier Edmund Stoiber, wenn er den Faden völlig verloren hatte.

»Max hat seine Magisterarbeit über das Glückskonzept von Schopenhauer geschrieben«, schaltete sich Katja wenig hilfreich ein.

»Schopenhauer?« fragte Timo. »Ist der nicht aus dem Mittelalter?«

»Nein, später«, sagte ich humorlos. »Und Katja hat sich mit Platon beschäftigt, das war früher.«

»Ja, klar«, sagte Timo. »Das ist ganz alter Stoff.«

»Und?« Dieters Augen funkelten lustig. »Seid ihr jetzt schlauer?«

Wir nickten beide.

»Und was hat das mit dem richtigen Leben zu tun?«

»Philosophie fragt unter anderem, was das richtige Leben ist«, sagte Katja.

»Ficken und Saufen!«, platzte es aus Hörbie. Jesusähnlich zeigte er uns seine Handflächen: »'Tschuldigung, ist doch so.«

Dieter verdrehte die Augen: »Das ist auch nicht alles.«

»Essen«, rief Gundula und rauschte mit einer Platte herein, auf der sich gut zwei Dutzend panierte Schnitzel türmten. Dazu gab es Pommes frites und Cola und weitere Biere.

Zwar kaufte ich fürs heimische Geköchel nur Fleisch aus artgerechter Haltung, als Gast jedoch verfuhr ich nach dem geselligen Motto »Stell keine Fragen und iss!«. Während ich also beim zu panierten Lappen geronnenen Schweineleid zulangte, begnügte sich Katja mit Pommes und wurde von Gundula gefragt, ob sie kein Fleisch äße. Katja bejahte und eröffnete damit den heiteren Teil des Abends.

»Ja, das hätte ich erwähnen können«, meinte Timo. »Mein Cousinchen ist eingefleischte Vegetarierin. Haha. Und das bei Kobold!«

Plötzlich fand auch Mike unsere Runde interessanter als die Trickfiguren: »Echt? Du isst meinem Essen das Essen weg?«

Katja schüttelte den Kopf: »Nein, dein Essen isst Menschen das Essen weg.«

»Hä?«, machte Mike und warf Hörbie einen »Was-labert-die-Alte-da«-Blick zu, was diesen ermunterte, seine Sicht der Dinge beizusteuern: »Mein Essen scheißt auf deins.« Treffer. Versenkt. Katja lächelte. Ich kannte dieses Lächeln. Es anzusehen tat mir in den Mundwinkeln weh.

Hörbie und Mike verfielen in meckerndes Gelächter und japsten sich noch die Kurzfassungen ähnlicher Scherze zu. Mike brachte »Kinder kommt rein, das Essen wird welk«, und Hörbie konterte mit »Der Leib Christi! Nein danke, ich hätt lieber was von der Dornenkrone.«

Gundula sah die beiden kopfschüttelnd an und wandte sich dann ganz ernst an Katja: »Aber wo bekommst du denn dann dein Eiweiß her?«

Der Satz hallte im Raum nach wie ein donnernder Furz, bei dem man sich einen Moment lang fragt, ob man ihn wirklich gerade gehört hat.

Katja antwortete halb ernst: »Sag ich nicht.«

Hörbie kicherte völlig irre drauflos, Mike hielt sich den Bauch. Als Letzte fiel Gundula in das allgemeine Gelächter ein. Ein wahrhaftes Wiehern brach aus ihr heraus und stachelte den Rest zu neuen Salven an. Auch ich fand alles sehr lustig und musste bald dringend pissen.

Mit drei Worten hatte sich Katja nachhaltig in Szene gesetzt. »Sag ich nicht« wurde vor allem bei Mike und Hörbie zum geflügelten Wort. Nach dem gemeinsamen Gelächter war es atmosphärisch folgerichtig, dass wir einen Vertrag vorgelegt bekamen, den wir zu Hause lesen und bald unterschreiben sollten. Gundula fragte Katja, welche Maße sie hatte und in welcher Farbe sie Gewand und Borte haben wollte. Sie werde fix was Hübsches für sie nähen. Dieter erklärte mir unterdessen, dass alle Kobolde oder Bolde, wie sie sich nannten, einen Bühnennamen hatten. Er sei »Loki, der Listenreiche«, Gundula nenne sich »Dulzinea«, Timo »Lukanor« und Mike sei »Bärwolf von Hardtberg«. In Anlehnung an einen Rapmusiker nenne er sich manchmal aber auch »50 Kupferlinge«. Hörbie schließlich bestehe auf den Namen »Egil von Egelstein«, und das sei ihm auch nicht auszureden. Auf der Bühne werde er allerdings fast ausschließlich »Egil der Taktlose« genannt. Ich fragte Dieter, was er von »Theoprastus Bombastus von Witterschlick« hielt, und er nickte anerkennend.

Auch Katja brauchte nicht lange, um sich für einen Namen zu entscheiden. Und da »Sancta Benedicta, Wanderpäpstin und Gegenhure« großen Anklang fand, nutzte sie die gute Stimmung, um ihren Plan voranzutreiben. Zunächst lobte sie die »Kobold«-Homepage, auf der sie gelesen hätte, dass sich die Kobolde als »Zeitreisende« präsentierten, die viele Musikstücke in verschiedenen Epochen noch von den Komponisten selbst gelernt hätten. Dann ließ sie Dieter ausführlich über dieses Bandkonzept reden und fragte schließlich, ob sie die Ansagen machen könne. Sie sei historisch sehr interessiert und Schellenkranz und Gesang seien vielleicht etwas dürftig. Kurz gesagt: Sie wolle für den Rest dieses Jahres die Frontfrau von Kobold sein.

»Wenn es euch nicht gefällt, können wir es ja wieder lassen«, sagte sie leicht lispelnd mit ihrem dritten Bier in der Hand. »Aber ich will eine Chance.«

Mike verspannte sich. Dieter strich sich den Bart: »Eine Frontfrau für ein halbes Jahr?«

Katja legte den Kopf ein wenig schief und sah ihn an: »Für mindestens ein halbes Jahr.«

4. KAPITEL

Als Katja und ich am frühen Morgen des 22. Juni die letzten Meter zur wolffschen Wohnung zurücklegten, hatte ich Fieber. Oder einen allergischen Schub. Vielleicht auch einen psychotischen. Oder einfach Angst vor der Reise. Außerdem drückte mein Magen, was vermutlich mit der orientalischen Lammpfanne zusammenhing, die Peer und ich gestern Abend als Abschiedsmahl aufgetischt hatten. Selbst der gute Raki schmeckte in der morgendlichen Aufstoß-Reprise ranzig. Ich wollte auf dem Bürgersteig zusammenbrechen und Katja mit brüchiger Stimme zuraunen: »Lass mich zurück. Du kannst es schaffen, aber meine Reise endet hier.« Ich wusste es mit der gleichen Bestimmtheit wie einst vor den Klassenfahrten: Ich war ein Stein. Mein Wesen war das Bleiben. Rollende Steine sind bedauernswerte Geschöpfe, die in Schieflage geraten sind und sich gegen ihre Natur herumkegeln lassen.

Dieter wirkte bei der Begrüßung auch nicht gerade gut aufgelegt.

»So eine Scheiße«, begrüßte er uns aus aschgrauem Gesicht. Ich fühlte mich verstanden, bis sich herausstellte, dass es um das »Kobold«-Banner ging. Es fehlte. Oh je! Gundula habe es weggeräumt, meinte Dieter, während Gundula und Mike behaupteten, Dieter sei's gewesen.

»So ein Banner kann doch nicht einfach verloren gehen«, sagte Timo mit einer gut gelaunten Vernünftigkeit, die um diese Uhrzeit besonders unangebracht erschien.

Während alle herumsuchten, saß Hörbie grinsend in einem

Sessel am Glastisch und freute sich. »Ich hab mir ein paar Fahrtböcke eingepackt«, informierte er mich. »Willst du auch einen?« Er sprach überbetont und über das ganze wurmblasse Gesicht strahlend. Das machte er gerne, denn so wirkte er wie der sympathische Spross einer degenerierten Hinterwaldsippe, die sich durch Inzest und Verzehr von Menschenfleisch am Leben hält und hin und wieder aus Jux und Pragmatismus ein paar durch die Botanik tappende Teenager einfängt, zu Tode foltert und aus den Knochen urige Möbel für Manufactum bastelt. Hörbie war ein Mann, der einen Knall hatte, der einen Mann spielte, der einen noch größeren Knall hatte.

»Was sind Fahrtböcke?«, fragte ich.

»Allerfeinste Launeböcke, mein lieber Bombastus.«

»Gut. Ich nehm einen.«

»Du bist ein guter Bockjunge. Ich verrate dir mal was: Das Banner liegt unterm Bett vom Bankmann.« Und Hörbie schwindelte nicht. Nach ein paar Minuten fand Mike das Banner im Zimmer seines in Berlin studierenden älteren Bruders, das Timo seit Wochen als Quartier nutzte. Seine Beziehung mit Nicole war offenbar wirklich ein ganz, ganz schlechtes Thema. Wie die Stoffrolle dorthin gekommen war und warum Hörbie wusste, was kein anderer wusste, blieb eines der vielen Rätsel, deren Lösung mich nicht interessierte.

Der erste Teil der Fahrt verlief in stiller Andacht. Nachdem wir unsere Taschen, Instrumente, Gewandungen und Kisten mit »Vagantentanz«-CDs in den Bus geschafft hatten, war ich so fertig, dass ich in der hinteren Reihe neben Katja einschlief. Ich träumte etwas von bockspringenden Affen in Spandex-Hosen und fand die turnenden Primaten plötzlich in einen Haufen langhaariger Heavy-Metal-Affen verwandelt. Luftgitarre spielen und ihre Matten schütteln – danach stand ihnen der Sinn. Sie machten einen furchtbaren Lärm, der mich schließlich aufweckte. Aus dem CD-Spieler des Busses dröhnte derselbe Krach, nur lauter: ein schlichtes Grundmotiv, über das eine ungelenke, aber anheimelnde Stimme »Seek and ... seek and destroy« – na ja – »sang«. Der saure Speichel des Busschläfers rann mir bis zum Kinn. Meine Mundhöhle schmeckte, als hätte dort ein böser Vogel während meines Schlummers ein übel riechendes Ei ausgebrütet. Und dann dieser Krach.

Hörbie war natürlich guter Dinge. »Such und ... such und zerstör!«, krächzte er vergnügt aus seinem Sitz neben Katja. Mike drehte sich mitsingend zu ihm um und gab ihm die berüchtigten »hohen Fünf«.

»Guck mal«, brüllte Hörbie gegen die Soundwand. »Der Rüssler ist aufgewacht.«

Mike fand das alles prächtig. Sein Pfannkuchengesicht zu uns gedreht, schrie er in der gleichen beknackten Diktion wie der weißhaarige Spaßvogel: »Gib dem Bockjungen einen Fahrtbock!«

Ja waren jetzt alle verrückt? Wer sollte denn hier der Rüssler sein? Und was machte einen zum Bockjungen? Warum dieses Reden in Rätseln?

»Was soll der Lärm?«, fragte ich Katja ins Ohr.

»Metallica«, erklärte sie zufrieden.

»Nicht was«, sagte ich ärgerlich. »Warum!«

»Wir wollten dein Schnarchen übertönen.«

»Einen Fahrtbock bitte!«, rief ich Hörbie zu, der mir im gleichen Atemzug eine lauwarme Flasche Nankendorfer Schroll Bräu in die Hand drückte. Hatte ich es mir doch gedacht: Bockbier.

»Ich will auch einen«, sagte Katja.

»Was?« Hörbie spielte den Erstaunten. »Böcke sind auch Tiere!«

Humor wie im Frühstücksradio. Katja bekam trotzdem ihren Bock. Wir schossen die Verschlüsse mit Feuerzeugeinsatz durch den Bus, stießen an und tranken. Nicht übel. Eine halbe Flasche später banden sich erste Alkoholmoleküle an meine Rezeptoren und dämpften die Impulsübertragung. So konnte ich das Gelärme besser ertragen, fragte mich aber, was die ewigen Imperative sollten: »Such und zerstör!«, »Spring ins Feuer!«, »Drück die Lichter!«, »Töte sie alle!« – was sollte ich auf Geheiß von Metallica an diesem Vormittag denn noch alles unternehmen? Da ging es ja zu wie in der Werbung: »Entdecke die Möglichkeiten!«, »make the most of now!«, »Nogger dir einen!«, »Schieß dir in den Kopf, du Pfosten!«

Katja liebte diese Art von Musik. Manchmal wollte sie, dass ich das verstand. Ich sollte in Bands mit Namen wie »Megadeth«, »Overkill«, »Slayer« oder »Exodus« etwas sehen, was über die offensichtliche Albernheit hinausging. Und irgendwo verstand ich Katja auch: Sie war eben unter anderem ein kleiner Junge, der von Schwertern, Motorrädern und jubelnden Massen träumte, so wie ich unter anderem ein kleines Mädchen war, das sich ein Einhorn wünschte, das immer genau die richtigen Fragen stellte.

Als ich Katja das erste Mal bei ihr zu Hause besuchte – in einem großen, etwas düsteren Haus in einem großen, halb verwilderten Garten im Schatten der Tannen des Bonner Venusbergs –, öffnete mir ein hagerer Mann in schwarzem Rollkragenpullover und mit beunruhigend glühenden Augen: Katjas Vater.

»Ich bin zu früh«, sagte ich dümmlich.

»Sie ist oben. Klopf einfach an der zweiten Tür links.«

Mich besonders dick fühlend, ging ich aus der riesigen, mit strenger Kunst dekorierten Diele eine breite Treppe hoch. Ich klopfte an der richtigen Tür, aber es rührte sich nichts. Ich versuchte es noch mal und tat dann etwas, was man in einem solchen Falle nicht tun sollte: Ich drückte die Klinke und spähte in den Raum hinter der Tür. Katja stand mit dem Rücken zu mir und reckte die Faust in die Höhe. Dann drehte sie sich ein

Stück in meine Richtung und hielt sich die Faust vor den Mund, um tonlos dort hineinzusingen. Dabei zog sie furchteinflößende Grimassen und bewegte ihren Körper rhythmisch. Sie trug die Haare hochgesteckt und über den Ohren wulstige Kopfhörer, die ihr den Anschein einer entfesselten Mickey Maus gaben. Atemlos stand ich da und sah zu, wie Katja mit einem Griff ihre Frisur löste, den Rumpf vorbeugte, eine Hand am Knie abstützte und dann ihre dunklen Haare durch den Raum schwenkte, bis sie schließlich wie ein Propeller wirbelten. Ich bekam einen Ständer. Das eigensinnige Ding drückte in voller Pracht gegen meinen Hosenlatz. Katja bemerkte mich aus dem Augenwinkel und stoppte ihren Tanz abrupt. Ich zog meinen Kopf zurück und verharrte eine Weile, ohne die Tür zu schließen. Ewig konnte das nicht gut gehen.

»Komm rein!«, hörte ich Katjas Stimme.

»Moment!«, sagte ich. »Ich such noch die Toilette.«

Mein Besuch verlief verkrampft. Während ich linkisch in einem unbequemen Korbsessel saß und mich über den Terpentingeruch im Zimmer wunderte, redete Katja lang und breit darüber, dass in unserer Stufe fast alle nur noch Flirten, Fummeln, Flatrates und Festbeziehungen im Kopf hätten, sie aber all das scheiße fände und vor allem keine Beziehung zu einem Typen wolle. Bei Beziehungen gehe es nicht um Liebe, sondern um Besitz. Das Wort »familia« bedeute ja ursprünglich nichts anderes als den Besitzstand eines Mannes inklusive Frauen, Sklaven und Viechern. Vielleicht werde sie mal etwas mit einer Frau anfangen, vielleicht auch ganz ohne solche Selbstbestätigung leben. Außerdem sei Bonn scheiße. Sie wolle so schnell wie möglich zurück nach Berlin, aus dem sie mit ihrem Vater weggezogen sei, während ihre beiden Brüder schon alt genug seien und dageblieben wären. Eine Mutter erwähnte sie nicht, und ich fragte auch nicht danach, so wie ich überhaupt nach all diesen Ausführungen nicht gefragt hatte.

Ach, ach, ach, dachte ich damals auf dem Heimweg. Und in mein Tagebuch notierte ich: »Ach. Ich habe die richtige Frau getroffen, aber zum falschen Zeitpunkt.«

Jetzt saß ich mit Katja im Bus, hörte Gebelle über den »Phantomlord« und hoffte insgeheim noch immer auf den richtigen Zeitpunkt, auch wenn Schmidt darüber nur den Kopf schütteln konnte.

Irgendwann wurde eine andere CD eingelegt und die Lautstärke gedämpft. Beim Genuss eines zweiten Bockbiers versuchte ich, mir unseren ersten Auftritt vorzustellen. Gundula hatte für meine Bühnenerscheinung als Theoprastus Bombastus von Witterschlick eine schöne braune Kutte genäht. Zusammen mit einer hellbraunen Kordel und einem Paar ausgelatschter dunkelbrauner Wanderstiefel sollte mich der Überwurf in einen wuchtigen Mönch verwandeln, in einen flötenden Thomas von Aquin. Das würde mir liegen. Schon einmal hatte ich mich als Mönch pudelwohl gefühlt, nämlich bei unserem Abiturscherz, der nach meinem Vorschlag unter dem Motto »Inquisition« stattgefunden hatte, während als Abimotto unpassenderweise »WasABI 2004 – der schärfste aller Jahrgänge« ausgewählt worden war. Meine Vorschläge »Die Abigenser – brennen für die Wahrheit« und »Abipositas – jetzt wird's fett« waren mit großer Mehrheit abgelehnt worden.

Es wurde trotzdem ein herrlicher Tag. Die Sonne brannte heiß, und man ließ mich als redegewandten Großinquisitor hochleben. Recht so!, dachte ich. Der richtige Zeitpunkt schien gekommen. Heute würde ich Katja küssen. Und als ich gerade ein weiteres wunderbar wirkendes Bier in der schwitzenden Faust hielt, kam Nina Hartmann auf mich zu und sagte: »Du, ich schmeiß nachher bei mir noch 'ne Party. Heckenrosenweg 17, aber sag's nicht weiter. Du kommst doch?«

»Kann Katja auch kommen?«

»Wenn du meinst. Klar.«

Mannmannmann.

Die Hartmanns hatten's dicke. Porsche vor der Mausoleumsgarage und großer Garten mit Pool, an dem ab dem frühen Abend die Coolen des Jahrgangs und ich herumlümmelten. Es gab Cocktails und große Pläne für die Zukunft. Nina war die erste, die blankzog und mit wippenden Brüsten ins Wasser sprang. Jetzt ließen sich auch die andere Nixen und Nussknacker nicht lange bitten. Ich ging ins Wohnzimmer und schaute mir das Bücherregal an, vor dem Katja bereits stand.

»Ich überlege, mich in Berlin an der Humboldt zu bewerben«, sagte sie, ohne ihren Blick von den Buchrücken abzuwenden.

Ich nickte.

»In Bonn ist der Lehrstuhl für antike Philosophie aber auch sehr gut besetzt«, fuhr Katja fort. »Christoph Horn soll ein ziemlicher Platonspezialist sein. Ich hätte Lust über Platon zu promovieren.«

Ich nickte wieder. Da ich das Gefühl bekam, etwas sagen zu sollen, sagte ich »Klingt gut« und nickte noch einmal.

»Was sind denn deine Pläne?«, fragte Katja und sah mich an.

»Keine Ahnung.«

»Du willst doch auch Philosophie machen.«

»Ja, natürlich.

»Würdest du lieber in Bonn bleiben oder eher nach Berlin gehen?«

»An deiner Stelle?«

»Nein, an deiner Stelle.«

»Ach mal schauen. Es gibt ja auch noch andere Städte.«

»Du hast auch echt überhaupt keinen Plan.« Katjas Nase erinnerte an einen Pflug, dessen Verlängerung von einer steilen Falte in der Stirn gebildet wurde. Der Fachmann spricht von Grindel. Ich verstand überhaupt nicht, warum sie mich auf einmal so angehen musste.

»Ich halte die antike Philosophie für ein wenig naiv«, sagte ich, ohne genau zu wissen, was ich da nun wieder vorhatte.

»Ach ja?«, sagte Katja und lächelte sehr arrogant.

»Ich meine speziell deinen geschätzten Platon mit seinen ewigen, unveränderlichen Ideen. Das ist so eine Art religiöse Konzeption, die doch eher rührend als zwingend daherkommt.«

»Ich glaube, deine Redezeit übersteigt in diesem Punkt deine Lektürezeit.«

»Ach komm, Katja. Ich weiß, dass Platon selbst vermutlich nur in seiner mittleren Phase voll hinter der Ideenlehre stand. Und ich weiß, dass Aristoteles ein großer Kritiker dieses Konzepts gewesen ist. Siehe seine nikomachische Ethik. Aber du glaubst daran wie die Bäuerin ans liebe Jesulein. Du machst aus Philosophie eine Ersatzreligion. Und das macht mir Sorgen.«

»Max, wenn du wüsstest, was ich glaube, dann würdest du nicht so einen himmelschreienden Schwachsinn von dir geben.«

»Die Heftigkeit deiner Antwort unterstützt meine Aussage.« Ich sah, dass Katja nun richtig wütend war. Ich hatte es geschafft. Aber hatte ich das gewollt?

»Okay, Max.« Katja lispelte. »Was willst du mir mit deiner Oberlehrernummer sagen? Dass ich nicht Philosophie studieren soll?«

»Na ja, es hat schon seinen Grund, warum das seit Jahrtausenden eine Männerdomäne ist.«

»Leck mich!« Katja drehte sich um und ließ mich stehen. Mein »Das war doch bloß Spaß« interessierte sie nicht mehr. Seltsam. Was war da bloß mit uns los? Eigentlich hatte ich fragen wollen, ob sie ein bisschen mit mir spazieren geht. Ich hatte alles schon genau geplant gehabt: die romantische Sommernacht, eine dunkle Ecke, plötzliche, dichte Stille, bei der Hand nehmen, küssen. Aber was nutzt der beste Plan, wenn sich Frauen so unberechenbar und feindselig verhalten?

Gegen ein Uhr nachts war die Mehrheit der Rasselbande bereits so stramm, dass damit kein Staat mehr zu machen war. Ich hingegen konnte sehr lange auf einer nicht gerade niedrigen Suffwelle surfen, ohne vom Board zu krachen. Ich lag im Garten in einem Liegestuhl und betrachtete die Sterne, als sich Nina neben mir ins Gras hockte.

»Cooler Himmel«, sagte sie.

»Hmmm.«

»Manchmal stelle ich mir vor, das sind keine Sterne, sondern Löcher.«

»Hmmm.«

»Verstehst du? Löcher, und dahinter ist nichts als Licht.«

»Ein sehr interessanter Gedanke.«

»Ja, irre. Wir wissen so wenig. Manchmal frage ich mich, ob nicht alles bloß ein Traum ist.«

»Würde das einen Unterschied machen?«

»Äh ja, weil, dann wäre es ja nicht echt.«

»Stimmt. Das habe ich übersehen.«

»Stört es dich, wenn ich meinen Kopf da anlehne?«

»Nein.«

»Redest du viel mit Katja über Philosophie und so?«

»Auch.«

»Macht ihr auch sonst was miteinander?«

»Hmm. Der Mensch kann tun, was er will, aber er kann nicht wollen, was er will.«

»Ey Wesen, du bist echt der Hammer. Ich glaub, ich bin betrunken. Bist du denn gar nicht betrunken?«

»Ich bin zu blau, um das beurteilen zu können.«

»Hihihi.«

Eine Sternschnuppe zog über den Himmel.

»Und?«, fragte Nina, den Kopf noch immer auf meinem Oberschenkel, »hast du dir was gewünscht?«

»Klar.«

»Ich auch. Bringst du mich in mein Zimmer. Ich weiß nicht, ob ich die Treppe alleine hochkomme.«

Ninas Zimmer roch nicht nach Erdbeeren, aber es sah in etwa so aus wie in meiner Standardfantasie. Vielleicht war das alles ja auch nur ein Traum. Hui!

Nina ließ sich kichernd aufs Bett fallen und nuschelte »So betrunken«.

Ich stand in der Mitte des Zimmers: »Soll ich dir ein Glas Wasser holen?«

»Ich will kein Wasser«, sagte sie, und es klang erstaunlich nüchtern. Kurz war es so still, dass sich der Raum zu stauchen schien, oder zumindest mein Hirn im Raum beziehungsweise der Raum in meinem Hirn. Das sind ja so Fragen.

»Schade, dass ich dir nie Nachhilfe gegeben habe«, hörte ich mich sagen.

»Äh ja. Hilfst du mir aus dem T-Shirt?«

Es war gar nicht so leicht, Nina das eng sitzende T-Shirt auszuziehen. Inmitten einer etwas ungelenken Verrenkung klebten plötzlich ihre Lippen auf meinen. Sie fühlten sich weich und richtig an, und das Küssen ging wie von selbst. »Ach so«, dachte ich. Auch das mit den Zungen war nicht schwierig. Ich spinxte ab und an, um die geile Klassensau zu sehen, die mir da so bereitwillig ihren Mund darbot. Kurz rutschte mein Bewusstsein komplett in die Zungenspitze. Beim zweiten Spinxen spinxte auch Nina und kicherte wieder. Sie nahm meine Hand und legte sie auf eine ihrer Brüste, die mir seit dem Poolhupf durch den Kopf geisterten. »Das ist doch alles nicht zu fassen«, dachte ich immer wieder. Dann aber ermahnte ich mich zur Obacht. Vielleicht tappte ich in eine Falle. Vielleicht wurde das Ganze gefilmt und sollte nachher im Internet unter »Die Schöne und das Biest« oder »König Dickbauchs Popp-Party« Furore machen. Ich sah mich im Zimmer um. Vielleicht war ich paranoid, aber das hieß ja nicht, dass man mich nicht filmte.

»Alles in Ordnung?«, fragte Nina.

»Können wir das Licht ausmachen?«

Die Dunkelheit hatte den zusätzlichen Vorteil, dass ich meinen eigenen Körper nicht sehen musste, der in den folgenden Minuten Stück für Stück freigelegt wurde. In Unterhosen lagen wir nebeneinander und streichelten uns. Nina roch nach Wassermelone. Ihr Gesicht wirkte im Fastdunkel abwechselnd wie aus einem Hochglanzheft und wie ein Comic-Nagetier. Ich wurde immer forscher. Bald knetete ich den kleinen Knackarsch, der sich da frech in Griffweite räkelte. Nina rieb mein Glied mit der flachen Hand und langte dann in meine Unterhose.

»Das ist doch wirklich nicht zu fassen«, dachte ich. Ich dachte es, als sie mein Glied küsste und dann ein wie aus dem Nichts manifestiertes Kondom darüberstreifte. Und ich dachte es, als sie sich rittlings auf mich setzte und langsam in sich hereinzog. Unglaublich. Es funktionierte, es ging. Ich, Max Wesendonck, wurde geritten. Und das gar nicht schlecht. Schon spürte ich, wie die ganze Aufregung als Erguss aus mir herauswollte, und steuerte gegen: Ich dachte an Hammerzehen, Afterschorf und Kierkegaard. Dabei übertrieb ich es, mein Penis zog sich zurück wie ein Schneck ins Häuschen, und die abgebrühte Nina ordnete einen Stellungswechsel an. Paulus schrieb den Missionaren: Ihr sollt euch nur im Liegen paaren. Diese neue Sensation ging keine 30 Sekunden, dann kam es mir. Anders als beim Wichsen fehlte allerdings das Gefühl eines kompletten Abschlusses. Irgendwie kam es mir so vor, als wäre die in Plastik gezwängte Röhre noch nicht ganz frei geschossen.

»Gut?«, fragte Nina.

»Sehr gut«, sagte ich und ermahnte mich dazu, jetzt bloß nichts falsch zu machen. Ich hatte darüber gelesen, dass ein Mann nach seinem Orgasmus noch nicht aus der Pflicht ist. Zum Glück nahm Nina weiterhin das Heft in die Hand. Vor meinen Augen streichelte sie sich zwischen den angewinkelten

Beinen und fragte mit einem versierten Blick von unten: »Hilfst du mir?«

Und wie ich half. Ich half, als ob ich die Mensch gewordene Hilfe wäre. Ein einziger groß angelegter Helferkomplex. Schließlich dirigierte Nina meinen Kopf zwischen ihre im Zimmerdunkel fast unsichtbaren Schenkel und sagte: »Daran wirst du noch lange denken, Wesen.« Interessanterweise rieb sie sich dabei weiter, so als sei mein Zungenschlag nur Begleitmusik. Plötzlich bäumte sie sich stöhnend auf. Durch ihren Unterleib lief ein Zittern, das sich für mich besser anfühlte als mein eigener Orgasmus. Jetzt war die Sache rund.

Als ich versuchte, Nina noch einmal zu küssen, maunzte sie: »Ah, das war geil«, rollte sich auf die Seite und schloss die Augen.

»Schläfst du?«, fragte ich nach ein paar Augenblicken, bekam aber keine Antwort. Unschlüssig betrachtete ich den gleichmäßig atmenden Ninakörper. Dann zog ich mich an und ging ins merkwürdig stille Wohnzimmer. Katja saß dort alleine in einer Sitzgruppe aus weißem Leder neben dem Kamin der Hartmanns. Sie hatte ein Glas Rotwein in der Hand. In einer Ecke schnarchte ein Abiturient.

»Ach«, sagte ich. »Du bist ja noch da. Ich dachte, du wärst schon weg.«

»Tja.«

»Wo warst du denn?«

»Im Billardzimmer. Ich hatte ein Tief. Und wo hast du gesteckt?«

Irrte ich mich oder betonte Katja das Wort »gesteckt« etwas feindselig?

»Ich habe Nina ins Bett gebracht. Die war total besoffen.«

»Ah, gut. Ich hatte mir schon Sorgen um sie gemacht, aber du hast dich ja netterweise um alles gekümmert. Echt gut.«

»Ja, ich dachte … Weil sie uns doch eingeladen hat und so.«

»Ja, klar. Superlieb von dir.« Superlieb – seit wann benutzte Katja solche Wörter? Und warum sah sie so seltsam aus? Ihr Gesicht schien fast ausschließlich aus Unterkiefer zu bestehen.

Ich setzte mich ein wenig von ihr entfernt in einen Sessel. Ein Druck in der Brust zeigte es mir an, bevor ich Worte dafür hatte: Ich war unglaublich traurig.

»Warum hattest du ein Tief?«, fragte ich.

»Ich musste plötzlich an meine Mutter denken.«

»Was ist eigentlich mit deiner Mutter?«

»Nix mehr.«

»Wie meinst du das?«

»Sie hat sich umgebracht. Genau vor drei Jahren.«

Ein Nachtfalter schwirrte durch die offene Terrassentür und heftete seine Füße auf den Schirm einer Stehlampe. Und während ich mich heute an alle anderen Eindrücke dieser Party eher verschwommen und mithilfe von Tagebuchnotizen erinnere, habe ich Katjas Unterkiefer und diesen Falter noch genau vor Augen.

5. KAPITEL

Umgeben von Pfiffelbach und Kromsdorf, Zimmern und Umpferstedt, Rohrbach, Großheringen und Bad Sulza liegt das Städtchen Apolda und fragt sich, warum es nicht auch einen albernen Namen trägt. Ja, warum nur?, fragten auch wir uns, als wir in unserem Bus durch die Gassen des Marktfleckens karriolten. Hörbie behauptete, er hätte eben ein Schild mit der Aufschrift »Glockenstadt Apolda« gesehen. Er lachte sein manisches Lachen und begann, von den Glocken der Glockenstadt zu schwärmen. Wir würden schon sehen, was für höllische Dinger das seien. Vom vielen Bockbier brannte ihm die Lampe. Sein schwitzender Gesichtskäse glühte pustelrot, und ich fragte mich, ob er den Tag überleben würde.

Gegen 11.30 Uhr parkten wir auf der Betoneinöde vor dem Apoldaer Schloss. Wir waren kaum ausgestiegen, da rauschte ein zugebarteter Mann mit Lederschlips über schwarz-weiß kariertem Hemd auf uns zu. Es war ihm nicht anzusehen, ob er durch seinen Aufzug seriös-bodenständig, lustig-locker oder bärig-schwul wirken wollte.

»Ah, guck an, ihr müsst die Kobolde sein. Ja, steht ja auch auf dem Bus. Lesen hilft. Ihr könnt auch kurz auf den Innenhof fahren, wenn ihr was Schweres ausladen müsst.« Seine Worte vibrierten in thüringischer Sprachfärbung, die bekanntlich jeden dunklen Vokal in die Nähe eines Ä oder Ü oder O rückt. Letzteres aber natürlich nur, wenn es sich nicht bereits um ein O handelt.

»Kein Problem. Wir sind Kummer gewohnt«, gab sich unser Bandboss leutselig. Mit einer ans Schmierige grenzenden Freundlichkeit gab er dem Mann die Hand: »Wolff.«

»Jetzt Vorname oder Nachname? Oder Künstlername? Na, ich bin der Dirk. Komm, ich zeig euch alles.«

Wir bekamen ein Hinterzimmer des Schlosses als Backstageraum zugewiesen. Außerdem nannte uns Dirk den Namen unseres Gasthofs und gab uns einen Zettel mit dem Marktprogramm. Nachdem wir unser Instrumentarium, das sich seit dem frühen Morgen schon wieder vermehrt zu haben schien, in die muffige Schlosskammer geschleppt hatten, gab uns Dieter fünfzehn Minuten frei. Er sagte das tatsächlich so: »Also, fünfzehn Minuten Pause, dann sehen wir uns am Bus.« Ich hätte mich nicht gewundert, wenn er uns noch für Referate über Apolda oder zum Küchendienst in der Herberge eingeteilt hätte. Für eine Sekunde breitete sich in meinem Mund der Phantomgeschmack von Leberwurstbroten und Hagebuttentee aus.

Zusammen mit Katja warf ich einen Blick auf das Gelände, das um 14.00 Uhr als »Mittelaltermarkt« seine Pforten öffnen sollte. Zumindest von einer Seite sah das Schloss hübsch aus: eine efeuumrankte Fassade inmitten eines ummauerten, grasbewachsenen Plateaus. Der Markt aber, der sich über diese Wiese und den Schlosshof erstreckte, wirkte nicht gerade spektakulär. Auf der Homepage hatte das jedenfalls anders ausgesehen: größer, bunter, wilder und weniger wie ein handelsübliches Stadtfest mit Historienfassade. Es gab den »Räubergrill«, eine runde Holzbude mit Schwenkrost in der Mitte, der auch auf jeder Kirmes hätte stehen können, nur dass der wurstwendende Dickwanst hier ein gar mittelalterlich Sack-Gewand übergeworfen hatte und seine sackgesichtige Mitwenderin ebenso. Auch der benachbarte »Kloß-Knappe« riss uns nicht vom Hocker. Wir schlenderten herum und linsten in Stände mit Schmuck, Lederbändern, Trinkhörnern, Kräuterschnaps, Tarotkarten und Räucherstäbchen. Aus einer Bude lächelte mich eine pralle Kräuterhexe mit roten Locken an. Sie hatte Tee und Salben im Sortiment und üppige Brüste in der Auslage ihres Dekolletés.

Der nächste Stand bot das nach Zigeunerkunst klingende »Kinderfilzen«. Schräg gegenüber ließen sich kindgerechte Holzschwerter und -schilde erwerben, um dem Nachwuchs vielfältige Verletzungen zu ermöglichen. Kampfunwillige oder bereits hinreichend verdroschene Kinder konnten in ein blaues Zelt mit weißer Borte geschleift werden, das ein liebevoll benähtes Banner als Wirkstätte der »Märchenoma Kunigunde« auswies. Gleich nebenan hockte ein mürrisch aussehender Schmied neben seinem Amboss und rauchte sich schon mal warm. Der Finsterling trug ein weißes Rüschenhemd, eine dunkelbraune Lederhose und Bergsteigerschuhe. Ich tippte auf Hochmittelalter. Er sah Katja so an, wie ich vermutlich kurz zuvor die Kräuterhexe begafft hatte: mit dem ernsten, leicht entsetzten Gesichtsausdruck des Gewohnheitsspanners.

»Das kann ja heiter werden«, sagte Katja. Ich nickte und deutete auf eine Holzkonstruktion namens »Met-Schenke«. Die beiden Gestalten, die daran herumschraubten, wirkten wie ein alkoholkrankes Schlagersängerduo, bei dem der eine dem anderen die Schuld am wachsenden Misserfolg gibt.

»Na«, sagte der Mann des Gespanns, der vielleicht aber auch die Frau war. »Hat der Markt schon offen?«

Wir schüttelten die Köpfe.

Die Pension »Storch«, die uns die nächsten beiden Nächte beherbergen sollte, roch inwendig nach Sauerkraut und erzeugte den Eindruck, man befinde sich im Darm einer riesigen Sau. Dunkel, warm und auf eine pulsierende Art zottelig umschlossen uns fransige Auslegeware und eine braune Raufasertapete, aus der etliche hölzerne Spruchplaketten (»Die ganze Welt ist ein Irrenhaus, aber hier ist die Zentrale«), Figuren, Masken und Furcht einflößende Bilder wuchsen, während nicht minder unheimliche Möbel im Dämmerlicht mal größer und mal kleiner zu werden schienen, so als atme der ganze verwunschene Schweinetrakt.

»Fickt ihr eigentlich miteinander?«, riss mich Dieter aus meiner Betrachtung.

»Wie bitte?«

»Gehen Katja und du in ein Zimmer, oder was?«

Die ganze Truppe einschließlich Katja sah mich interessiert an.

»Einer muss halt in ein Einzelzimmer«, erklärte mir Gundula den Sachverhalt, als ob ich zurückgeblieben wäre. Erst jetzt erkannte ich im Hintergrund einen glatzköpfigen Herbergsvater mit roter Knollennase, der mir aufmunternd zulächelte. Gleich neben ihm stand Helmut Schmidt, stieß Rauch aus und schüttelte mit halb geschlossenen Augen den Kopf.

»Ich hätte gerne das Einzelzimmer«, sagte Katja.

»Hab ich mir gedacht«, sagte Dieter. »Die ficken nicht miteinander.«

»Siehst du«, sagte Gundula. »Manchmal können Männer und Frauen auch einfach Freunde sein.«

»Ach Quatsch.« Dieter machte eine abfällige Handbewegung. Dann ließ er sich vom Wirt vier Schlüssel geben, die er – ganz gütiger Bandboss – an uns verteilte.

Mike und Hörbie bezogen Zimmer 7, Timo und ich Nummer 6. Wir machten uns frisch und warfen uns in Schale, dann klopfte ich im Bombastusgewand an Katjas Tür.

»Herein!«

Katja lag in ihrer blauen Gewandung mit schwarz-silberner Borte auf dem Boden, die nackten Unterschenkel auf dem Bett, die Arme hinterm Kopf verschränkt. Auf dem Nachttisch stand ein geöffnetes Bockbier.

»Geht's schon los?«, fragte sie und sah mit etwas verschwommenem Blick zu mir hoch. »Ich muss noch Kontaktlinsen reintun.«

»Wir haben noch ein paar Minuten. Katja, sag mal, wegen der Wette…«

»Ach ja. Ich bin auch schon ganz aufgeregt. Ich hoffe, du hast dir einen guten Ernährungsberater ausgeguckt.«

»Das ist doch alles Blödsinn.« Ich setzte mich aufs Bett und stöhnte im Einklang mit der Federung. Katja machte einige Situps und beachtete mich nicht weiter.

»Ich wollte dich an eine Fußnote aus Kants Kritik der reinen Urteilskraft erinnern«, sagte ich. »Dort bezeichnet er die Rednerkunst als hinterlistig. Menschen sollen wie Maschinen zu einem Urteil bewegt werden, das im ruhigen Nachdenken alles Gewicht bei ihnen verlieren muss.«

»Danke für den Hinweis.« Katja unterbrach ihre Bauchbeugen. »Die Stelle kannte ich noch nicht.«

»Und entlarvt nicht Sokrates im Gorgias die Rednerkunst der Sophisten als…«

»Max!« Katja stoppte erneut in halber Bewegung. »Was willst du mir sagen?«

»Diese Reden – das muss doch nicht sein. Du machst dich doch bloß lächerlich.«

»Du machst dir Sorgen um mich?«

Ich setzte einen betroffenen Gesichtsausdruck auf: »Die Leute hören doch sowieso nur, was sie hören wollen. Die Vernunft ist ihnen nur Mittel, der Eigennutz aber letzter Zweck. Der erfolgreiche Redner lehrt nicht das Volk, das Volk lehrt ihn, was er zu sagen hat.«

»Mein lieber Max«, Katja wuchtete die Beine vom Bett, stellte sie angewinkelt auf den Boden und langte nach dem Bier, »kann es sein, dass sich auch hinter deinem vernünftig klingenden Plädoyer ein eigennütziges Motiv verbirgt?«

»Welches denn?«

»Du hast Angst davor, abnehmen zu müssen.«

»Quatsch. Ich finde lediglich den Gedanken bedrückend, wegen einer Wette geheiratet zu werden.«

»Das war deine Idee. Und übrigens, wenn du schon mit Kant kommst: Du kennst ja sehr wahrscheinlich seine nicht in einer Fußnote versteckte Position, dass Aufklärung nur eins erfordert, nämlich die Freiheit, von seiner Vernunft in allen Stücken öffentlichen Gebrauch zu machen. Und jetzt muss ich ins Bad.«

Als wir kurz darauf allesamt in vollem Ornat in der muffigen Kammer standen, um die Instrumente zu stimmen und eine Setliste abzusprechen, fühlte ich mich seltsam verwandelt. Es mochte an der Mönchskutte liegen, am fortgesetzten Bockbiergenuss, an den riesigen Schnäbeln von Dieters rot-grünen Lederschuhen oder an Mike, der sich zur Feier des Tages ein rotes Kopftuch umgebunden hatte, unter dem er mit dem Grimm des unverstandenen Teenagers in die Welt blickte – zumindest war mir mittelalterlich zumute, vielleicht auch barock. Kurzum: Ich konnte mir plötzlich vorstellen, mit diesen Galgenvögeln für Jahre durch wilde Lande zu ziehen. Alles würde sich um Bier und Schinkenbeine und Weiber und Raufereien und Gesänge am Lagerfeuer drehen.

Mit großem Ernst stimmten Mike und Dieter ihre C- und G-Dudelsäcke.

»Die sind in tune«, sagte Dieter schließlich, aber Mike schaute angestrengt und schüttelte den Kopf: »Sind sie nicht!«

»Doch, sind sie«, beharrte Dieter.

»Hör doch mal!«, quiekte Mike und blies seinen Sack wieder auf.

»Nee, ich hör jetzt nicht noch mal.«

»Doch. Hör mal!«

»Die Säcke bleiben so.«

»Das klingt voll Kacke.« Mikes Stimme überschlug sich.

»Komm, jetzt vertrau mal deinem Vater«, schaltete sich Gundula mit verständnisvoller Stimme ein. Das war der Moment, in dem Mike explodierte: »Verdammte Scheiße, Mann – was hat das mit Vertrauen zu tun? Das klingt einfach Kacke, und Dieter will's nicht zugeben, weil er es nicht gemerkt hat.«

»Ich geb dir gleich ein paar aufs Maul«, sagte Dieter erstaunlich laut und humorlos. Mike schmiss seinen Sack auf den Boden und rannte raus. Etwas leiser und ohne Gundula anzusehen wiederholte Dieter: »Irgendwann hau ich dem echt mal aufs Maul.« Dann winkte er mich zum Stimmen heran. »Blas mal in die G-Schalmei!«

Als wir ins Freie traten, wirkte der Markt verändert: Bunt flatterten die Wimpel der Zelte, Rauch wehte aromatisch duftend von einem glimmenden Kohlebecken herüber, zum Klingklong des Schmiedehammers klimperte ein Spielmann versonnen in einer schattigen Nische des Gemäuers, und ein spindeldürrer Narr in grünen Strumpfhosen jonglierte geschickt fünf brennende Fackeln. Ich bot Katja meinen Arm an. Mit einer fahrigen Bewegung hakte sie sich ein.

»Holde Maid«, sagte ich in bester Bombastus-Laune, »Ihr seht bezaubernd aus. Etwas Schöneres hat mein Auge noch nicht gesehen.«

»Ihr schmeichelt mir, Mönch. Doch einem Mann des Glaubens muss ich ja nicht sagen, wie vergänglich die irdische Schönheit ist.«

»Aber Eure ist nicht allein irdisch«, sagte ich.

»Ah, Ihr meint die Idee der Schönheit in mir erkannt zu haben?«

»So ist es.«

»Aber diese Idee könnt Ihr in vielen tausend anderen Leibern erkennen.«

»Wohl wahr, holde Maid. Aber die schönen Seelen sind wohl seltener.«

Katja schüttelte lächelnd den Kopf. Gerade wollte ich ihr in die Augen sehen und etwas sagen wie »Katja, ich bin in dein Gehirn verliebt«, als Dieter in meinen Rücken bellte: »He, helft mal aufbauen!«

Nachdem wir Timos verfluchtes Schlagwerk mitten auf die Wiese gewuchtet hatten, prickelten Schweißströme unter meiner Kutte und beschworen an namenlosen Orten dämonische Hitzepickel. Auch Hörbie schwitzte wie ein Schwein.

»Alter«, ächzte er, »ich hasse die Sonne!«

Als wir pünktlich um 15.30 Uhr zusammen mit einem extrem schlecht gelaunten Mike loslegten, hatten sich trotz der Hitze einige Besucher eingefunden, darunter nicht wenige Kinder. Bis auf zwei Vampir-Mädchen und einen Mann, der in einem aus Wolle gehäkelten Kettenhemd und mit Trinkhorn im Ledergürtel herumstolzierte, sah ich nur unverkleidetes Touristengeschmeiß, dem ich mich als Bombastus haushoch überlegen fühlte.

Dieter zählte an, dann ging es mit Katjas Tamburin und meiner Flötenkunst los, und eine Strophe später sang unser Bandboss in genäseltem Französisch:

Quand je bois du vin clairet,
ami tout tourne, tourne, tourne, tourne,
aussi désormais je bois Anjou ou Arbois.

Mike und Katja fielen mit einer zweiten Stimme ein, Gundula mit ihrer Bouzouki, Hörbie schlug zaghaft den Takt, und Timo stand reglos hinter seinem Schlagwerk und guckte kernig. Bevor sich die anwesenden Thüringer fragen konnten, ob wir den Kleinen in fremder Zunge Schweinskram in die Öhrchen sangen, kam die deutsche Reprise – nein, es ging nur um die gute alte Sauferei:

Hei, der gute kühle Wein
macht alles kunterkunterbunt sich drehen,
trinkt mit uns, wir schenken ein: Anjou und Arbois.

Vivat, singt und trinkt
und leert die Flasche bis zum Grunde,
singt und trinkt mit uns den Wein, schenket ein!

Das Lied war nicht gerade der größte Kracher unseres Repertoires, aber als sein letzter Akkord erklang, hatten sich immerhin rund 50 Menschen erwartungsfroh im Halbkreis vor uns versammelt, während ein paar andere aus sicherer Distanz herüberspähten. Viele klatschten. Ein als Pirat verkleideter Mann rief gepresst »Yeah!«. Ich schaute zum Stand der Kräuterhexe, die Kräuterhexe schaute uns zu.

Katja trat einen Schritt vor, breitete die Arme aus und rief, als stände sie vor Tausenden: »Volk zu Apolda! Höret, was wir euch zu singen und zu sagen haben. Wir sind die Spielleute Kobold. Nennt es Fluch, nennt es Segen, aber seit Jahrhunderten reisen wir nicht nur durch allerlei Länder, sondern auch durch die Zeit. So haben wir euren Ort schon einmal besucht, als hier noch die Vizthume herrschten. Einer davon war Christoph von Vizthum, der hier in diesem Schloss wohnte – vor über 450 Jahren.« Katja machte eine Pause, um die Gesichter der Anwesenden zu taxieren. Ein kleiner Junge stand mit offenem Mund da, ein halb zerkautes Stück Bratwurst lugte über seine Unterlippe.

»Seine beiden Söhne waren starke und eher grobe Burschen«, Katja machte eine Handbewegung in Richtung zweier junger Männer. »Aber Katharina, die Tochter, hatte ein derart zartes, anmutiges und einsichtsvolles Wesen, dass manche sagten, sie sei nicht von dieser Welt.« Diesmal sah Katja ein Mädchen an, das sofort den Blick senkte.

»Eines Tages – es war der 22. Juli – kam eine Zigeunerin zum

Schloss. In einem Tuch trug sie einen Säugling am Leib. Die Sommersonne brannte. Das Baby schrie vor Hunger. Da vorne, keine dreißig Schritte von hier, nahe am Abhang, traf sie den Schlossherren und bat um etwas Geld. Christoph von Vizthum allerdings war ein hartherziger Mann, der das Land auspresste und die Menschen darin nur als austauschbare Arbeitskräfte ansah. Er schickte die Zigeunerin von seinem Grund und Boden. Und als sie ihn flehend am Arm packte, stieß er sie von sich. Dabei löste sich das Tuch, und der Säugling stürzte den Abhang hinunter und starb.« Katja sah mit ernster Miene ins Publikum. Ich warf einen Blick zu Dieter, der gespannt lauschte. Mike hingegen zog gerade den hölzernen Überzug vom Mundstück seiner Schalmei und betrachtete mit demonstrativem Interesse das darunter liegende Doppelrohrblatt. Mit nach oben gewendeten Handflächen fuhr Katja fort: »Die Zigeunerin stand wie gelähmt. Der Schlossherr hob entschuldigend die Hände. Dann warf er der Frau einen Silbertaler hin und machte sich davon. Er hörte aber noch, wie sie leise sagte: »Der Blitz wird dein liebstes Kind erschlagen, von heute ab in sieben Jahren auf den Tag!« Katja machte Hörbie ein Zeichen, und er gab auf der Davul den Takt für das nächste Stück vor. Dann stiegen Mike und Dieter mit ihren Schalmeien ein. Nach und nach kamen alle anderen Instrumente dazu. Das ohne Gesang dargebotene Stück »Madre deus« lag unserem Schlagwerker besonders am Herzen. Er hieb auf seine Pauken wie die Galeerentrommler in Sandalenfilmen. Viele im Publikum wippten mit, und Gundula schob unnachahmlich grinsend den Kopf vor und zurück wie eine Giraffe auf Blätterfang. Auch Hörbie merkte, dass wir super ankamen, ja, dass wir groovten, und er ließ es sich nicht nehmen, mit seiner vor den Bauch geschnallten Trommel ein paar Schritte in Richtung Publikum zu tänzeln.

Wir endeten nicht ganz auf den Punkt, aber die Leute jubelten. Sie klatschten nicht bloß nett, sie jubelten. Dieter warf mir einen Blick zu, der gleichzeitig zu sagen schien: »Gut gemacht, Junge« und »Siehste!«.

Die Kräuterhexe schlug ihre Hände huldvoll über dem Kopf zusammen. Dabei prangten ihre nackten Achseln im Halbschatten des Standes und lösten bei mir eine Assoziationskette aus, die mich von ihren rasierten Achselhöhlen zu ihrer rot gelockten Scham zu ihren festen, fetten Schenkeln und schließlich zu knackigen Bock- und Siedewürsten und feinen Frankfurtern im Wasserbad führte. Vermutlich glotzte ich wie ein Mondkalb. Zumindest beobachtete mich die Mutter des Bratwurstjungen amüsiert, und als ich ihrem Blick begegnete, blies ich in einer Übersprungshandlung die Backen auf und wischte mir Schweiß von der Stirn.

»Was trinken?«, rief die Frau mir zu.

»Bier bitte!«

»Kommt gleich«, lachte sie.

Katja setzte ihre Erzählung fort: Die feengleiche Tochter entwickelt eine merkwürdige Faszination gegenüber Gewittern, aber der Schlossherr sperrt sie natürlich immer in den Keller, wenn sich etwas in der Atmosphäre zusammenbraut. Schließlich nähert sich der Tag der Prophezeiung. Immer häufiger wüten Gewitter über Apolda, Blitze setzen Häuser in Brand, und Hagelkörner, dick wie Hühnereier, verwüsten die Felder. Am 22. Juli 1559 rollen die Donner besonders laut, die Blitze zucken als riesige Zacken durch den finsteren Himmel. Die Dorfleute geraten in Angst und erinnern sich an die Prophezeiung der Zigeunerin. Natürlich hat sie allen davon erzählt, denn ein Fluch, von dem keiner etwas weiß, ist blöd. Das Volk dringt in den Schlosskeller ein, um die verfluchte Tochter herauszuholen und so dem Spuk ein Ende zu bereiten. Katharina folgt ohne Widerstand ins Freie, das Unwetter verzieht sich, die Vizthums-Tochter schaut in den Himmel, ein letzter Blitz zuckt auf sie nieder – und Ende. So sehr mich der nicht gerade unerwartete Tod des guten Kindes berührte, so sehr erquickte mich der Steinkrug mit kühlem Bier, den mir die freundliche Mutter nun in die Hand drückte.

Katja kündigte mit »Winder« unser nächstes Stück an. Ich musste mit der Flöte in Vorleistung treten, war aber noch so mit meinem Bier und Mikes und Hörbies neidischen Blicken beschäftigt, dass ich erst einmal »Mayenzeit« anblies, ein anderes Stück des guten Neidhart. Meine Bandkollegen zeigten sich verwirrt. Dieter schaltete sich ein: »Einen kräftigen Applaus für Theoprastus Bombastus von Witterschlick, der wieder einmal »Winder« und »Mayenzeit« verwechselt hat. Jahreszeiten interessieren ihn nicht, solange es in jeder genug zu essen und zu trinken gibt.« Hahaha, da freute sich das Volk. Mit uns Dicken kann man es ja machen! Ausgerechnet der selbst auf eine handfeste Fettsucht zusteuernde Bratwurstbube lachte besonders laut. Ich hatte gute Lust, dem Bengel mit meiner Holztröte eins überzubraten. Es war mein erster Auftritt, und der fiese Dieter tat so, als ob ich bei Kobold seit Jahren als Trottel mitmischte.

»Ach, ihr verdammten Hänflinge«, rief ich genervt, setzte die Flöte an und blies die »Winder«-Melodie. Das Stück gelang uns leidlich. Der Gesang klang hübsch, aber der Rhythmus stolperte dank Hörbie phasenweise sehr. Dieter versuchte diesen Umstand durch eine etwas überambitionierte Show auszugleichen und lief im letzten Teil des Stückes mit seinem Dudelsack von einem zum anderen und warf uns funkelnde Blicke zu. Doch die Leute harrten aus. Es kamen sogar neue dazu, darunter vier Männer, die sich selbst vermutlich als Recken oder Haudegen bezeichneten, ausgestattet mit klobigen Lederrüstungen und mit echten Stahlschwertern am Gürtel. Oha! Jetzt ging es los.

Katja fuhr fort: »Tja, eine traurige Geschichte, die sich damals zugetragen hat. Wir Kobolde haben im Laufe der Jahrhunderte schon von einigen traurigen Geschichten gehört oder sie sogar selbst miterlebt. Der Schlossherr und die Zigeunerin wollten nicht, dass es so endet. Sie haben so gehandelt, weil sie dachten, dass es richtig ist. Die Menschen machen ja nicht etwas, um unglücklicher zu werden, sondern um glücklicher zu werden. Der Schlossherr dachte, er ist für die Armen nicht zuständig. Die Welt sei so, weil Gott es so gewollt habe. Er kannte Armut nicht, und er hatte gehört, dass Zigeuner verschlagene Diebe sind. Als die Frau ihn anfasste, bekam er Angst. Und die arme Frau sah diese Angst nicht, sondern nur ihr Elend. Das könnt ihr verstehen, oder? Aber weshalb verflucht sie nicht den Schlossherren, dem sie die Schuld am Tod ihres Kindes gibt? Weshalb muss stattdessen die unschuldige Tochter sterben? Weil die Zigeunerin so großen Schmerz empfindet, dass sie dem Übeltäter auch möglichst große Schmerzen zufügen will. Er soll fühlen, was sie fühlt. Erst dann ist für sie die Ordnung wiederhergestellt. In diesem Augenblick denkt sie nur an sich. Auch das könnt ihr vermutlich verstehen und fragt euch nur noch, wieso der reiche Mann der Zigeunerin nichts gibt? Wo ist das Problem? Aber handelt ihr denn anders?«

»Wir leben ja nicht mehr im Mittelalter«, rief ein Mann in dunkelblauem Polohemd. »Heute gibt's Sozialhilfe. Und mehr als genug!«

»Mehr als genug? Wer kann das denn beurteilen? Aber lassen wir mal die Bettelnden in unseren Städten beiseite: Ihr habt davon gehört, dass jeden Tag viele Menschen verhungern. Wenn ihr denen helfen könntet, indem ihr etwas abgebt, und ihr müsstet noch nicht einmal auf etwas Wichtiges verzichten – wäre es dann vernünftig, das zu tun?«

Einige Leute nickten, ein paar wirkten genervt. Katja kehrte ihren Blick nach innen und sagte leise: »Aber ihr tut es nicht, oder?« Dann drehte sie sich zu Dieter um, lächelte ihm zu und sagte: »Wie wär's mit einem mazedonischen Tänzchen für unsere Freundinnen und Freunde in Griechenland?«

»Die wir heute Abend beim Fußball plattmachen«, rief Dieter

und erntete erleichterten Applaus und ein lautes »Schaun mer ma!« von einem der vier Recken, der dank Netz-Kopftuch und kantigem Kiefer besonders ins Auge sprang.

»Skudrinka«, bellte Dieter und pustete seinen Dudelsack auf. Das simple Stück hatte bei uns einen einzigen Kniff: Es wurde immer schneller. Anfangs motivierten Katja und Gundula das Publikum noch erfolgreich zum Mitklatschen, dann wurde es den meisten zu fix. Ich vertauschte die Flöte mit der Schalmei, spielte die letzten Durchgänge aber nur noch Lufttröte, da ich bei dem Tempo, das Mike und Dieter vorlegten, nicht mehr mitkam. Erstaunlich, wie flink und feinmotorisch Mike seine Wurstfinger über die Löcher der Spielpfeife bewegte. Der Jubel nach dem letzten Akkord hatte sich gewaschen.

Katja wandte sich der erwartungsfrohen Menge zu: »Hui, dieses Stück wird bei uns auch jedes Jahrhundert schneller. So Kinder, wo war Tante Benedicta stehen geblieben? Ach ja, bei unserem Urteilsvermögen. Ich gebe euch ein Beispiel: Ich, Sancta Benedicta – Wanderpäpstin und Gegenhure –, ich bin das Zentrum des Universums. Stimmt's nicht?«

Ein paar Kinder schüttelten den Kopf, und Katja tat erstaunt: »Was? Aber Moment mal, da wo ich stehe, ist immer genau die Mitte. Die ganze Welt dreht sich nur um mich. Ihr alle seid nur da, weil ich euch sehe. Ich halt mir mal die Augen zu. Aha, schon seid ihr weg. Jetzt gibt's euch gar nicht mehr.« Ein paar Kinder kreischten so vergnügt wie ohrenbetäubend.

»Ich bin noch da!«, brüllte eines aus Leibeskräften, und Katja machte die Augen wieder auf: »Aber nur, wenn ich mir nicht die Ohren zuhalte.« Dann lächelte sie und rief mit lauter Stimme: »Höret nun als Letztes von uns ein Lied aus der Carmina Burana. Es ist ein fröhliches Lied und heißt ›Die Zeit ist freudenreich – tempus est iocundum‹.«

Bei diesem Stück hieß es besonders achtzugeben, denn es begann mit einem A-cappella-Gesang sämtlicher Kobolde, bei dem ich mich sicherheitshalber mit einem Pianissimo begnügte. Hörbie zeigte sich leider weniger einsichtig, aber das Publikum schien seinen Falsetto-Quatsch lustig zu finden. Jubel und Geklatsche waren unser Lohn. Katja stellte jeden Kobold einzeln vor, wobei Mike den lautesten Jubel erntete.

»Zugabe, Zugabe!«, riefen ein paar. So weit war es also gekommen. Katja trat einen Schritt vor: »So höret denn. Wir Kobolde haben auf unseren Reisen durch die Jahrhunderte immerhin eine Einsicht mitgebracht: Mit undurchdachten Urteilen kann man sich und andere ganz schön in die Scheiße reiten. Da sind der Vizthum und die Zigeunerin nur ein Beispiel unter vielen. Aber wie kommt man zu Urteilen, die etwas taugen? Welche Fragen muss man sich da stellen? Wir haben euch keine Antworten mitgebracht, aber schon mal eine interessante Frage: Was ist das gute Leben?« Katja sprach die letzten fünf Worte nach einer kleinen Pause und sehr eindringlich.

»Wein, Weib und Gesang«, brüllte der Kiefer-Recke und warf lachend den Kopf in den Nacken. Seine Gefährten stimmten ein kehliges »All voll, all voll« an.

»Also ein Leben für die Lust?«, fragte Katja. Dieter trat einen Schritt vor: »Was sonst?«

»Das ist eine mögliche Antwort. Aber ich hätte dazu ein paar Fragen und ihr vermutlich ein paar Antworten. Kommt alle heute Abend eine halbe vor der achten Stunde dort zur Bühne! Dort spielen wir euch wieder auf. Und bringt eure Freunde mit! Für nun aber kommen wir zum Finitum. Nur für euch, ihr wunderschönen, einsamen, sterblichen Zentren des Universums, spielen wir ein Stück aus okzitanisch Landen. Es heißt: Ich habe den Wolf gesehen. Ai vis lo lop!«

Hörbie begann mit dem Drumpattern. Obwohl mir die Lippen brannten, gelang der kleine Solopart, den ich in dem Stück zu spielen hatte, während Mike und Dieter auf ihre C-Säcke wechselten. Ich wagte sogar, die Schalmei keck in die Höhe zu halten, anstatt bloß den Boden anzutröten. Die Recken tanzten in gespielter Ausgelassenheit, und als der Schlussakkord erklang, grölten sie. Viele im Publikum klatschten lautstark. Manche jubelten. Ich sah zur Kräuterhexe, aber sie war verschwunden. An ihrer Stelle – Hexerei! – lümmelte ein schief gewachsener Teenager im Stand.

Wie vorher abgesprochen stellten wir uns alle in eine Reihe und verbeugten uns kurz nacheinander. Unter neuen Zugaberufen zeigten wir mit übertrieben ausladenden Gesten aufeinander. Gundula ging zu Katja und sagte strahlend: »Das war total geil.«

»Wartet«, rief Katja ins Publikum und langte nach der Vagantentanz-CD, die Dieter ihr mit hochgezogenen Augenbrauen hinhielt.

»Höret, höret!«, rief sie noch lauter. »Wenn ihr ein paar kleine Silberlinge habt, dann geben wir euch dafür einen großen Silberling. Und auf dem sind noch allerlei Zugaben drauf!«

Kurz darauf bildete sich um Katja ein kleiner Pulk, in dem auch die Kräuterhexe stand und mich breit angrinste.

6. KAPITEL

Gundula half Katja beim CD-Verkauf, was auch dringend nötig war, weil einige Leute noch Gesprächsbedarf hatten:

»Sind auf der CD auch die Ansagen drauf?«

»Nein.«

»Och.«

»Ist die Sage echt?«

»So echt, wie Sagen eben sind.«

»Ich meine aus Apolda?«

»Ja.«

»Unterschreibt ihr mir die CD?«

»Bärwolf, Egil – nicht weglaufen, ihr müsst noch unterschreiben!«

»Hehre Fruw, besitzt Ihr ein gar lustig blitzend iPhone?«

»Wie bitte?«

»War nur Quatsch. Trinken wir gleich ein Bier zusammen?«

»Mal sehen.«

»Wie viel Silberlinge kostet die CD?«

»Kann ich deine Telefonnummer haben?«

»Nein.«

»Ist das zweite Stück auch auf der CD?«

»Ja.«

»Sind die alle echt aus dem Mittelalter, die Lieder?«

»Fast alle.«

»Seid ihr bei facebook?«

»Dulzinea, sind wir bei facebook?«

»Wo kann man solche Instrumente kaufen?«

»Da müsst ihr Loki fragen.«

»Okay, dann vielleicht deine E-Mail-Adresse? Oder halt, warte, ich gebe dir meine. Okay?«

»Sie meinen also, dass man nach Afrika spenden sollte?«

»Oder sonst irgendwohin, wo Menschen Mangel leiden.«

»Spenden Sie selbst?«

»5 % meiner Einnahmen.«

»Echt?«

»Ey, seid ihr bei google+?«

»Habt ihr noch eine andere CD? Die habe ich schon.«

»Aber woher kann man wissen, dass die Spenden auch wirklich …«

»Ihr hattet doch früher diesen anderen dabei. Den Langen. Was ist denn mit dem?«

»Wen? Dulzinea, hilf doch bitte mal dem Herren!«

»Wegen den Spenden …«

»Da können Sie sich informieren. Ich schreibe Ihnen Adressen auf, wenn Sie wollen.«

»Schnabelschuhe wurden übrigens nur von der Oberschicht getragen. Nicht vom fahrenden Volk.«

»Danke fürs Sagen.«

»Und Wanderschuhe wie bei dem Dicken da, die gab es früher gar nicht.«

»Xing?«

Ich versuchte, ein paar Worte mit der Kräuterhexe zu wechseln, aber die Recken hatten sich schon um das rot gelockte Frauenzimmer gruppiert. Außerdem stand ich selbst meinem ersten Fan gegenüber, einem vielleicht sechsjährigen Mädchen, das mich in ein Gespräch verwickelte, wie es für Fan und Idol nicht unbedingt typisch ist:

»Bist du immer so dick?«

»Ja.«

»Warum?«

»Weil ich so viel esse.«

»Warum isst du so viel?«

»Gute Frage.«

»Hmmm.«

»Tja.«

»Hast du immer Hunger?«

»Oft.«

»Meine Mama sagt, ich soll Mitleid mit Dicken haben.«

»Ach ja? Warum?«

»Die sind als Kinder alle missbraucht worden.«

»Wie bitte?«

»Sexuell.«

»Weißt du denn schon, was das bedeutet?«

»Ja.«

»Wo ist denn deine Mama?«

»Da!« Das Mädchen zeigte auf eine Frau, deren Kopf groß wie ein Ballon aus dürrem Hals auf dürrem Körper ragte.

»Ah ja. Deine Mutter hat nicht so oft Hunger, stimmt's?«

Das Mädchen nickte ernst.

»Na ja, so ist das. Also, ich muss dann mal die Flöten putzen. Tschüss.«

»Wiedersehen«, sagte mein erster Fan und drehte sich auf den Absätzen seiner Sandalen.

Kurz darauf saß ich mit allen Kobolden an einem langen Holztisch. Die vier Recken kamen dazu und mit ihnen die Kräuterhexe, die mich freundlich ansah. Sie setzte sich neben Timo, legte den Arm um ihn und sagte: »Wieso habe ich von euch noch nichts gehört, edler Herr?«

»Edel?« Der Recke mit dem Kopftuch lachte grölend. Es stellte sich heraus, dass die vier Schwertträger unseren Schlagwerker von Liverollenspielen kannten. Ich stellte mir diese Veranstaltungen wie eine mehrtägige »Der-Herr-der-Ringe«-Aufführung durch Laienschauspieler vor: kaum Frauen, unerträgliche dramaturgische Längen und todernst dargebotenes Geschwafel über rätselhafte Runenringe, elitäre Elbenenkel und zweifelhafte Zwergenzwänge. Ich fragte mich, was unseren Investmentbanker und die vier aufdringlichen Gesellen zu solchem Freizeitballast motivierte. Sie wirkten nicht überdurchschnittlich dumm oder anderweitig behindert. Andererseits sieht man vielen Menschen ihre Verheerungen auch nicht auf den ersten Blick an.

Obwohl sich der Großteil des Gesprächs um Nachrichten aus Mittelerde drehte, erfuhr ich immerhin, dass Timo ein einjähriges Sabbatical angetreten hatte und mit dem Gedanken spielte, seinen Job bei der Deutschen Bank ganz an den Nagel zu hängen.

Die vier Recken, die sich Bayonne, Balitur, Baccata und Romata nannten, redeten laut und lachten übertrieben, vor allem über Späße, die in der Gruppe vermutlich zum festen Repertoire gehörten. Besonders der hühnerbrüstige Balitur ging mir auf die Nerven. Immer wieder sonderte er Wortspiele ab, die das ohnehin unkonzentrierte Gerede völlig ausfasern ließen. Natürlich hätte ich aufstehen und weggehen können, aber zum einen versetzte mich das Steinkrugbier in eine gewisse Duldungsstarre, zum anderen wollte ich herausfinden, warum zum Teufel die Kräuterhexe und sogar Katja nicht nur mit diesen Männlichkeitsdarstellern ausharrten, sondern zu allem Überfluss auch noch hin und wieder über deren Witzeleien lachten, während mich niemand beachtete.

Ich fand es nicht heraus. Ich brachte lediglich in Erfahrung, dass sich die Kräuterhexe gar nicht als Kräuterhexe verstand, sondern unter dem Namen Rowena Hildiswin in die Rolle einer keltischen Kriegerin vom Stamm der Eburonen hineinfantasierte, was sicherlich mehr Glamour hatte, als rund um die Uhr eine alleinerziehende Mutter aus der Sackeifel zu mimen, die sich und ihren Wonneproppen mit Alimenten und Verkäufen auf Mittelaltermärkten über Wasser hält.

»Warum so schweigsam, Mönch?«, sprach sie mich an, als ich gerade überlegte, ob die Spießbratenbrötchen vom Räubergrill genießbar sein konnten.

»Ich bin kein Mönch großer Worte«, sagte ich und lächelte so nett ich konnte.

»Ihr habt trefflich geblasen.«

»Ja«, sagte ich. »Darauf verstehen wir Mönche uns meist gut.«

Rowena lachte, wobei ihre prallen Bäckchen noch praller wirkten. »Stimmt es denn, dass viele Mönche gar nicht so keusch leben, wie sie behaupten?«

»Mir ist davon zu Ohren gekommen«, sagte ich.

»Aber Ihr selbst haltet Euch natürlich strikt an die Ordensregeln.«

»Auch mich prüft der Herr von Zeit zu Zeit. Bisher durfte ich aber immer standhaft bleiben.«

»Standhaft? Das freut mich zu hören. Wenn es mir unter all dem Gesindel hier zu gefährlich wird – Ihr würdet mir doch gewiss Unterschlupf gewähren.«

»Gewiss.«

»Und ich hätte nichts zu befürchten?«

»Nicht das Geringste.«

Die Spießbratenbrötchen schmeckten tatsächlich so abscheulich, wie ich es befürchtet hatte. Ich musste mit einem weiteren Krug nachspülen und fühlte mich bei unserem zweiten Auftritt bereits wieder angeheitert. Meinem Flöten- und Schalmeienspiel kam das nur zugute. Auch die restliche Band zeigte sich in gesteigerter Form. Katja erzählte im Wesentlichen dasselbe und verwies am Ende noch einmal auf das abendliche Tavernenspiel. Dirk, der Veranstalter mit Lederschlips, hatte das »große Spektakulum« vorverlegt, weil um 20.45 Uhr das EM-Viertelfinalspiel

Deutschland gegen Griechenland übertragen wurde. Also fanden wir uns bereits um 19.30 Uhr mit ein paar anderen Wald- und Wiesenkünstlern zum großen »Und-jetzt-noch-mal-alle« auf der Bühne ein.

Ein Barde namens Thelonius Dilldapp begleitete unser erstes Stück auf der Laute, derweil der spindeldürre Jongleur im Laufe seines Wirbelns von Bällen auf Fackeln umstieg, die er wiederum einem Feuerspucker zuwarf, der meterlange Flammen darüber blies. Das kam an. Dann fragte dieser Dilldapp, ob wir den »Kling Klang Klonimus« könnten. Loki-Dieter nickte und machte mir und Katja ein Zeichen auszusetzen. Die ersten zwei Zeilen des Liedes lauteten: »Ein Mönch kam vor ein Nonnenkloster, eijeijei, mit seinem langen Paternoster, falleri und fallera.« Und genau so ging es dann weiter. Katja und ich standen dumm herum und versuchten, dekorativ oder, wie man unter uns Musikern sagt, songdienlich zu wirken. Beim Refrain konnten dann auch Unkundige mitsingen: »Und seinem Kling Klang Klonimus Dominus, seinem Kling Klang Klonimus Dominus« und so weiter.

Es geht ja das Gerücht, im Osten Deutschlands sei man dank der DDR-Sozialisation weniger verklemmt aufgewachsen als im Westen, aber als ich nun die begeisterten Publikumsreaktionen auf diese Pater-Penis-Posse miterlebte, kamen mir daran Zweifel. Frauen hängten sich bei Männern ein und sangen aus vollem Halse »Kling, Klang, Klonimus«. So etwas machte doch niemand, der mit seinem Sexualleben nicht auf Kriegsfuß stand.

Da ich auf der Bühne den Mönch repräsentierte, ließ es sich Dilldapp natürlich nicht nehmen, mich zum Gaudium der Anwesenden durch Zuzwinkern und Antanzen in sein schmieriges Spiel einzubinden. Ich lächelte und zog vielsagend die Augenbrauen hoch, hätte diesen Florian Silbereisen der Mittelalterszene aber lieber von der Bühne getreten.

Katja fasste sich in ihren Ansagen wesentlich kürzer, aber als der quecksilbrige Balitur rief, sie wolle doch noch etwas über die richtige Art zu leben sagen, nahm sie den Faden wieder auf: »Ja, das gute Leben. Ihr hattet doch schon die Antwort gefunden.«

»Genau: Wein, Weib und Gesang«, schallte es von unten.

»Also ein Leben für die Lust«, sagte Katja. »Je größer der Durst, umso schöner, wenn man was trinkt, stimmt's?«

»Klar!«

»Und je mehr der Arsch juckt, desto herrlicher, sich zu kratzen.«

»Oder eine schöne Maid kratzen zu lassen«, rief der kecke Recke mit der flinken Zunge.

»Also, das ist das gute Leben: Möglichst große Bedürfnisse haben und sie möglichst gut befriedigen können? Habe ich das richtig verstanden?«

»Ganz trefflich, holde Maid«, meldete sich Bayonne zu Wort. »Oh, ich glaube mir juckt der Arsch.« Es folgte jenes kehlige Männerlachen, das echte Kerle ab der Pubertät üben. Katja lächelte pädagogisch: »Sagt einmal, ihr wackeren Kämpen – wäre dann nicht ein süchtiges Leben das Beste? Ihr braucht dringend Alkohol und könnt ihn immer bekommen?«

»All voll, all voll«, skandierten die Burschen, aber eine Frau sagte: »Nein. Das macht doch krank.«

»Na, dann nehmen wir reines Heroin«, sagte Katja. »Damit kann man steinalt werden. Da juckt der Arsch dann so richtig. Oder wie wäre es hiermit: Stellt euch vor, ihr wärt ganz scharf auf Kinder. Jaja, ihr werdet fast verrückt, wenn ihr nur an die kleinen, niedlichen Schnuten denkt. Und ihr habt straffrei und ohne Aufsicht Zugang zu einem Kindergarten. Herrlich, oder? Und? Ist das das gute Leben?«

»Benedicta«, sagte Dieter in die ungemütliche Stille, »wollten wir nicht noch ein Stücklein spielen?«

»Ach ja, richtig. Wie wär's mit Madre deus?«

Kaum hatten wir den letzten Takt unseres Groove-Hits gespielt, meldete sich ein junger Mann, der ganz in Schwarz gekleidet war und überaus ernsthaft wirkte: »Vielleicht gibt es gute Lust und schlechte Lust. Also gesunde und kranke Bedürfnisse.«

Es war mir ein Rätsel, wie Katja es schaffte, dass sich selbst hier zwischen Gauklern und Lautenschlägern Leute fanden, die ernsthaft auf ihre Fragen eingingen. Ich kannte Katjas überragendes rhetorisches Talent. Ihre Referate und Tutorien hatten nicht nur Seminarteilnehmer in Erstaunen und Entzücken versetzt, sondern auch Studenten aus anderen Seminaren und sogar aus fremden Studiengebieten angelockt. Katjas Beiträge in StudentInnen-Zeitschriften oder Prechts »agora42« wurden kopiert, zitiert und hingen an den Wänden von WG-Küchen. Ich hatte mit eigenen Augen gesehen, wie Katja einmal nach einem Referat über Thomas Pogges Aufsatz »Menschenrechte als moralische Ansprüche an globale Institutionen« zwei sehr jungen und sehr ernsten Frauen Autogramme gegeben hatte. Aber all das hatte im kuscheligen Umfeld der Uni stattgefunden und nicht auf einem räudigen Mittelaltermarkt in der Stadt der Glocken.

»Eine gute Idee«, sagte Katja. »Aber was macht eine Lust gut?«

»Wenn sie zum Guten führt«, sagte der Jüngling, nun mit etwas selbstsicherer Stimme. »Aber dann ist sie ja kein Selbstzweck mehr. Also ich meine, dann ist die Lust nur das Mittel zum Guten.«

»Und was ist das Gute?«, fragte Katja.

»Ach, das weiß doch eigentlich jeder. Eben was das Leben besser macht: Ehrlichkeit, Gerechtigkeit, Freundlichkeit, Hilfsbereitschaft.«

»Die Tugenden?«

»Laaaaaaangweilig!«, brüllte der kopftuchtragende Recke und lachte dann, während ihm seine Spießgesellen zuprosteten. Katja lächelte.

»He, ihr wackeren Mannsbilder«, rief sie. »Ihr seid gute Freunde. Richtig?«

»Jawohl, uns fehlt nur noch eine Freundin. Muss ja nicht für lange sein. Harharhar.«

»Und wen habt ihr lieber zum Freund? Jemanden, dem seine Begierden das Wichtigste sind, oder jemanden, dem ihr vertrauen könnt, weil er sich um das Gute bemüht?«

Ich sah es Balitur am handelsüblich hübschen Gesicht an, dass er etwas Schlagfertiges erwidern wollte. Aber bevor ihm das Passende einfiel, tauschten Dieter und Katja einen Blick.

»Skudrinka«, brüllte Katja mit tiefer, voller Stimme, wie die Frontfrau einer Death-Metal-Truppe. Und schon hieb Hörbie auf seine Davul wie der betrunkene Trommler einer Karnevalskapelle.

Pünktlich zum Anpfiff der von Bitburger präsentierten Sportveranstaltung saßen alle Kobolde, die vier Recken, Rowena, Dilldapp und der Jongleur in der Gaststube der Pension Storch. Es wurden Biere und Schnitzel gereicht. Timo versprach bei jedem deutschen Tor eine Lokalrunde Schnaps. Weil sich Katja angeregt mit Balitur unterhielt, hatte ich mich neben Rowena gesetzt, unterhielt mich allerdings weniger angeregt, was vor allem daran lag, dass zu ihrer Rechten Timo saß und große Reden schwang.

Vier Tore – vier Schnäpse: Anders kann ich mir kaum erklären, wie der Abend verlief. Eigentlich wollte ich mich schon zur Halbzeit ins Zimmer zurückziehen, blieb stattdessen aber Viertelstunde um Viertelstunde neben Rowena sitzen. Irgendwann war ich mir ganz sicher, dass ich einfach nur meine Hand auf ihren Oberschenkel legen musste, und alles würde gut werden. In den weichen Armen der Keltin würde ich die grauenhaften Anblicke der letzten Minuten vergessen: ein in die Hände patschendes Honigkuchenpferd, in dem ich die deutsche Bundeskanzlerin erkannte, und eine wunderschöne Katja, die ihre Haare scheinbar beiläufig hinters Ohr strich und dabei diesen Hobbyritter ansah. Ich hätte am liebsten gebrüllt. Aber das war mir zu doof. Eigentlich war mir alles zu doof. Warum konnte ich mich nicht aus dieser Urhorde lösen? Was glaubte ich zu verpassen, wenn ich mich verpisste?

Und dann, als der vierte Schnaps anschlug, tatschte ich auf Rowenas drallen Schenkel. Er fühlte sich weich, warm, willig und erstaunlich nackt an. Umso mehr störte mich Timos grobes »He!« und ein plötzliches Gefühl von Unförmigkeit in meiner Handfläche. Etwas wurde darunter weggezogen, was sich keine Sekunde später als Timos Hand herausstellte. Es war zum Irrewerden: Der Bankmann hatte das Gebiet schon vor mir abgesteckt gehabt.

Rowena lachte. »Na, Pater. Auf wen habt Ihr es abgesehen?«

»Ich? Ich sollte euch doch schützen«, lallte ich und fuchtelte dabei mit der übergriffigen Hand in der Luft herum.

»Danke, Ehrwürden, aber Euer Schutz ist hier nicht vonnöten!« Timo funkelte mich halb belustigt, halb böse an und flüsterte dann Rowena etwas ins Ohr. Sie lachte auf und sagte: »So einfach ist das nicht. Der Stärkere von euch beiden soll heute Nacht mein Beschützer sein.«

»Gut denn«, Timo sah mich an. »Ringen wir mit den Armen!«

Hörbie wandte den Blick vom Bildschirm, auf dem siegreiche Fußballer interviewt wurden, und rief manisch: »Boah geil, der Rüssler und Lukanor machen Armdrücken.« Jetzt waren alle im Bilde. Dieter kam trotz seines Alkoholpegels erstaunlich behände zu uns an den Tisch und freute sich: »Ich mach den Schiedsrichter. Was ist der Wetteinsatz?«

»Die Frau.« Hörbie strahlte über das ganze sturzbetrunkene Gesicht.

»Gut. Setzt euch gegenüber!«

»Nein, ich mach so etwas nicht«, sagte ich.

»Oh, der Herr Wesendonck ist sich zu fein fürs Armdrücken.

Der Herr Wesendonck möchte jetzt lieber ein gutes Buch lesen oder ein warmes Schaumbad mit Aromaölen nehmen.« Dieters Stimme klang halb spöttisch, halb bedrohlich.

»Komm schon«, mischte sich Gundula ein. »Mann oder Maus?«

»Maus«, sagte ich, ohne eine Miene zu verziehen. Sollten die Deppen ihren sexistischen Quatsch ohne mich abziehen. In diesem Moment sah ich, wie Katja mit Balitur aus dem Gastraum ging. Einfach raus. Irgendwohin. Eine Woge der Wut riss mich in die Höhe, und um diese Anwandlung zu kaschieren, bellte ich ein »Sei's drum, drücken wir eben«.

»Was ist das Schönste im Leben eines Mannes?«, fragte Hörbie, und Timo wusste offenbar, was er zu antworten hatte: »Zu kämpfen mit dem Feind, ihn zu verfolgen und zu vernichten und sich zu erfreuen am Geschrei der Weiber.«

»Gut Conan. Sehr gut. Rüssler – ich hoffe du weißt, dass wir Lukanor auch Conan den Barbaren nennen. Gleich weißt du warum.«

Ich sah grimmig drein. Was war das nur wieder alles für ein himmelschreiender Scheißdreck? Ich hatte gute Lust, den Banker fertigzumachen, ihn nachhaltig zu demütigen, ihn dafür zu bestrafen, dass er Katja und mich in diese Band und damit mein Leben in Schieflage gebracht hatte. Vielleicht gab's ja eine Chance gegen die Bockwurst. Immerhin hatte ich nach Katjas Manifestation in der zwölften Klasse nicht nur ein maßgebliches Upgrade meiner Bekleidung durchgeführt, sondern mir auch die multifunktionale Hantelbank »Basic Concept« von Christopeit zusammengespart. Ich war durch die Hantelei zwar nicht dünner geworden, aber straffer. Meine Körperhaltung hatte sich entdruckst. Zunehmend hatte ich die Arme beim Laufen lässig mitschwingen lassen, anstatt sie nach Rentnerart auf dem Rücken oder nach Sitte der Voll-Verklemmten steif an die Seite gepresst durch die Gegend zu tragen. Eine Weile lang hatte ich mir nach dem Training »Grow«, das Muskelaufbau-Eiweiß der »Koelbl-Trainingsforschung« (»mit sportlichem Händedruck, Ihre Koelbl-Trainingsforschung«), in einen Krug Milch gerührt und mich regelrecht wohl in meiner Haut gefühlt. Allerdings war ich, wie eigentlich bei allem, was Disziplin erforderte, auch aus der Trainingsroutine immer wieder leicht rauszubringen gewesen, und im zweiten Semester hatte ich den Kraftsport dann ganz drangegeben.

Aber irgendetwas von dem alten Wumms musste noch in meinem Oberarm stecken. Zumindest jetzt, wo ich langsam wirklich richtig schlechte Laune bekam. Da Wettkämpfe ja auch immer eine psychologische Komponente beinhalten, schaute ich Timo ruhig und mit all meinem Hass und Weltekel an. Er grinste siegessicher. Dieter justierte unsere Arme so, dass sie den richtigen Abstand zueinander und zur jeweiligen Tischkante hatten. Er legte seine Hand auf unsere miteinander verhakten Pranken und sagte: »Auf die Plätze, fertig, los!«

Ich gab von der ersten Sekunde an alles. Blitzkrieg lautete meine Devise. Ich hängte mich so rein, dass Dieter bald in mein Ohr bellte: »Oberkörper gerade lassen!« Zumindest hatte ich Timo in Bedrängnis gebracht, aber der Bursche fing sich schnell und machte verlorene Zentimeter gut. Das blasierte Lächeln war ihm allerdings vergangen. Seine Gesichts- und Halsmuskeln spannten sichtbar, und als er »Boah was!« ächzte, stieg die Stimmung um uns herum.

»Hey, der Bombastus«, sagte Gundula.

»Fettenpower!«, johlte Hörbie.

Timo und ich drückten uns in ein Patt hinein. Die Frage war nun, wessen Arm zuerst erschlaffen würde. Da ich meiner Ausdauer nicht recht über den Weg traute, versuchte ich mich an einem Täuschungsmanöver. Ich ließ in meinem Druck ein wenig nach, um dann, wenn Timo sich auch entspannte, mit aller Gewalt in die Kraftlücke vorzupreschen. So gut war der Plan allerdings nicht: Timo preschte sofort in meine Kraftlücke vor, und ich fand meinen rechten Arm um ein gutes Drittel näher an der Tischplatte. Ich knickte mein Handgelenk ein wenig ein, aber der Banker griff irgendwie um und hatte mich erstaunlich sicher in seiner fiesen Faust.

»Drücken, drücken!«, rief Mike, ohne dass klar war, wen er anfeuerte. Timo presste mit theatralischer Miene. Mir lief der Schnapsschweiß aus der Stirn.

»Oberkörper gerade lassen«, herrschte Dieter den Schlagwerker an, und vermutlich hätte ich diesen Augenblick nutzen können, aber stattdessen stand plötzlich Helmut Schmidt am Tisch und sagte: »Die sind eh alle gegen dich, egal wie sehr du dich anbiederst.« Keine Sekunde später überschritt das Kräfteungleichgewicht den kritischen Punkt, und Timo drückte meinen Arm in die Waagerechte. Die Kobolde jubelten, Timo gab mir einen sportlichen Händedruck und Rowena lächelte mich mitleidig an.

Es wurde eine grauenhafte Nacht. Da Timo der Keltin allen Ernstes in ihr Zelt folgte, lag ich allein im Zweibettzimmer. Erst malte ich mir aus, wie der Schlagwerker mit seinen gebräunten Kraftpfoten an den Brüsten der alleinerziehenden Mutter herumgrapschte, dann sah ich ihren rot gelockten Kopf, wie er sich im Schritt des Herrenmenschen auf- und abbewegte, und schließlich dachte ich an meinen eigenen Körper, dessen Extremitäten ich eben beim Ausziehen betrachtet hatte: dieses madenhafte, aufgequollene Gebilde mit den breiten, speckgepolsterten, irgendwie kindlichen Händen und Füßen. Das konnte doch nicht wahr sein. Das war doch nicht ich! Hier lag eine grauenhafte kosmische Verwechslung vor. Vielleicht aber auch nicht. Vielleicht repräsentierte diese Speckhülle meine Essenz: ein Übermaß an Überflüssigem. In Nächten wie diesen stand es mir ganz deutlich vor Augen: Ich war ein erbärmlicher Freak und würde immer ein erbärmlicher Freak sein, und genau genommen lag das Schlimmste noch vor mir, denn noch entsetzlicher als junge erbärmliche Freaks sind alte erbärmliche Freaks. Katja würde trotz ihrer Schrullen früher oder später doch noch einen Partner finden, und dann war es mit unserer exklusiven Freundschaft vorbei. Aus pflichtbewusster Loyalität würde sie mich eine Weile mitschleifen und dann abhängen. Sie würde sich in irgendeinem Beruf einrichten, vielleicht sogar tatsächlich Autorin und Vortragsreisende werden. Ich würde vom Arbeitsamt leben, denn mir fiel kein Beruf ein, den ich sowohl machen konnte als auch wollte. Zum Professor fehlten mir der Biss und die Dummheit, zum Angestellten der Gehorsam und die Tücke. Und das, was ich wusste, war für den tumben Markt, in den sich Deutschland immer mehr verwandelte, völlig unbrauchbar.

Ich drehte mich ächzend im Bett. Es tat so weh. Mir brannte das Herz unter der bleichen Biertitte. Ich war ein Haufen Scheiße und ich wusste es. Vielleicht war ich auch ein Goldstück, das in einen Haufen Scheiße gefallen war, aber so erhebend dieser Gedanke auf den ersten Blick erscheinen mochte: In der Praxis lief es auf das Gleiche hinaus – ich steckte in der Scheiße.

»Scheiße, Scheiße, Scheiße«, flüsterte ich in das Dunkel des Zimmers. »So eine elende Scheiße.«

Ich hasste mein Übergewicht und meine Unfähigkeit, es loszuwerden. Ich hasste das Gefühl eines unstillbaren Mangels, das schon an mir genagt hatte, lange bevor ich fett geworden war. Und ich hasste meine pubertäre Unentschlossenheit gegenüber Katja, meine heimliche Gier und verlogene Schwärmerei, hinter der sich vermutlich eine handfeste Beziehungsunfähigkeit ausbreitete wie ein Flächenbrand.

Nein, wenigstens damit musste ein für alle Mal Schluss sein. Ich fühlte mich nüchtern, ja, so klar wie schon lange nicht mehr. Ich würde jetzt bei Katja klopfen und mit ihr reinen Tisch machen. Schmidts Meinung dazu war mir scheißegal. Es war schlimm genug, dass ich mich nur wegen Katja für ein halbes Jahr bei dieser Koboldkapelle verpflichtet hatte. Nein, nein, nein – ich musste mich vor mir selbst und meiner krankhaften Abhängigkeit schützen. Ich musste Katja genau jetzt, in diesem besonders lichten Moment, meine Gefühle mitteilen.

Ich zog mich an und ging mit klopfendem Herzen über den verwunschenen Flur der Pension Storch. Katja hatte die Zimmernummer 9. Ich blieb vor der Tür stehen und atmete ein paar Mal tief ein und aus. In wenigen Minuten würde ich um eine schöne, aber ungesunde Illusion ärmer sein. In wenigen Minuten würde ich auf dem Boden der Tatsachen aufschlagen.

Ich klopfte erst zaghaft, dann fordernder.

»Ja?« Katjas Stimme klang wach und erschrocken.

»Ich bin's, Max.«

»Was gibt's denn?«

»Kann ich reinkommen?«

Die Pause, die entstand, irritierte mich. Erst jetzt fiel mir Balitur wieder ein. Mein Magen zog sich zu einem sauren Klumpen zusammen.

»Nee, passt gerade nicht. Was gibt's denn?«

»Äh, ich …«

»Ach komm, Max, lass uns morgen reden.«

Ich glaubte, ein Rascheln zu hören, das so klang, als sei Katja nicht alleine im Zimmer.

Ich wollte sagen: »Ich glaube, ich werde wahnsinnig, wenn du jetzt nicht mit mir sprichst.« Stattdessen hörte ich mich sagen: »Entschuldigung. Ich dachte, du hast vielleicht noch was zu trinken da.«

»Nee, hab ich nicht.«

»Na, ich schau mal woanders«, sagte ich und tappte wie mit dem Hammer geklopft in die Gaststube, in der ich tatsächlich noch eine halb volle Flasche Schnaps auftreiben konnte.

7. KAPITEL

Am nächsten Morgen gegen halb neun wurde ich vom knollennasigen Wirt der Pension Storch bei einem Nickerchen auf dem Boden der Gaststube aufgestört.

»Ei verbibbsch, nu gugge ma!«, sagte er, klapperte mit irgendetwas an einem der Frühstückstische herum und ergänzte dann: »Na, jetzabba hopp!«

Gerne wäre ich aufgestanden, hätte mich entschuldigt und anschließend in meinem Zimmer frisch gemacht. Leider konnte ich mich weder artikulieren noch bewegen. Auch mit dem Denken war es nicht weit her. Wie ein Mistkäfer lag ich auf dem Rücken, strampelte aber wenigstens nicht mit den Beinen.

»Und den Schnaps hatter auch lärgetrunken. Der guude Fahner!«

Seltsamerweise war mir meine Lage nicht peinlich. Der pochende Schmerz in meinem Kopf und die Ahnung, dass üble Flüssigkeit aus meinem Magen die Speiseröhre hinaufdrängte, bannten alle zivilisierten Empfindungen.

»Also langsam mochisch mir Sorgen, Junge.«

Ich konnte den Mann davon überzeugen, dass er keinen Krankenwagen rufen musste. Allerdings war ich mir nach dem Schütteln meines Kopfes nicht mehr so sicher, ob ich nicht doch eine Hirn-OP benötigte. Schließlich wurden Dieter und Gundula hinzugerufen, und es gelang, mich aufzurichten und in einer qualvollen Prozession in mein Zimmer zu bringen. Dort oszillierte mein Bewusstsein zwischen Halb- und Vierteldämmer, während ich meine Aufmerksamkeit mal mehr auf die Kopfschmerzen, mal mehr auf den Schnapsgeschmack im Mund richtete. Zweimal schleppte ich mich ins Bad und übergab mich, bis grüne, nach bitteren Mandeln schmeckende Galle kam. Dabei trug ich ein feines Kleid aus kühlem Schweiß. Wie ich schließlich in mein Bombastusgewand und zu unserem ersten Auftritt auf den Schlossplatz gekommen bin, weiß ich nicht, aber ich muss dabei eine Kraft aufgewendet haben, mit der andere börsennotierte Unternehmen gründen.

Bei meinem ersten Schalmeieneinsatz kötzelte ich vor mich auf den Rasen und versuchte sofort, weiterzutröten, als ob nichts sei, verschluckte mich aber und musste husten. Bei den jungen Muttis und Papis des Mittagspublikums kam das nicht gut an. Ein Kind fing an zu weinen, und Katja wirkte in ihren Ansagen etwas zerstreut. Hörbie allerdings fand meinen Auftritt »total gut!«. Er zeigte sich bloß traurig darüber, dass nicht er mich gefunden hatte, weil er mich sonst »geschmückt« hätte.

Als wir unser Set ohne Zugaberufe beendet hatten, kam Dieter auf mich zu. Ich rechnete damit, dass nun der Anschiss kam, den er sich am Morgen verkniffen hatte, aber er verschränkte nur die Arme vor der Brust, lächelte und sagte: »Na? Is' dir ein bisschen übel? Guckt mal, dem Bombastus ist ein wenig flau.« Dann ließ er sich von Mike einen Steinkrug mit Bier reichen und prostete mir zu: »Auch eins?«

Ich verbrachte den Tag als Untoter von Schloss Apolda. Da seht, rief der Türmer von den Zinnen, der fette Zombie schlurft herbei! Sprechen kann er nicht, aber auf Geheiß des bösen Koboldmeisters bläst er gar kläglich in seine Flöte.

Musste ich nicht als Band-Bajazzo ran, lag ich stöhnend im Schatten oder steuerte den Porzellanbus oder wankte zwischen anderen bizarren Gestalten über das Gelände: Die vier Recken ließen sich für schwerterklirrende Schaukämpfe bejubeln und machten die üblichen Faxen. Ein Mann im orangefarbenen Kostüm stellte sich als diesjähriger Möhrenkönig von Apolda vor und hatte sonst nicht viel zu sagen. Timo machte keinen Hehl daraus, dass er eine »legendäre« Nacht verbracht hatte. Auch ohne seine grässlichen »Ein Gentleman genießt und schweigt«-Andeutungen konnte man ihm am frisch-fröhlichen Gesicht ablesen, dass er fachkundig entsaftet worden war. Bei Balitur war das schwerer zu sagen. Er wirkte genauso wie am Vortag und wich weder meinen Blicken aus noch hielt er sich von Katja fern. Noch immer schwatzten die beiden miteinander. Ich war zu schwach, um mich tiefgehend zu grämen oder Katja in ein erhellendes Gespräch zu verwickeln.

Erst am frühen Abend kam mit meiner Sprechfähigkeit auch mein Appetit zurück. Planlos schlurfte ich über den Markt und überlegte, was ich essen konnte und sollte, als mir ein gut gelaunter Hörbie in die Arme lief.

»Mein lieber Bombastus«, sagte er. »Du siehst mir aus, als ob du in einen Kuchenladen müsstest.«

»Was ist das?«

»Ein Kuchenladen?« Hörbie richtete seinen Blick nach oben, bis er wie eine perverse Märtyrerin aussah. »Ein Kuchenladen ist ein Tempel für die Mühseligen und Beladenen.«

Kurz darauf saß ich mit Mike und Hörbie in der sterilen Halbbehaglichkeit einer McDonalds-Filiale. Ich fühlte mich derart runtergepunktet, dass ich dem bisschen Zuneigung, das in Hörbies Einladung steckte, nicht widerstehen konnte. Auch Mike wirkte ganz lieb, wie er mir da gegenübersaß und nachdenklich auf seinen Royal TS schaute, der mal wieder ganz anders aussah als auf der pornografischen, zum maßlosen Verzehr anregenden Abbildung über der Verkaufstheke.

Als Dickwanst im McDonalds sitzen – das ist so eine Sache. Einerseits ist genau diese Umgebung ein klassisches Fetten-Biotop, andererseits wollen uns die Menschen hier erst recht nicht sehen, erinnern wir sie doch an leere Kalorien, leere Herzen, leere Leben.

Ich äugte zum Nebentisch. Dort saßen zwei Buben, die ich anhand ihrer sauber geschorenen Nacken, den in den Hinterkopf rasierten Zackenmustern, den schönen langen Wimpern und der Packung Eistee unterm Tisch als Muslime identifizierte. So wie man Veganer leicht erkennt, weil sie es dir bei der ersten Gelegenheit sagen, erkennt man junge muslimische Männer daran, dass sie 1,5-Liter-Kartons mit Eistee durch die Straßen tragen. Alle. Immer.

Hörbie riss mit schiefem Maul Bissen aus seinem McRib und lallte mit halb vollem Mund, sodass Bröckchen durch den Raum schossen.

»Mein Lieblingsfilm ist ›Die kleine Fotze nimmersatt‹«, behauptete er ungefragt. »Und deiner?«

Mike dachte kurz nach. Dann sagte er »Sag ich nicht!«, und die beiden Hanswürste lachten.

Ohne dass ich ihn im Geringsten dazu ermuntert hätte, schwadronierte Hörbie lautstark über seine Islam-Porno-Sammlung: »Mohammeds Mördermösen«, »1001 nackt«, »Die Muschi-Moschee«, »Fatimas Fotze«, »Die 99 Schlampen Allahs« und so weiter. Keine Ahnung, ob er sich das ausdachte oder ob es die Filme wirklich gab. Bei Hörbie fragte man sich sowieso ständig, wo die Grenze zwischen Wirklichkeit und Wahn verlief. Zum Glück waren die jungen Herren am Nebentisch mit ihren Smartphones und dem Aufsetzen sehr gelangweilter Gesichter beschäftigt und hörten die Blasphemien des weißhaarigen Wirrkopfes nicht.

Es war schon dunkel, als ich Katja einmal abpassen und scheinbar beiläufig und ohne Vorwurf fragen konnte: »Und, hast du dich mit Balitur gut amüsiert?«

»Geht so«, sagte sie. Zwei Worte, die mich fassungslos machten. Da wäre mir sogar ein »Sag ich nicht« lieber gewesen. Geht so – was sollte ich da noch hinzufügen? Geht so – damit war doch alles gesagt. Ich sah es genau vor mir: ein bisschen Händchenhalten, dann testweises Gefummel im durchgefurzten Pensionsbett, schließlich ein halb garer Koitus. Der Freizeitrecke streckt plötzlich den Rücken durch, rollt sich kurz darauf von meiner Katja runter und ächzt »Das war geil«, während sie sich »Geht so« denkt. Geht so – die Burger rumpelten mir im Magen, und als Katja fragte: »Wie war das Armdrücken?«, schüttelte ich den Kopf und eilte zu einer Toilette, um mich noch einmal zu übergeben.

Ich war heilfroh, als wir am Sonntagnachmittag endlich unseren Krempel in den Bus luden und »Auf Wiedersehen« sagten. Und das musste leider durchaus wörtlich verstanden werden. Der Marktveranstalter im Lederschlips fand uns nämlich »urst geil« und wollte uns »Kunden« demnächst mal wieder bei sich haben. Schlimmer noch: Balitur spielte sich mit dem Vorschlag auf, »Kobold« noch in diesem Jahr bei einem riesigen Liverollenspiel als Tavernenband buchen zu lassen.

Endlich saßen wir im Bus, und ich stand kurz davor, an Katjas Schulter zu sinken und hemmungslos loszuheulen, als Dieter verkündete: »Jetzt geht's nach Weimar, noch ein bisschen Straßenmucke machen.«

»Yeah!«, rief Gundula. Hörbie verdrehte die Augen.

Noch bevor ich fassen konnte, was hier mit uns gespielt wurde, standen wir auch schon zu siebt vor Schillers pissgelbem Haus in der Fußgängerzone von Weimar und sangen »tempus est iocundum«. Die Schar der neugierigen Touristen wuchs schnell von einem Dutzend auf gut hundert Leute an. Ich kam mir vor wie in einem Traum. Katja brachte tatsächlich noch einmal in aller Ruhe die Geschichte von der Zigeunerin und dem Vizthum, und auch wenn Mike das Gesicht verzog: Die Menschen hingen an ihren Lippen. Gundula ging breit grinsend mit einer Filzkappe herum, so frisch und munter, als wäre das Wochenende in Apolda für sie ein Wellnessurlaub gewesen. Entsprechend rasselten und rauschten die Münzen und Scheine nur so in das Hütchen.

Sonntags in einer deutschen Fußgängerzone herumlärmen: keine gute Idee. Als die beiden Polizisten auftauchten und freundlich nach einer Genehmigung fragten, passierte etwas, das mir den Abstecher nach Weimar noch traumartiger erscheinen ließ: Dieter sagte mit seinem charmantesten Lächeln, dass wir leider keine Genehmigung hätten. Katja warf einen aufstachelnden Blick ins Publikum. Erst riefen nur zwei, drei der Anwesenden »Zugabe«. Dann wurden es viele, und der bittersüße Pulverdampf der Revolution lag in der Luft. Die Polizisten sahen sich verdutzt an. Ich schaute auf die gegenüberliegende Häuserfassade. Eben noch hatte ein Männerkopf aus einem Fenster im zweiten Stock herausgelugt, jetzt war er verschwunden.

Die Menge verwendete sich für uns: »Nu stellen se sisch doch nisch so an, Herr Schutzmann«, »Ei nu, man wird doch wohl noch ein bisschen musizieren dürfen«, »Wir haben's satt, immer noch von oben gesagt zu bekommen, was wir hier tun und lassen dürfen«. Die letzte Stimme gehörte einem Rentner in beiger Gore-Tex-Jacke, der eindeutig aus dem Rheinland kam.

Katja stellte sich in Pose und rief mit einem gespenstischen Selbstbewusstsein: »Volk zu Weimar: Wir müssen unser Spiel beenden, denn Gesetz ist Gesetz.« Sie ließ eine Pause, um dem Murren des Volkes Raum zu geben. Dann sagte sie: »Wenn ihr noch heute mehr von uns hören wollt, dann erwerbt unsere magischen Silberlinge.« Sie hielt eine CD in die Höhe. »Möge jeder geben, was er geben kann. Die gut Betuchten viel, die weniger gut Betuchten wenig.« Dann breitete sie die Arme aus und rief: »Wir kommen wieder. Wir sind Kobold – wir wollen nur spielen!«

Unter Applaus und Gelächter verbeugten wir uns, dann begann der Ansturm auf die Vagantentanz-CD. Die Polizisten schüttelten die Köpfe, sagten etwas von diesmal ausnahmsweise noch ohne ... in Zukunft werde dann aber ... schließlich könne man ja nicht einfach ... und so weiter.

Meine Hoffnung, dass wir nun endlich die Heimreise antreten würden, zerschlug sich rasch. Dieters Augen funkelten bedrohlich, als er sagte: »Instrumente ins Auto und dann geht's zum Chinesen.«

»Och nö!«, maulte Hörbie. »Ich hatte Sylvia und den Kindern versprochen ...«

Hatte ich das richtig gehört? Hörbie hatte Frau und Kinder? Das konnte doch wohl nicht wahr sein. Das war ja gruselig. Andererseits auch ermutigend. Wenn selbst Hörbie eine Familie gründete, dann konnte ich wohl alle Selbstzweifel in dieser Hinsicht fahren lassen.

»Du sollst für unsere Tourtage nix versprechen«, erwiderte Dieter schlecht gelaunt. Er duldete keine Widerrede, und eine Dreiviertelstunde später saßen wir unter Hakenkreuzen aus Kunststoff bei entrückter Sphärenmusik im Chinarestaurant »Shanghai«.

»Ich könnte die Speisekarte einmal rauf und runter fressen«, sagte Mike und lächelte verträumt.

»Und danach ein hauchdünnes Minz«, sagte Hörbie und zwickte dem Jüngling in die Wampe. Unsere Mittelalterklamotten hatten wir natürlich noch an, und ich ahnte: Wenn ich jetzt ein Bier trank, käme ich mir endgültig vor wie in einer Gemeinschaftsproduktion von Hieronymus Bosch und Walt Disney.

Der Kellner nahm freundlich lächelnd unsere Bestellungen auf und zeigte auch keine Anzeichen von Irritation, als Gundula das Geld aus der Filzkappe auf den Tisch schüttete und das große Verteilen begann. Dieter wollte den restlichen Finanzkram auch gleich erledigen. Von den 300 Euro Apolda-Gage pro Nase behielt er je 50 für Sprit und »diverse Buskosten« ein. Das Geld aus den CD-Verkäufen wurde für die nächste CD-Produktion zurückgelegt. Am Ende erhielt ich 250 Euro Gage und 33 Euro aus dem Hut. Von wegen 125 Euro pro Auftrittstag!

»Jetzt noch etwas«, sagte Dieter, als wir unser Geld einsteckten. »Die Vagantentanz CD kostet 15 Euro. So eine »Jeder-zahlt-was-er-will-Scheiße« gibt es bei Kobold nicht. Verstanden?« Er sah Katja an. Sie nickte.

»War sonst super.« Dieter lehnte sich behaglich im Stuhl zurück. Und dann kamen auch endlich unsere Biere.

Als ich weit nach Mitternacht zu Hause ankam, bereitete sich Peer gerade in der Küche einen nächtlichen Snack aus Dosenthunfisch, Zwiebeln und schwarzen Oliven. Er arbeitete als Krankenpfleger im Schichtdienst, sodass man bei seinen Mahlzeiten nie genau wusste, ob er gerade frühstückte oder zu Mittag oder zu Abend aß. Da sich Peer auch ein Bier aufgemacht hatte, tippte ich auf Mittag- oder Abendessen. Kennengelernt hatte ich den Zausel in einem Verein für Go-Spieler, und als ihn seine damalige Freundin rausgeworfen und ich gerade eine Wohnung gesucht hatte, waren wir zusammengezogen. Von Anfang an galt zwischen uns ein unausgesprochenes Abkommen: Ein Kauz hackt dem anderen kein Auge aus.

Ich stellte meine Reisetasche in der Diele ab, setzte mich an den Küchentisch und fragte, ob noch mehr Bier im Kühlschrank sei. Peer reichte mir kauend eine Flasche und sagte dann: »Erzähl mal!«

Ich schüttelte den Kopf. Ich konnte das Wochenende noch nicht in Worte fassen. Peer verstand das. Peer konnte selbst vieles nicht in Worte fassen. Über Gefühle jeder Art oder seine Arbeit in den Rheinischen Landeskliniken, in denen er Alkoholiker während der Entgiftung betreute, sprach er zum Beispiel so gut wie nie. Allerdings konnte Peer die Inhalte von Büchern, Comics, Filmen und ganzen amerikanischen Fernsehserien wie »The Wire« oder »Breaking Bad« in Echtzeit wiedergeben. Umso riskanter war das, was ich nun tat. Ich hatte die Faxen dicke. Ich packte aus. Ich sagte Peer, dass ich in Katja verliebt wäre. Schon lange. Und dass es mich langsam in den Wahnsinn treibe.

Peers Augenbrauen schoben sich aufeinander zu. Er stülpte die Lippen nach vorne, bis er aussah wie ein Kabeljau, und nickte versonnen.

»Mannomann, die Katja«, sagte er. Dann schwieg er etwa eine Minute, bevor er fragte: »Weiß sie das?«

»Keine Ahnung.«

»Ach so.«

»Ach Scheiße«, sagte ich, »das geht so nicht weiter. Wir fahren am Freitag wieder auf Tour. Ich sitze die ganze Fahrt neben Katja. Sie flirtet mit irgendwelchen Typen rum. Ich drehe durch.«

»Vielleicht …, also biste bestimmt selbst schon draufgekommen, also ich meine: Sag's ihr doch einfach.«

Kurz hörte ich nichts als das windartige Heulen des Kühlschranks. Vielleicht tobte darin gerade ein Blizzard. Oder ein Quark wurde schlecht und geriet auf die schiefe Bahn. Ich sammelte mich und sagte: »Dann ist doch alles im Arsch.«

Peer versank wieder in seine Denkertrance. Ich schaffte das letzte Drittel meiner Flasche, bis er sagte: »Meinste?«

»Ja. Wir haben bestimmt noch 50 Auftrittstage in diesem Jahr. Das wäre total unangenehm.«

»Für mich klang das eben so, als ob das für dich jetzt auch schon irgendwie unangenehm ist. Na ja. Ich war auch mal in so einer Situation. Noch 'n Bier?«

Peer holte zwei Flaschen aus dem Kühlschrank und erzählte dann von der Freundschaft mit einer Yogalehrerin. Er hatte sich ziemlich bald in sie verliebt und sich nicht getraut, es ihr zu sagen. Irgendwann nach zwei quälenden Jahren hatte er sich ein Herz gefasst und ihr einen Brief geschrieben.

»Und dann?«, fragte ich.

»Sie hat das voll gut aufgenommen.«

»Was heißt das?«

»Sie meinte, das wäre total süß von mir.«

»Und dann?«

»Sie meinte, ich sei ein toller Typ und sie möchte jetzt bloß nicht, dass unsere Freundschaft wegen so was kaputtgeht.«

»Und dann?«

»Ach, dann hat sie Sören Lundgren kennengelernt und ist mit ihm nach Hamburg gezogen. Manchmal schreibt sie mir zum Geburtstag eine Mail.«

Ich stellte meine Flasche ganz langsam auf den Tisch und sah Peer an.

»Tja«, sagte er. »Findste jetzt nicht so toll.«

Trotz meiner Erschöpfung konnte ich nicht einschlafen. Peers Geschichte geisterte mir durch den Kopf. Ich sah es deutlich vor mir: Katja sagt zu mir: »Davon darf unsere Freundschaft nicht blablabla«, und dann zieht sie nach Hamburg, mit einem Typen wie – ich konnte noch nicht einmal den Namen denken, ohne mich schütteln zu müssen – Balitur. Gut, es würde vielleicht nicht gerade ein überdrehter Rollenspieler sein, eher ein seriöser, schlanker Akademiker mit Weltverbesserer-Aura, ein Feingeist, der jedoch bei aller Mildtätigkeit durchaus wusste, wie man das eigene Konto füllt.

Ich schlug auf die Matratze und stöhnte. Sagte ich Katja, was ich wollte, dann stand die Freundschaft auf der Kippe. Unsere gute, schöne, wahre Freundschaft, die mich davor bewahrt hatte, wahnsinnig zu werden, mich umzubringen, ein Massaker an der Schule anzurichten oder in einen katholischen Orden einzutreten. Und selbst wenn ich es ihr nicht sagte: Früher oder später würde jemand kommen und sie von mir erlösen: ein Prinz, der die Jungfrau dem Drachen entreißt. Der fette Drache würde dem strahlenden Paar hinterhersehen und sich dauerverletzt in seiner Höhle ringeln. Wie ein Mummelgreis würde er nur noch in der Erinnerung leben und sich über die Mails freuen, die er zum Geburtstag aus Hamburg erhielt.

»Ach Scheiße!« Hatte ich gerade wirklich gebrüllt? Oder schlief ich vielleicht schon und träumte Alb? Und warum hatte ich schon wieder Appetit? Genau genommen einen quälenden Heißhunger. Kurz tröstete mich der Gedanke an ein Chili con carne, in das ich hochwertige Bio-Hotdogs dippte, dann musste ich an dieses Würstchen Balitur denken, und schon stand mir wieder Katja vor Augen. Wenn ich es ihr nicht sagte, würde ich irgendwann wahnsinnig werden. Wenn ich es ihr sagte, würde sie sich von mir abwenden, und ich würde wahnsinnig werden. Eigentlich war es völlig egal, was ich tat. Der Ausgang stand fest: Max Wesendonck würde wahnsinnig werden. Er würde nachlässig gekleidet an Bahngleisen herumlungern und den Zügen nach Hamburg nachschauen, während im Gebüsch versteckte Kinder zu ihm herüberspähten und sich gruselten.

Beruhigt drehte ich mich zur Seite. Mein Schicksal war besiegelt, ich musste keine Entscheidung mehr treffen. Schicksal als Scheiße – guter Buchtitel! Einfach schön in Ruhe wahnsinnig werden und als dicker Donck den Kindern kostenlosen Freizeitspaß bescheren, eine Geisterbahn auf zwei Beinen – so hatten es die Götter für mich bestimmt.

Ich stand kurz davor, wegzudämmern, als mich ein Gedanke aufschreckte: Katja hatte auch nicht mehr alle Tassen im Schrank. Wie anders war es zu erklären, dass sie seit fast zehn Jahren eine Freundschaft führte, in der eigentlich etwas anderes gärte? Und warum hatte sie noch nie eine Beziehung gehabt, wenn man mal von irgendwelchen kurzlebigen Schwärmereien und sechs grauenhaften Monaten absah, in denen sie mit einem gewissen Simon ungefähr dreizehn Mal Schluss gemacht hatte und wieder zusammengekommen war, bis er den Ringelpiez für immer beendet hatte?

Damals hatte ich mir Katjas Ausführungen über die Zwanghaftigkeit der exklusiven monogamen Beziehungen im Brennpunkt von modernem Patriarchat und Konsumkapitalismus angehört und dabei das Gefühl nicht loswerden können, dass sich ihre Leidenschaft bei dem Thema nicht allein aus soziopolitischem Interesse speiste. Auch das Zitieren antiker Philosophen, die in der Pärchenliebe einen vorübergehenden Irrsinn sahen, sowie Katjas Auflisten von Simons echten oder vermuteten Charakterschwächen schienen mir am Kern des Problems vorbeizugehen. Aber immer wenn ich etwas gesagt hatte, was Katjas Ängste oder gar Kindheitserfahrungen in den Fokus rückte, war sie wütend geworden und hatte mir vorgeworfen, quasi-religiöses Psychoanalysegelaber abzusondern, das wissenschaftlich längst weitgehend widerlegt sei und das eine hirnerweichende Schwammigkeit mit sich bringe, die einen denkenden Menschen wie mich eigentlich abstoßen müsste. Einmal hatte sie gedroht: Wenn du nicht verstehst, wie unangebracht diese Therapiescheiße ist, dann weiß ich nicht, ob ich mit dir noch befreundet sein kann.

Katjas Mutter war Psychotherapeutin gewesen. Der Vater praktizierte bis heute als Psychiater. Da lagen die Nerven der Tochter schnell blank. Also behielt ich meine Analysen fortan für mich und übte mich in Geduld mit der empfindlichen Frau. Katja entschuldigte sich zwar so gut wie nie, wenn sie mich von oben herab behandelt oder voller Wut beleidigt oder erpresst hatte, aber in der Regel ließ sie ein paar Tage später in einem Nebensatz durchblicken, dass sie ihre Meinung korrigiert hatte und mich ernst nahm und respektierte und gut fand, so wie ich war.

So ging es hin, so ging es her: Mal fühlte ich mich in Katjas Gegenwart wie ein fauler, disziplinloser, amoralischer Versager – ein getriebener Sklave der eigenen Gier, der nicht Herr im eigenen Haus war, weil er seine Vernunft nicht benutzte. Dann wiederum fühlte ich mich in ihrem Blick stark und originell und intelligent und unkorrumpierbar und witzig und sogar schön.

Und ich konnte auch nach all den Jahren nicht sagen, ob diese Gefühle mehr über mich oder mehr über Katja aussagten und wie sehr sich ihre und meine Wahrnehmung miteinander verflochten.

Ich stand auf und ging in die Küche, um zu sehen, ob sich aus den Resten der Thunfischspeise noch ein schmackhaftes Sößchen für eine Portion Spaghetti bereiten ließ. Während ich kochte, sortierte ich meine Gedanken, die in Bezug auf Katja seit Jahren in den gleichen, engen Bahnen verliefen, mir seltsamerweise aber immer neu vorkamen. Es war mir einerseits klar, andererseits vergaß ich es immer wieder: Unser spezielles Freundschafts-Konstrukt war nicht nur von meiner Seite ein groß angelegtes Beziehungsvermeidungsmanöver. Vielleicht konnten Katja und ich wenigstens zusammen wahnsinnig werden: der dicke Donck und die sture Stappen, die zusammen in abgewetzten Mänteln an den Bahngleisen standen und einem Zug nachsahen, der längst abgefahren war.

8. KAPITEL

Wenn es um besonders hässliche, trostlose und rundherum widerwärtige deutsche Städte geht, wird schnell Hannover ins Feld geführt. Auch Wuppertal, Berlin, das von Geschmacklosigkeiten durchsetzte Köln oder das völlig verkommene München können mit Recht genannt werden. Chemnitz, Bitterfeld, Zwickau – die östlichen Marken sind reich an Orten, die Schauder und Ekel hervorrufen. Bietigheim-Bissingen, Villingen-Schwenningen, Kempten, Stuttgart – der Süden zieht mühelos gleich. Und wer einmal einen nüchternen Blick auf Saarbrücken, Mönchengladbach, Oberhausen, Bremerhaven oder Winsen an der Luhe geworfen hat, weiß, dass die Verheerungen im Westen und Norden keineswegs geringer ausfallen. Was aber seltsamerweise immer übersehen wird, ist das Zentrum der Grässlichkeit, das Herz der Finsternis, der Herd aller germanischen Geschwüre, das von bösen Mächten in die Mitte Deutschlands gekotzte Kassel. Meine Großeltern mütterlicherseits vegetieren dort bis heute vor sich hin, und wenn ich an die Besuche bei ihnen denke, dann denke ich an beklemmende Architektur, Asthma erzeugende Luft und Menschen, die in Fußgängerzonen stehen bleiben und nicht weitergehen wollen in dieser zerbombten Trümmerlandschaft einer einzig und allein von Zuhälterei und Waffenproduktion lebenden Stadt, die Dante in sein Inferno eingebaut hätte, wenn er nicht so ein italozentrischer Ignorant gewesen wäre.

Ausgerechnet in Kassel hatten wir unseren nächsten Auftritt. Und wie es sich für Kassel gehört, handelte es sich um eine besonders groteske Veranstaltung: Ein gewisser Jochen Schenkeisen, jüngster Sohn des Logistikunternehmers Harald Schenkeisen, heiratete eine Friederike Bublath, und auf der Hochzeitsfeier sollte »Kobold« spielen. Ich versuchte, mir gar nicht erst vorzustellen, was für eine Feier das werden sollte.

Der alte Schenkeisen hatte für sich und seine Sippe am Rande des Kasseler Kessels eine Villa errichten lassen, die Katja als »total geschmacklos« bezeichnete, während ich das Wort »albern« treffender fand. Wir passierten mit dem Bandbus die offen stehenden Flügel eines schmiedeeisernen Tores und folgten einer gewundenen Asphaltstraße zwischen Rasenflächen, gesäumt von Laternen, die mich irgendwie an Playmobil erinnerten. Ein Mann mit einer orangefarbenen Warnweste wies uns mit ernstem Gesicht den Weg zu einem Parkplatz, auf dem neben anderen, größtenteils ziemlich neuen und großen PKW auch einige Lastwagen der Firma standen: »Schenkeisen – We link the world«.

»Die liefern die Panzer für Krauss-Maffei Wegmann aus«, sagte Katja.

»Glaubst du das, oder weißt du das?«, meinte Dieter, der in Batik-T-Shirt und Hosenträgern vor dem Bus stand und eine Zigarette drehte.

»Was exportiert Kassel denn sonst in die Welt?«, fragte Katja.

»Voll geil!«, rief Hörbie. »Ich wollte schon immer mal auf einer Party der Waffen-SS spielen. Ich mag Nazis.«

Gut gelaunt folgten wir einem handgemalten »Zur Hochzeit«-Schild und fanden hinter der Villa einen Garten vor, in dem winzige Menschen standen, klitzekleine Däumlinge im üppigen Grün. Das Land Liliput – wie schön! Dann merkte ich aber, dass nicht die Menschen klein waren, sondern die Ausmaße des Gartens riesig. In diesem bewusstseinserweiternden Moment kam ein Mann mit Bart, Umhang und goldener Krone eine Treppe der Villa herunter und sagte: »Die Musiker?«

Dieter nickte.

»Schenkeisen. Kommen Sie, ich zeige Ihnen, wo Sie sich umziehen können.« Ohne uns die Hand zu geben oder weitere Worte zu wechseln, führte uns der Mann über den Parkplatz zu einem Werkgelände, auf dem mehrere flache, containerartige Bauten standen. Vor einem dieser Bungalows blieb er stehen und schloss die Tür auf. Hörbie machte hinter seinem Rücken den Hitlergruß und die international gebräuchliche Führer-Schnurrbart-Geste.

»So. Zwei Zweibett, ein Dreibett«, sagte der alte Schenkeisen und drückte Dieter den Schlüsselbund in die Hand. »Kommen Sie dann in den Garten. Mein Sohn erklärt Ihnen das Weitere.«

Der Sohn trug statt einer Krone ein Federmützchen, unter dem sein volles Kussmundgesicht besonders gut zur Geltung kam. Freundlich gab er uns eine weiche Hand, stellte sich als »Jochen« vor und bot uns das »Du« an. Er sei »Kobold«-Fan der ersten Stunde und habe auch seine Frau schnell für unsere Vagantentanz-CD begeistern können, auch wenn sie es noch nie zusammen zu einem Auftritt geschafft hätten.

Friederike, die dem jungen Schenkeisen vor wenigen Stunden in einer Kirche das »Jawort« gegeben hatte, raschelte ungeduldig neben ihm in einem weißen Kleid mit silberner Borte. Ihren Kopf zierte ein geflochtener Kranz aus Blättern und Blüten. Ihr Gesicht schien mir auf den ersten Blick hübsch, auf den zweiten schief. Mit einem verkniffenen Zug um den Mund gab sie jedem Kobold geschäftsmäßig die Hand und dann Instruktionen: Wir sollten einmal um 17.00 Uhr, einmal um 20.00 Uhr und dann noch einmal ab 23.00 Uhr auf der eigens errichteten Bühne spielen. Bei den ersten beiden Sets höchstens eine halbe Stunde, beim letzten gerne länger. Wir sollten essen und trinken, was wir wollten, fragen, wenn wir etwas bräuchten, und uns ansonsten ganz ungezwungen unter die Gäste mischen.

Die Gäste ließen sich in zwei Kategorien unterteilen: die wenigen, die ihre eigene, oft aufwendige Mittelalter-Gewandung am Leibe trugen, und die Mehrheit, die bei Betreten des Gartens von zwei jungen Menschen dazu ermuntert worden war, sich ein bereitliegendes Gewand überzuwerfen. Es gab eine Truhe mit blauen Kitteln für die Herren und eine Truhe mit roten Kitteln für die Damen, und ich sah weit und breit niemanden, der nicht verkleidet war. Besonders gefielen mir die Frauen, die in roter Gewandung mit Stöckelschuhen die Grasnarbe durchbohrten und ein Glas Sekt in der Hand hielten. Ich kam nur nicht auf das Produkt, das man mit dieser Szenerie hätte bewerben können. Ich fragte Katja, wie wir das hier bei unserer bald anstehenden Hochzeit noch toppen könnten.

Sie zog konzentriert die Augenbrauen zusammen, dann sagte sie: »Wie wär's mit Steinzeit? Wir legen Felle zum Überwerfen bereit. Und Keulen.«

Ich nickte. Kein schlechter Plan.

»Gut wäre dann natürlich ein gegrilltes Mammut«, fügte sie nachdenklich hinzu.

»Wurde da eigentlich schon Alkohol getrunken?«, fragte ich, um das schöne Thema »Hochzeitsplanung« nicht gleich wieder fallen zu lassen.

»Steinzeit ist ja nun ein etwas weiter Begriff.«

»Sagen wir Mittelsteinzeit.«

»Ertebölle- oder Maglemose-Kultur?«

»Beginn Linienbandkeramik«, warf ich einen Ausdruck ein, den ich einmal aufgeschnappt hatte. Wenn Katja schon mit ihrer blöden Ertebölle-Kultur kam!

»Nee«, sagte Katja, »die Menschen mussten erst sesshaft werden, um Alkohol zu produzieren. Ich denke, die ältesten Funde kommen aus dem Zweistromland, so um 3000 vor Christus.«

»Ich habe nicht gefragt, ob Alkohol in der Mittelsteinzeit produziert, sondern ob er getrunken wurde.«

»Wo ist denn da der Unterschied?«

»Ich bitte dich: Wie du weißt, ist Alkohol ein Stoffwechselprodukt, das entsteht, wenn Hefen oder Bakterien Zucker abbauen. Der biochemische Prozess ist zwei Milliarden Jahre alt.«

»Und?«

»Was ist, wenn wir auf unserer Ertebölle-Party zufällig auf einen Haufen vergorener Früchte stoßen? Wir könnten …«

»Still.« Katja legte einen Finger an die Lippen. »König Schenkeisen spricht!«

Tatsächlich hatte sich der gekrönte Unternehmer ein Mikrofon geschnappt und ein paar Worte hineingesprochen, die aber zu leise erklangen, um von mir verstanden zu werden. Er machte ein lässiges Zeichen, und ein im Verborgenen operierender Techniker löste das Lautstärkeproblem.

»Liebe Frederike, lieber Jochen, liebe Familie, Freunde und sonstige Nassauer.« Schenkeisen machte eine Pause, damit gelacht werden konnte. »Ich freue mich, euch auf Burg Schenkeisen begrüßen zu dürfen, und ich freue mich, dass uns der Wettergott so gewogen ist. Vor allem aber freue ich mich, dass sich Jochen und Frederike heute das Jawort gegeben haben. Ehrlich gesagt hätte ich nicht gedacht, meinen Jüngsten jemals unter die Haube zu bringen. Weniger, weil ja noch nicht einmal seine beiden älteren Brüder bis dato verheiratet sind, sondern vielmehr, weil ich lange den Eindruck hatte, dass er sich aus Frauen nicht das Geringste macht.« Schenkeisen machte eine kleine Pause. »Sie können sich denken, wie erleichtert ich bin.« Vereinzeltes Gelächter im Rund, Katja warf mir einen Blick mit sehr weit aufgerissenen Augen zu. Wenn das so weiter ging, würde es hier heute noch ein Gemetzel geben.

»Für einen Vater ist es nie leicht, wenn die Söhne den Erwartungen nicht entsprechen, ja, wenn er sich nur schwer in denen wiederfindet, die er doch selbst gezeugt hat. Aber das Leben und die Erfahrung haben mich gelehrt, dass man manchmal einen Schritt zurücktreten muss, um die Dinge aus der richtigen

Perspektive betrachten zu können. Ohne diese Fähigkeit wäre die Schenkeisen GmbH und Co KG heute nicht das, was sie ist. Und ohne diese Fähigkeit hätte ich nicht verstanden, dass meine Söhne, allen voran Jochen, um den es ja heute hier geht, in ihrer Andersartigkeit keine Enttäuschung, sondern eine Ergänzung meiner zugegebenermaßen hochgesteckten Erwartungen sind.«

Katja atmete geräuschvoll aus. Dann flüsterte sie mir ins Ohr: »Ich brauche Schnaps.«

Mehr als Sekt vom Tablett einer vorbeischarwenzelnden Servicekraft in roter Gewandung war allerdings nicht aufzutreiben. Während wir unsere Gläser leerten, redete Vater Schenkeisen munter weiter: Hinter jedem erfolgreichen Mann stehe eine kluge Frau, die zur rechten Zeit auch mal Kritik zu äußern wüsste, nicht weil sie gegen die Ziele ihres Mannes sei, sondern gerade weil sie diese manchmal besser im Blick habe als dieser selbst. Friederike – die Schenkeisen konsequent Frederike nannte – sei in seinen Augen eben eine solche kluge Frau, und er sei sehr froh, sie im Kreis der Schenkeisens begrüßen zu dürfen, der, wie die Tafelrunde von Camelot, auch ein Kreis des Vertrauens sei, in dem er, der alte Schenkeisen, als »primus inter pares« fungiere, bis, und das sei nun gewiss nicht mehr lange hin, endlich einer seiner Söhne mit ins Geschäft einsteige und der neue König Artus werde.

Nach der Rede, die laut Gundula rund fünfzehn Minuten, laut Dieter etwa eine Stunde gedauert hatte, schnitt das bereits hinreichend gedemütigte Paar unter Beifall eine mehrstöckige Hochzeitstorte an, wobei Jochen darauf wartete, dass seine Braut zuerst den Messergriff umklammerte, damit er dann seine Hand führend auf ihre legen konnte. Friederike gewährte ihm jedoch den Vortritt und ließ sich davon auch durch mehrere höfliche und immer verzweifelter werdende Gesten ihres Gemahls nicht abbringen, sodass schließlich sie die Hand des Bräutigams führte, was dem amtierenden König Artus glücklicherweise entging. Nicht dass dem »primus inter pares« noch in den Sinn kam, sein Recht der ersten Nacht geltend zu machen, um die widerspenstige Braut zu zähmen.

Die Eheleute sahen immer mehr wie Kinder aus, wie sie da vor der Torte standen und nun von einer manisch wirkenden Fotografin dazu genötigt wurden, sich leidenschaftlich zu küssen. Das Paar absolvierte unter Gejohle den Kuss und eröffnete anschließend mit schicksalsergebenem Grinsen die Kuchentafel.

Ich tat, was Dicke bei Buffets tunlichst tun: Ich lud mir nur wenig auf den Teller. Bei einem Klops wie mir warten Thekenkräfte und Gäste nur darauf, dass ich mir einen babylonischen Turm aufschichte und wie ein Schwein darüber herfalle. Umso gesitteter ging ich also vor, spießte kleine Kuchenstücke eher beiläufig auf die Gabel und aß ohne Hast und Gier.

Unser erster Auftritt beinhaltete gleich zwei neue Stücke, zu denen das Paar einen Tanz einstudiert hatte. Wer den alle Jahre wieder gezeigten Märchenfilm »Drei Nüsse für Aschenbrödel« kennt, erinnert sich vielleicht an Tanzszenen, in denen ein Prinz und einige andere Gecken in hautengen Hosen mit ihren Damen Pirouetten in Zeitlupentempo drehen. So in etwa wirkte der erste Teil des einstudierten Tanzes, zu dem wir eine italienische »Rotta« im Dreivierteltakt spielten. Schneller wurde es mit der »Tarantella«, bei der es sich Jochen Schenkeisen nicht nehmen ließ, unter Anfeuerungsrufen seiner Mittelalterkumpane wilde Sprünge zu vollführen, bei denen er abwechselnd mit dem Fuß des linken Beines den rechten und mit dem Fuß des rechten Beines den linken Oberschenkel berührte und sich schließlich bei einem besonders tollkühnen Manöver auf die Schnauze legte. Das Malheur wurde unterschiedlich verarbeitet: Während einige Gäste laut auflachten, riefen andere bestürzt »Oh«. Jochen rappelte sich auf und schüttelte mit glühend roten Wangen fröhlich den Kopf. Die Braut aber bekam ein sehr kleines Gesicht, das an ein nicht besonders gut aufgelegtes Emoticon erinnerte.

Ebenfalls gemischte Gefühle erzeugte Katjas Rede. Sie stieg damit ein, dass man sich heute mehr denn je fragen könne, was eine Hochzeit überhaupt solle, sehe man mal von steuerlichen Vorteilen ab. Menschen lebten zusammen und gingen auseinander, ganz egal, welche Schwüre sie vorher abgelegt hätten. Trotzdem sei es etwas Besonderes und etwas Wunderschönes, sich das Jawort zu geben. Darin liegen ein großes Vertrauen in sich selbst und in den anderen und der Glaube an die Stärke der Liebe. Natürlich könne man sich das Vertrauen und den Glauben auch im Stillen aussprechen, aber jeder von uns sei mit vielen anderen Menschen verbunden, die wiederum mit anderen Menschen verbunden seien, und jede Ehe sei in eine Gemeinschaft eingebettet. Ein glückliches Paar stärke die Gemeinschaft und eine glückliche Gemeinschaft stärke ein Paar. Da sei es doch fein, mit allen zusammen zu feiern.

Damit hätte Katja es gut sein lassen können, und alle wären zufrieden gewesen. Viele lächelten. Sogar der Zug um den Mund der Braut entspannte sich. Dummerweise war Katja noch nicht fertig. Sie griff Schenkeisens Bild von der Tafelrunde und dem Kreis des Vertrauens auf: Liebe und Freundschaft seien ohne Vertrauen nicht möglich. Und natürlich könnten wir niemandem vertrauen, der sich uns gegenüber nicht liebevoll und freundschaftlich verhalte, also unser Wohlergehen genauso ernst nehme wie sein eigenes. Natürlich streite man sich manchmal und sage dann auch schon mal etwas Gemeines, aber grundsätzlich müssten wir darauf vertrauen, dass uns unsere Liebsten wohlgesinnt seien. Das klinge selbstverständlich, sei aber leider nicht leicht.

Wenn ich die Gesichtsausdrücke der Zuhörer richtig deutete, herrschte allgemeine Zustimmung, aber ich ahnte, dass es nicht dabei bleiben würde. Katja machte eine kleine Pause, lächelte in die Menge, und es hatte fast den Anschein, als käme jetzt noch ein netter Wunsch für das Brautpaar und dann wieder Musik. Stattdessen sagte Katja: »Genau genommen leidet das Vertrauen ja schon, wenn sich mein Partner anderen gegenüber egoistisch und rücksichtslos verhält. Egal, wie sehr er mich auf Händen trägt, ich muss befürchten, dass seine Haltung nicht gerade gefestigt ist. Ein Kreis des Vertrauens nach innen, der sich nach außen unsozial und feindselig verhält – das klingt für mich nach Mafia, nicht nach Tafelrunde. Daher möchte ich dem Bräutigam etwas nahelegen: Lieber Jochen, steige nicht in die Firma deines Vaters ein, die Geld mit Waffentransporten verdient. Bald sollen aus Kassel wieder Leopard-Panzer in die Diktatur Saudi-Arabien geliefert werden, die damit früher oder später Aufstände niederschlagen wird. Lieber Jochen und alle anderen hier, die vor ähnlichen Entscheidungen stehen: Wer den Tod von Menschen aus Geschäftemacherei in Kauf nimmt, kann kein guter Ehemann und auch kein guter Freund sein. Eine moralische Haltung ist kein Kostüm, das man nach Belieben an- und auszieht. Ohne moralische Haltung aber keine echte Freundschaft. Und ohne Freundschaft kein gutes Leben. Wir Kobolde wünschen dem Brautpaar und euch allen hier ein gutes Leben und spielen nun dem Brautpaar zu Ehren noch einen weiteren Tanz: Skudrinka.«

Eigentlich hätten Dieter und Mike nun in ihre Dudelsäcke blasen sollen, aber die beiden standen einen Augenblick genauso still da wie das Publikum vor unserer Bühne. Dann endlich quäkte der erste Ton aus Mikes Dudelsack. Wir spielten die Skudrinka weder besonders sauber noch besonders intensiv. Alle schienen mit den Gedanken woanders. Auch das Publikum reagierte nicht gerade euphorisch. Zwar tanzte der Bräutigam ausgelassen vor der Bühne herum, aber seine Braut stand nur da und wackelte mit dem Kopf, während viele der Gäste zum Buffet gingen, um einmal nachzuprüfen, welches Muster die hübschen Tischdecken eigentlich hatten. Nach verhaltenem Applaus und ohne dass jemand »Zugabe« rief, stiegen wir von der Bühne und setzten uns an einen Tisch.

»Hol mal Bier«, sagte Dieter schlecht gelaunt zu Hörbie. »Für alle.«

»Warum immer ich?«, maulte Hörbie wie ein Pubertierender, trottete dann aber los.

»Das kann unsere Gage kosten«, sagte Dieter ruhig und ohne Katja anzusehen.

»Scheiß drauf!«, sagte Gundula. »Hast du die Gesichter gesehen?«

Gerade als Hörbie mit heraushängender Zunge ein Tablett voller Steinkrüge an unseren Tisch balancierte, sahen wir König Schenkeisen auf uns zukommen.

»Was habe ich gesagt?« Dieter ballte eine Hand zur Faust. Aus dem glanzlosen Blick seiner plötzlich verkleinerten Augen sprach aggressive Angst.

Schenkeisen wirkte erstaunlich entspannt, als er sich zu uns an den Tisch setzte und Katja anlächelte.

»Sie haben ja für eine Frau ein beachtliches rednerisches Talent«, eröffnete der alte Logistiker das Gespräch. »Wie Sie das so ex ärmelo gebracht haben. Optisch erinnern Sie mich übrigens sehr an meine Frau, als sie noch jung und knackig war.«

Ich sah, dass Katjas Unterlippe zitterte. Gundula erkannte, dass jetzt Unterstützung nötig war, und schob unserer Frontfrau ein Bier zu. Schenkeisen redete weiter: »Von dem, was Sie so sagen, erinnern sie mich hingegen mehr an mich selbst. Als ich noch jung war, versteht sich. Da habe ich die Welt auch in Schwarz und Weiß eingeteilt. Aber wissen Sie, wenn man älter wird, dann wird man vorsichtiger mit seinen Urteilen. Man hat einfach mehr gesehen, versteht die Zusammenhänge besser, die feinen Abstufungen. Und Sie sind doch eine kluge junge Dame. Sie wissen doch selbst, dass andere die Waffen transportieren, wenn wir es nicht tun.«

»Ja, jeder redet sich mit dem anderen raus. Ein alter Hut. Und für mich nicht so wahnsinnig erwachsen«, sagte Katja mit einer Stimme, die entspannt klingen sollte.

»Tja«, sagte Schenkeisen, »aber die anderen liefern nun einmal. Das kann ich nicht ändern.«

»Stimmt«, sagte Katja.

»Außerdem« – Schenkeisen fühlte sich bestätigt – »sind es nicht Waffen, die Menschen töten, sondern Menschen.«

»Stimmt«, sagte Katja.

»Und in Deutschland wird schon sehr genau geprüft, wohin was geliefert wird. Wenn Sie die diesbezüglichen Leitlinien in unserer Demokratie verbessern wollen, dann können Sie sich ja politisch einbringen. Bis dahin würde ich Sie bitten, meinem Sohn keine Ratschläge zu erteilen.«

»Ach, ich bin zuversichtlich, dass Ihr Sohn da für sich selbst sprechen kann. Er ist ja schon groß.«

»Sie sind kess«, sagte Schenkeisen und stand auf. »Das gefällt mir. Wenn Sie mal einen gut bezahlten Job brauchen, melden Sie sich ruhig bei mir.« Er zog aus einem an seinem Gürtel baumelnden Lederbeutel eine Visitenkarte und reichte sie Katja.

»Was für ein Arschloch«, sagte Gundula, als Schenkeisen außer Hörweite war.

»Jetzt pass mal auf!« Dieter hatte seinen Kampfgeist wieder gefunden. »Das ist sein verficktes Grundstück, wir sind seine gottverfickten Auftragsmucker. Und wenn das hier einem verfickt noch mal nicht passt, kann er jetzt nach Hause gehen. Der Typ gibt Hunderten Leuten Arbeit, und an denen hängen ein paar weitere Hundert.«

»Genau genommen«, Katja drehte den Steinkrug in ihrer Hand, »gibt Schenkeisen keine Arbeit, sondern nimmt sie. Er kauft sich Leute, die ihre Arbeitskraft geben, damit er seinen Besitz vermehrt. Davor muss ich jetzt keinen Respekt haben.«

»Ach, Bullshit. Du weißt doch gar nicht, was Arbeit ist«, raunzte Dieter. »Du kannst dazu bloß was aus Büchern von anderen Eierköpfen zitieren.«

»Ex ärmelo«, sagte Hörbie und kicherte irre.

Es folgte Tiefpunkt auf Tiefpunkt: Bei einer Fotosession sagte die Fotografin Sätze wie »Und jetzt nur die Männer« oder »Jetzt fasst jeder mal seinem Vordermann an die Schultern«. Anschließend stiegen Luftballons in die Höhe, an denen Karten befestigt worden waren, die die Finder an das Brautpaar zurücksenden sollten. Vermutlich hatte die Deutsche Post diesen Hochzeitsbrauch erfunden.

Für das Abendbuffet wurden Grillapparaturen aufgebaut, in denen sich Spanferkel und Hühner an Spießen drehten. Jochen verkündete, dass wir ruhig mit den Händen essen könnten, aber zum einen schien sein mittelalterlicher Ansatz etwas halbherzig umgesetzt, zum anderen fanden nur er und seine Freunde die Idee mit der Mittelalterhochzeit völlig genial. Mehr als einmal hörte ich spöttische oder genervte Bemerkungen. Vor allem einige Frauen beschwerten sich darüber, dass man unter den blöden Kitteln ihre Garderobe kaum noch erkennen könne. Den nüchternen Hinweis ihrer Partner, das habe doch alles schon auf der Einladung gestanden, ließen die Damen nicht gelten, sondern wurden erst recht mürrisch. Ein Paar stritt bereits gegen 19.30 Uhr öffentlich.

Unser zweites Set kam nicht besser an als das erste. Aber immerhin sagte Katja kaum noch etwas, und Jochen enthielt sich der Tanzerei. Ich glaubte gerade, dass das Peinlichste nun vorbei sei, als einige besonders engagierte Gäste den Teil mit den Spielen und Darbietungen ausriefen. Warum es in Deutschland Brauch ist, Hochzeiten in eine Mischung aus Kindergeburtstag und Schülertheater zu verwandeln, hat sich mir noch nie erschlossen. Ich soff mir den Quatsch mit dem regionalen »Hütt-

Luxus-Pilsner« schön, das sich allerdings als Plörre entpuppte. Was hatte ich bei einem Kassler Produkt auch anderes erwartet?

Obendrein wurde Katja alle naselang von irgendwelchen Juristen, Zahnmedizinern und Jungunternehmern angesprochen, die sie in der Regel erst für ihre spannenden Ansagen lobten, um dann mit überlegenem Lächeln kundzutun, die Welt sei nun einmal kein Ponyhof, und wenn »wir« Deutschen nicht »Defensivtechnik« auslieferten, dann mache das eben ein anderer. Einer sagte auch: »Es sind nicht Waffen, die Menschen töten, sondern Menschen«, und Katja nickte ernst und sagte: »Gut, dass du das mal so deutlich aussprichst. Danke fürs Sagen!«

Ich selbst geriet an einen Wirtschaftsjournalisten, der für die bereits angeschlagene Financial Times schrieb und irgendetwas von Egoismus als natürlichem Antrieb des Menschen faselte, der sich bei freier Entfaltung im Spiel mit den anderen zu etwas reguliere, das unterm Strich allen nutze. Bei Tieren sei es ja nicht anders. Ich warf ein, dass es bei Tieren anders sei und seine Aussage nach einer ethikbefreiten Verzerrung der Thesen von Adam Smith klinge, die ohnehin auf die heutige globale Situation mit ihren Kartellen, Monopolen und sekundenschnellen Finanztransfers kaum noch anwendbar wären. Daraufhin sah mich der Journalist einfach nur stumm an, sei es, weil er mich für einen Kommunisten hielt, sei es, weil er sich gerade fragte, wer dieser Adam Smith war.

Abgesehen von Timo fühlten sich die Kobolde sichtlich unwohl auf der Veranstaltung und blieben unter sich. Dieter griff diesmal noch beherzter zum Bier als sonst, und als wir gegen 23.00 Uhr zu unserem letzten Set anrückten, schimmerten seine Augen, als weine er reinen Alkohol. Friederike hatte uns angewiesen, nur kurz zu spielen und bloß keine langen Ansagen mehr zu machen, gegen 23.30 Uhr baue ein richtiger DJ auf. Wir waren also der falsche DJ. Dieter verbannte Katja in die zweite Reihe und versuchte, mit ein paar Schenkelklopfern die Stimmung anzuheizen: Sprüche wie »Liebes Brautpaar, braut paar Biere!« oder »Das nächste Stück hieß ursprünglich ein Korn im Feldbett« zündeten allerdings nicht. Zwar lachten ein paar der jungen Männer lautstark, aber eindeutig auf einer Metaebene, also nicht über die Witze, sondern über uns, und vermutlich waren alle erleichtert, als wir die Bühne wieder verließen und unseren Krempel in den Bus luden. Wir hätten nach Hause fahren sollen, aber eine knappe Mehrheit sprach sich dafür aus, jetzt noch richtig derbe einen zu saufen. Um es kurz zu machen: Gegen zwei Uhr nachts sah ich Gundula und Katja, die im hinteren Teil des Gartens an einer Mauer lehnten und sich eine sehr große Zigarette teilten. Katja sah wunderschön aus, wie sie da lehnte und zog und dann ganz behutsam die Tüte an Gundula gab, die noch bessere Laune hatte als sonst.

Gegen 2.15 Uhr pisste ich ebenfalls im hinteren Teil des Gartens auf eine Steinbüste, die vermutlich Großvater Schenkeisen darstellte. Im Nachthimmel über mir zog eine Schnuppe ihre lange Bahn in Sekundenschnelle. Ich murmelte vor mich hin: Da oben pissen die Sterne. Hier unten pissen wir. In diesem Moment bemerkte ich, dass ich von einer älteren Frau beobachtet wurde, die wie eine Servicekraft aussah und einfach nur kopfschüttelnd dastand.

Nicht viel später tanzte mich zur Musik des richtigen DJs der Wirtschaftsjournalist mit nacktem Oberkörper an und brüllte mir ins Ohr: »Du hältst mich für dumm, stimmt's? Aber das ist mir scheißegal.«

Gegen 3.00 Uhr legte ich den Arm um Katja und lallte ihr ins Gesicht: »Bald werde ich dich heiraten.«

Sie sagte mit leicht glasigem Blick: »Ich kenne auch einen Spitzenwitz: Probleme intellektueller Paare. Er: Schatz, sollten wir nicht mal wieder ausgehen? Sie: Wovon?«

Ich kannte den Witz schon.

Dann stand ich plötzlich auf dem Parkplatz, wo Mike und Hörbie erst »Kniechen, Näschen, Öhrchen« und dann »Watschentanz« spielten, was größtenteils darin bestand, dass sie sich saftige Backpfeifen gaben. Ich hätte mich nun gerne in mein Gemach in Bonn gebeamt, musste aber ein Dreibettzimmer mit den beiden teilen. So fand ich mich kurz darauf im Gang des containerartigen Baus, wo sich ein Paar anschrie, weil er noch einmal zurück zur Hochzeitsfeier wollte, was so lange fortdauerte, bis Dieter in Unterhose und Hosenträgern mit Kippe im Mundwinkel in das Zimmer des Paares stürzte und brüllte, wenn jetzt hier nicht sofort Ruhe sei, dann gäbe es mächtig was auf die Fresse. Und siehe: Es ward Ruhe.

Anderntags waren wir allesamt friedlich gestimmt. Die Sonne schien, die Vögel krakeelten, und irgendwann standen wir zerzaust, aber lieb vor dem alten Schenkeisen am Fuß der Haupttreppe zu seiner Villa. Die Frau neben ihm erinnerte mich sehr an die kopfschüttelnde Servicekraft und entpuppte sich als seine Ehefrau. Der alte Schenkeisen reichte Dieter wortlos einen Umschlag und wollte sich sofort umdrehen, aber Dieter nahm den Umschlag nicht an.

»Sie brauchen das Geld doch nötiger«, sagte Dieter mit seiner nasal schnurrenden Katerstimme.

»Wie bitte?« Schenkeisen schien zum ersten Mal aus der Rolle geworfen.

»Na, Geld ist Ihnen doch wichtiger als Würde. Behalten Sie die Scheine mal schön.«

Die Frau schüttelte wieder den Kopf und guckte halb beleidigt und halb angewidert. Das lag ihr, das konnte sie gut.

Dieter tippte sich mit dem Zeigefinger an den Kopf und vollführte eine Abschiedsgeste: »Mädäm!«

Schenkeisen fasste sich wieder: »Gut, gebe ich das Geld eben in meine Stiftung für Kriegsflüchtlinge. Schade, dass Sie mich verurteilen müssen, ohne mich wirklich zu kennen.«

Auf dem Weg zum Bus kam uns Jochen hinterhergelaufen.

»Das war echt geil«, sagte er und schüttelte uns allen die Hand.

9. KAPITEL

Ich mag mein Zimmer. Darin ist es lauschig. Auf den beiden Nachttischen stapeln sich Bücher und Naschwerk. Orangensaft und Cola stehen flaschenweise neben dem Bett. Ich habe auch ein Radio, das vor allem vormittags und nachts mit interessanten Sendungen aufwartet. Bis in die Küche ist es nicht weit. Dort sitzt mein lieber Mitbewohner und liest Zeitung und fragt, ob wir nachher »Axis and Allies« spielen. Ich habe es auch nicht weit bis zum Klo, wo ich gerne sitze und Zeitung lese und über meine nächsten Spielzüge bei »Axis and Allies« nachsinne. Meine Wohnung in der Bonner Altstadt – ein Zauberreich, das man nur verlassen sollte, um einzukaufen, Katja zu sehen oder irgendeinen Krempel an der Uni zu erledigen. Und so hatte ich es bisher auch gehalten. Ach, wie köstlich war mein Leben gewesen, bevor ich mich der schönen, aber leider durchgedrehten Frau bei ihrem Feldzug angeschlossen hatte. Denn jetzt schleppte ich schnaufend fremder Leute Dudelsäcke und meine eigene Wampe einen kilometerlangen Waldweg hinauf, weil unser Bus das nicht schaffte. Zu steil schlängelte sich der Weg zur Burgruine auf einem Sandsteinfelsen bei Blankenburg. Obendrein hatten bereits etliche Händler und Gaukler ihre Wagen am Wegrand geparkt, sodass sowieso kein Durchkommen mehr war.

Ich fühlte mich völlig geschwächt. Schon meine Flötentasche wog bei jedem Schritt schwerer. Warum gab es keine Lastenesel? Oder zumindest einen von Leibeigenen gezogenen Handkarren? Und warum war mir schon wieder so blümerant? Schuld waren natürlich das vermaledeite Hütt-Pils und die ganze gestrige Schenkeisen-Scheiße. Wie viel konnte ich mir noch zumuten, bevor mein psychovegetatives System kollabierte und mich in einen jahrelangen katatonen Stupor versetzte?

Den anderen ging es nicht besser: Mike hatte eine Saulaune. Dieter hatte eine Saulaune. Gundula brütete dumpf vor sich hin, seitdem ihr im Bus Mike und Dieter in seltener Eintracht gesagt hatten, sie solle die Schnauze halten. Hörbie keuchte wie ein Lungenkranker im Hospiz, und Timo hatte vor wenigen Minuten aus unerfindlichen Gründen angefangen zu weinen. Katja ging ernsten Blickes neben ihm und sah blass und krank aus.

Wir erreichten das Kassenhäuschen und erhielten dort einen Ablaufplan und Armbänder aus Plastik, die uns als »Aktive« auswiesen und dazu berechtigten, ein Verpflegungszelt auf dem Gelände zu betreten. Hinter dem Kassenhäuschen reihten sich braune Dixieklos aneinander, dann folgten die ersten Marktstände: Kerzenzieher, Kürschner, Flickschuster, Metpanscher, Honigquirler und andere Tunichtgute hielten ihre Waren feil. Ein Stand bot »Drachenmalerey« an, ein anderer asymmetrische Holzgebilde, die als Oloiden angepriesen wurden. Auf der Theke einer Bude sah ich eine Holzeisenbahn neben Dachsfellmützen und Lederlatschen, auf einer anderen Bücher über Erzengel neben Duftölen und Klangschalen sowie der »Rose von Jericho«, einem wechselfeuchten Moosfarn aus Amerika, der als Kreuzblütengewächs aus dem Heiligen Land verhökert wurde. Wer gar nichts anzubieten hatte, aber unbedingt einen Stand auf dem historischen Markt betreiben wollte, hing sich ein paar Lederbänder an die Balken und wartete auf Kundschaft.

Auf dem Hauptplatz konnten wir endlich unsere Last neben einer Bühne abladen. Timo, Mike und Katja boten sich an, noch den Rest zu holen, während Hörbie, Dieter, Gundula und ich versuchten, mithilfe eines Konterbieres in Form zu kommen. Wir saßen schlaff im Halbschatten, als drei Kerle auf die Bühne polterten und ohne lange irgendetwas aufzubauen, nur mit zwei Dudelsäcken und einer Davul ein akustisches Inferno entfachten, das uns die Münder offen stehen ließ. Der eine Sackpfeifer maß gut zwei Meter in der Länge und sicher anderthalb Meter in der Schulterbreite. Die Augen des zweiten Pfeifers blitzten listig über einem Spitzbart, und der Trommler war schlicht und ergreifend ein Tier. Wie ein Derwisch tanzte er mit vorgeschnallter Davul über die Bühne, dass ihm die Schweißperlen aus Bart und Lockenmähne spritzten. Nach dem ersten Stück begrüßte er das Publikum mit einer tiefen, dröhnenden Stimme, die vor Selbstbewusstsein und Kraft nur so strotzte: »Seid gegrüßt, ihr Männer, Frauen und Kindlein von nah und fern. Wir kommen aus dem Bajuwarenland. Wir sind Pesttanz. Zwei, drei!« Und schon hieb der bärtige Teufel wieder mit Rute und Stock auf die Trommel, dass es nur so knallte.

»Scheiße«, sagte Dieter. »Das ist mal ein Davulspieler.«

»Das kannst du laut sagen«, sagte Gundula, obwohl Dieter es schon laut gesagt hatte.

Binnen kürzester Zeit wuchs die Schar der Schaulustigen vor der Bühne. Die drei steigerten ihr Energielevel von Stück zu Stück, und als beim Finale der Spitzbart auf zwei Congas eintrommelte und sich dabei gemeinsam mit dem Derwisch in einen Rhythmusrausch hineinsteigerte, johlte das Publikum schon mitten in der Darbietung.

»Zugabe, Zugabe«, schien der ganze Platz zu rufen, als Mike, Timo und Katja mit dem restlichen Krempel bei uns auftauchten.

»So, denn!«, brüllte der Trommler. »Ein letztes Stückelein. Das Platerspiel!« Zunächst spielte ein erstaunlich lauter Dudelsack eine Sehnsucht weckende Melodie, dann stieg der zweite ein, schließlich spielte der Trommler einen schleppenden Rhythmus, den er allmählich anzog, bis er in eine Raserei verfallen war, die von einem punktgenauen Break kurz gestoppt und dann in noch höherem Tempo fortgesetzt wurde. Danach gab es auf dem Platz kein Halten mehr. Die CDs, die die drei Bayern von einer blond gelockten Frau in einem Korb herumtragen ließen, gingen weg wie Brezen auf dem Oktoberfest. Mike hatte von uns allen sichtbar die schlechteste Laune. Und zu Recht, wie sich bei unserem Auftritt eine Stunde später herausstellte. Neben »Pesttanz« wirkte »Kobold« wie eine bekiffte Dudelsackversion der Kelly Family. Selbst unsere größten Hits entpuppten sich nun als Rohrkrepierer, und mit unserem Selbstbewusstsein schwand auch unsere Fähigkeit, wenigstens durch eine solide Show zu punkten. Katjas Ansagen erschienen plötzlich viel zu lang und irgendwie bieder, unsere Darbietung wirkte hölzern, unser Zusammenspiel wackelig und insgesamt bemüht.

Weil ich mich besonders oft verspielte, ließen Mike und Dieter nach dem Auftritt ihre Wut an mir raus. Ich solle mal lernen, mich zu konzentrieren, hieß es. Ich solle nicht glauben, Kobold sei ein Spaßprojekt. Ich solle mal von meinem hohen Ross runterkommen und bloß nicht meinen, ich sei irgendetwas Besseres, weil ich verschwurbelt daherreden könne. Dieter sagte in Gegenwart aller: »So Typen wie dich kenne ich. Machen sich über alles lustig, bekommen aber selbst gar nichts auf die Reihe.«

Obwohl ich glaubte, Dieter und die Band tatsächlich nicht ernst zu nehmen, traf mich die Äußerung. Elend schlich ich alleine über den Markt. Je länger ich ging, desto weitläufiger erschien mir das Gelände, das sich auf verschiedene Höhenebenen verteilte. An eisernen Geländern konnte man sich festhalten, wenn man auf durchhöhlte Felsen oder von diesen herunterstieg. Von einem Hochplateau aus bot sich ein wunderschöner Ausblick über das sogenannte »Feuerland«, und als auch noch Greifvögel über dem Meer aus Laub kreisten, wurde es regelrecht kitschig. Eine gut aufgelegte Gruppe geistig anders Begabter konnte jedoch einen Kontrapunkt setzen. Die Jungs und Mädels freuten sich wie die Schneekönige, dass man sie aus ihren Spruchplaketten-Werkstätten losgekettet hatte und nun durch das bunte Treiben führte. Ich beneidete sie um ihre Begeisterung. Ich war ja auch behindert, neigte aber weit weniger zu Frohsinn.

Schließlich kam ich an einem Zelt vorbei, vor dem ein Holzthron stand. Auf dem Thron saß, angetan mit einem eierschalenfarbenen Waffenrock, eine langhaarige, aufgequollene Gestalt mit Verbrechervisage und sprach mich an: »He da! Seid Ihr nicht ein Bold?«

»Ich spiele bei Kobold«, erwiderte ich matt.

»Sag ich doch. Du bist neu. Ich bin der Rabenvater.« Das sagte er so, als sei damit alles klar. Ich war neu und er der Rabenvater – was gab's da noch zu fragen?

»Met?«, fragte der Mann und hielt ein Horn in die Höhe. Kurz darauf saß ich mit ihm vor dem Zelt und zechte. Hin und wieder tauchte ein Mensch in Plattenrüstung oder Waffenrock auf, grüßte, stellte sich mir vor und setzte sich dazu oder verschwand wieder. Der Rabenvater unterhielt offenkundig ein kleines Heerlager.

»Die Burschen von Pesttanz sind treffliche Musici«, ließ er mich beim zweiten Horn wissen. »Doch, bei Odin, sie sind auch eingebildete Arschlöcher.«

Ich nickte.

»Wenn ihr Hilfe vom Rabenvater braucht, dann zaudert nicht und tut es ihm kund. Der Rabenvater ist euer Freund.«

Ich nickte.

»Dies hier, mein Freund, war früher eine germanische Kultstätte. Der Reginstein. Regin ist das altsächsische Wort für Götter. Ihr versteht, mein Freund?«

Ich nickte.

Unser zweiter Auftritt auf Burg Regenstein lief noch schlechter als der erste. Dieter machte die Ansagen und versuchte sich in einem besonders martialischen Tonfall. Dabei wirkte er wie ein verdrogter Papa Schlumpf oder ein Fips Asmussen, dem die Witze ausgegangen waren. Konfus und angespannt hampelten wir auf der Bühne herum. Hörbie hopste hüftsteif mit hochrotem Kopf, Gundula grinste verzweifelt gegen das Fiasko an, und als der lange Pfeifer von Pesttanz gelangweilt zu uns rübersah und dann davonschlenderte, verarbeitete Dieter den Frust auf seine Weise: »Ich weiß, dass wir Scheiße sind«, sagte er ins Publikum. »Aber ein Stück spielen wir noch. Da müsst ihr jetzt durch.«

In der Dämmerung gab es das »Nachtturnier«, bei dem vier Darsteller hoch zu Ross in verschiedenen Disziplinen gegeneinander antraten. Wir durften zwar beim einleitenden Aufzug der Markt- und Spielleute mitmachen. Aber natürlich gingen Pesttanz voran und spielten das »große Konzert mit Feuershow« nach dem Turnier ganz ohne uns. Mittlerweile waren auch viele Gewandete erschienen, junge Leute, die »Pesttanz« begeistert abfeierten, während wir Bolde missmutig an einem Holztisch saßen und versuchten, nicht allzu neidisch zur Bühne zu schielen.

Als wir endlich unsere Herberge in Blankenburg erreichten, wollte ich nur noch ins Bett, aber Dieter bestellte uns zur großen Lagebesprechung. Keine Widerrede!

Wir landeten im »Coma«, bei dem es sich laut Schild um die »Scenebar« Blankenburgs handelte. Im Inneren sah es aus wie im Vereinstreff eines Sportclubs und es roch auch so. Wir fanden Platz in einer nach saurem Altschweiß muffenden Sitzecke, bekamen gar nicht übles Bier gereicht und lauschten Dieters Stimme, die sich souverän gegen Musik und Kneipengerede durchsetzte.

»Ihr blöden Arschlöcher«, stieg er ein, um dann auszuführen, dass er und Gundula sich den Arsch aufrissen, um »Kobold« nach vorne zu bringen, aber dass man mit einem Haufen von Stümpern und Vollidioten nun mal nichts erreichen könne. Es solle sofort jeder aus der Band aussteigen, der nicht 100% dahinterstehe. Mike, dessen Gesicht verdächtig glühte, sagte, dass er es satt sei, in einer Schwuchtelband zu spielen. Seine Mutter fragte interessiert, was er damit meinte. Die Antwort kam prompt: »Hörbies spastisches Getrommel und Katjas vollschwule Ansagen! Und der da«, Mike deutete auf mich, »der nimmt das Ganze eh nicht ernst. Der trötet sich irgendeinen Scheiß zusammen. Mann, schon mal was von Timing gehört?«

»Mike hat recht«, sagte Dieter. »Wir brauchen keine Ansagen. Einfach kurz und kernig vorstellen, Song ansagen und – gib ihm! So wie Pesttanz.«

»Was wir brauchen, ist ein richtiger Davulspieler«, sagte Mike.

»Hörbie, du spielst absolut scheiße«, pflichtete Dieter seinem aufgebrachten Sohn bei.

Timo schaltete sich ein und setzte seine souveränste Beratermiene auf: »Klar, wir sind nicht so wie Pesttanz, aber wollen wir wirklich genauso sein wie die?«

»Ja!«, sagte Mike, aber Timo tat, als ob er das nicht gehört hätte: »Ich denke, wir sollten unsere Stärken stärken und unsere Schwächen schwächen. Wo sehen wir uns in einem Jahr? Wo in zwei? Also Punkt eins: So ein verrückter Sauhaufen wie wir sind die noch lange nicht. Klar, das knallt bei denen, aber das wird auch schnell langweilig. Wir sollten nicht weniger von dem reinbringen, was wir sind, sondern mehr.«

»Wie soll Hörbie denn bitte schön noch spastischer trommeln?« Mike griff nach seinem Weizenglas und exte die Hälfte.

»Wir haben jetzt nur diese Band«, sagte Timo, »wir müssen dazu stehen. Wir sind, wer wir sind.«

Dieter nickte. Für markige Sprüche war er zu haben, auch

wenn sie das Gegenteil von dem meinten, was er selbst eine Minute vorher gesagt hatte.

»Kobold ist Power«, sagte Gundula, »aber auch Schalk und Witz. Und irgendwie unberechenbar. So wie echte Kobolde eben.«

»Echte Kobolde?«, quiekte Mike. »Was laberst du da?«

»Weißt du, Mike«, sagte Gundula sehr mütterlich, »ich bin mit Dieter lange in Irland gewesen. Wenn du dich drauf einlässt, kannst du da gut Zugang zur Anderswelt finden.«

»Nee, is klar«, sagte Mike.

Timo schaltete sich ein: »Punkt 2: Katjas Ansagen sind einer unserer USPs. Das hat keine andere Band.«

»Ju… es… was?« Mike war nicht zu beruhigen. »Du musst sie ja in Schutz nehmen. Du hast sie ja in die Band geschleppt.«

»Ey, sagt mal«, Katja beugte ihren Oberkörper nach vorne und sah Mike und Dieter an, »wie soll das denn was werden, wenn ihr euch bei jedem Misserfolg so einscheißt?«

»Und wenn du stundenlang irgendwelche Predigten hältst, dann wird das erst recht nie was«, sagte Mike.

»So, drauf geschissen.« Dieters Augen glühten. »Wir stimmen ab. Wer ist dafür, dass Katja weiterhin ihre Reden so hält wie bisher?«

Gundula hob die Hand, Timo hob die Hand.

»Hat jedes Bandmitglied eine Stimme?«, fragte Katja. Dieter nickte und Katja hob ihre Hand. Da Hörbie, Dieter und Mike keine Anstalten machten, sich für Katjas Ansagen einzusetzen, lag es nun an mir. Ich dachte an meine lauschige Wohnung, an die Wette, die ich gewinnen konnte, und daran, dass Katja und ich vielleicht bald aus dieser anstrengenden Band austreten konnten, wenn der Ansagequatsch erst einmal ein Ende hatte. Einfach nur die Hand unten lassen und alles würde gut werden – oder zumindest besser oder zumindest weniger aufregend und herausfordernd.

»Allein in Kassel haben wir 2500 Euro verloren. Ich weiß nicht, was die Scheiße mit diesem Moralgeblubber soll.«

»Will hier noch wer ein Bier?«, fragte die Kellnerin von der Seite. Ich hob reflexhaft die Hand. Und weil sie schon mal oben war, ließ ich sie auch dort, als Katja mich dankbar ansah.

Als ich mit Timo in unser gemeinsames Doppelzimmer trat, wusste ich längst, wie ich vorzugehen hatte. Wenn der Bankmann im Bad verschwand, würde ich mich schnell ausziehen und in meinen Pyjama schlüpfen. Timo hatte es jedoch nicht eilig. Er setzte sich aufs Bett und sagte nach einem Seufzer: »Ficken will!«

Ich glaubte meinen Ohren nicht zu trauen, aber das war eindeutig, was unser Schlagwerker von sich gab, und zwar – weil oder obwohl ich nicht darauf reagierte – gleich mehrmals.

»Ficken will.«

Ich saß auf meinem Bett und schämte mich und wusste mir nicht anders zu helfen, als das Thema Investmentbanking anzuschneiden. Timo winkte ab. Er wollte lieber über seine Sehnsucht nach einem schönen Paar Möpse reden. Ich fragte, was er von den Forderungen der Attac-Bewegung hielt: Großbanken zerschlagen, Schattenbanken und Eigenhandel verbieten, Eigenkapitalquote erhöhen, Besteuerung von Finanztransaktionen, Regulierung des Hochfrequenzhandels, Trennung des Investmentbankings von anderen Geschäftsfeldern und Ermächtigung der Europäischen Zentralbank, direkte Kredite an Staaten vergeben zu können. Timo hörte nur mit einem Ohr zu. Als ich die Aufzählung beendete, seufzte er und sagte: »Wenn die EZB direkt Geld an die Staaten verleiht, entgeht uns ein ziemliches Geschäft. Ist mir aber egal. Hast du die Blonde gesehen, die für Pesttanz die CDs verkauft? Alter!«

Ich redete noch ein wenig über das jahrhundertealte, politisch gedudelte und daher legale Verbrechen, der Bevölkerung und ganzen Staaten Geld aus der Tasche zu ziehen, und Timo fragte immerhin, woher ich mich so gut mit Finanzpolitik auskennen würde. Ich erwähnte »Das Geld« von Zola und Balzacs Ausführungen über das Bankiershaus Nucingen, merkte aber bald, dass mir der Investmentbanker nicht richtig zuhörte. Mitten in einen meiner nervös vorgetragenen Sätze sagte er: »Katja ist ja auch so ein Bücherwurm. Da gibt es nichts, wo sie nicht ein Problem findet. Da war so ein Typ, hehe. Vielleicht ist der endlich mal der Richtige.«

»Was für ein Typ?«, fragte ich mehr aus Höflichkeit als aus Interesse.

»Ein Journalist. Der macht was über die rechte Szene von heute.«

»Da kann er gleich mal beim Rabenvater vorbeischauen.«

»Der Rabenvater? Der ist doch nicht rechts«, sagte Timo, wuchtete sich vom Bett hoch und begann, sich die Hose auszuziehen. Ich hatte keine Lust, mit dem halb nackten Mann eine Diskussion über den Begriff »rechts« zu führen, und hoffte, dass er einfach schnell im Bad verschwand.

»Der Rabenvater«, plauderte Timo in Unterhose weiter, »der hat vor ein paar Jahren mal den Hit der Mittelalterszene gelandet.«

»Aha.«

»Das Templerschaf. Sie nannten ihn das Templerschaf, mit rotem Kreuz auf weißem Arsch. Mäh.«

»Griffig«, sagte ich und starrte auf die bockwurstfarbene Haut des kräftig gebauten Schlagwerkers. Jetzt rollte er sich auch noch die Socken ab. Ich saß komplett angekleidet auf meinem Bett, als Timo endlich in Richtung Bad plattfußte. Am Türrahmen blieb er stehen und drehte sich zu mir: »Ich glaube, Katja fand den Typen richtig gut. Die haben sich lange unterhalten, und danach hat sie gestrahlt und zu mir gesagt: ›Ich mag die Art, wie Matthias denkt.‹«

»Ach ja?«, sagte ich.

Als Timo aus dem Bad zurückkam, saß ich noch immer angezogen auf dem Bett.

Am nächsten Morgen hatte ich gleich nach dem Aufwachen eine Scheißlaune. Und sie verbesserte sich keinesfalls, als wir auf einem braunen Fliesenboden mit in Asien gefertigten Billigstühlen herumrutschten und die Aufbackbrötchen der Herbergsmutti mit Marmelade aus kleinen Plastikportionsbechern beschmierten. Ich hatte die Schnauze vom Bandleben bereits gestrichen voll. Gundula sagte: »Oh, oh, der Bombastus ist gar nicht gut drauf.«

»Der hat gestern zu wenig Bier gekriegt«, feixte Dieter, und nun fand auch Hörbie seinen Mut wieder und meinte: »Ich hab noch einen Fahrtbock. Den würde ich opfern, damit unser Bombastus wieder gute Laune bekommt.«

Ja, dachte ich, mach noch einen Witz über meinen Alkoholkonsum oder mein Essverhalten, und ich schlag dir dein Wurmgesicht flüssig. Was ich aber sagte war: »Dann hol!« Und kurz darauf stellte mir ein grinsender Hörbie eine Flasche Nankendorfer Schrollbräu vor die Nase, und ich leerte das Bier grimmig in einem Zug und kam mir dabei total bescheuert vor.

»Alles in Ordnung?«, fragte Katja, als wir uns den Burgberg heraufschleppten.

»Wir müssen mal in Ruhe reden«. Ich lallte leicht.

»Ja, gerne«, sagte Katja. »Am besten ungestört. Nächste Woche Kneipenabend?«

Ich nickte.

Das Sonntagspublikum entsprach im Großen und Ganzen dem Samstagspublikum. Allerdings waren die gut aufgelegten Geistesschwachen nicht mehr da. Stattdessen machte ich eine

Gruppe von sieben Männern im Alter zwischen 25 und 40 Jahren aus, deren Anwesenheit mir Unwohlsein verursachte. Vielleicht war es Zufall, dass zwei von ihnen Polohemden mit dem Schriftzug »Masterrace Europe« trugen. Und vielleicht bedeutete das Tragen von Thor-Steinar-T-Shirts oder Trachtenjacken heutzutage keinesfalls, dass man ein Neonazi war. Bestimmt handelte es sich um eine ironische Aneignung, und wir hatten es hier mit freundlichen Antifaschisten zu tun, die zufälligerweise allesamt die Aura von Knastbrüdern und narzisstisch gestörten Soziopathen hatten. Es war also gar nicht schlimm, dass die sieben plötzlich sehr interessiert vor der Bühne standen, als wir gegen 16.00 Uhr unser letztes Set spielten.

Ich war in denkbar schlechter Verfassung. Ich hatte mir mit dem Essen im Verpflegungszelt den Magen verdorben. Die Kräuterschnäpse, die ich daraufhin aus medizinischen Gründen getrunken hatte, hatten mir das Hirn verklebt, ohne mein Herz leichter zu machen. Dumpf und trüb stand ich mit meiner Schalmei in der Nachmittagssonne und verstand die Vanitas-Gedichte von Gryphius besser als je zuvor in meinem Leben. Vor allem die Strophe:

»So wachsen wir auf Erden
Und denken groß zu werden,
Und schmerz- und sorgenfrei:
Doch eh wir zugenommen
Und recht zur Blüte kommen,
Bricht uns des Todes Sturm entzwei.«

Zum Einstieg spielten wir Madre Deus. Unser Prachtstück sollte uns Sicherheit verleihen, und die Rechnung ging auf. Katja trat vor, breitete die Arme aus und hieß das recht zahlreiche Publikum willkommen. Einer der Hoffentlich-nicht-Nazis grinste sie mit großen Glupschaugen an und machte dann gegenüber seinen Kameraden eine Geste, bei der er mit der Faust vor seinem Mund herumwedelte und eine Wange mit der Zunge ausbeulte.

Katja erzählte eine Sage von der Burg Regenstein. Eine der schönsten Jungfrauen des Landes sei hier vom Grafen Regenstein in einem Verlies gefangen gehalten worden. Der Grund, den der Graf genannt habe, klinge erst einmal bizarr: Weil sie ihn nicht so lieben wollte wie er sie. Aber wenn wir ehrlich wären, würde vermutlich jedem von uns einfallen, wie wir schon einmal Liebe bei uns oder jemand anderem hätten erzwingen wollen. So, als könne man eine Pflanze zum Wachsen bringen, indem man daran ziehe. Die Jungfrau zumindest habe mit ihrem Diamantring einen Spalt in die Felsmauer gekratzt und sei geflohen. Später sei sie mit ihrer Familie auf die Burg zurückgekehrt, aber der Graf sei verschwunden gewesen. In der Nacht habe sie ein Heulen gehört und sei aufgestanden und dem Geräusch gefolgt und habe schließlich vor dem Spalt in der Verliesmauer gestanden.

Katja beugte sich ein wenig in Richtung des größtenteils interessierten Publikums, zu dem auch einige Kinder zählten: »Qualm quoll aus dem Spalt, und ein gespenstischer Feuerschein flackerte an den Kerkermauern, und die Jungfrau blickte in diesen Spalt und sah den Grafen im Fegefeuer. Sie fühlte Mitleid und warf ihm ihren Diamantring zu. Und der Geist des Grafen kam zur Ruhe.«

»Süß«, rief einer der Herrenmenschen.

»Natürlich«, sagte Katja. »Rache scheint stark und gerecht und Vergeben schwach, so, als stünde man nicht genug zu sich selbst. Dabei ist Rache etwas völlig Unnatürliches.« Katja machte eine Pause und sah den Rufer an, wodurch sich ein unangenehm langes Augenduell entspann. Ohne ihren Blick abzuwenden, sagte Katja: »Wenn mir jemand etwas tut und ich wehre mich unmittelbar, dann ist das Selbsterhaltung. Rache hingegen ist etwas, das kein Tier kennt, denn sie findet verspätet und nicht zur Selbsterhaltung statt. Richtig irrsinnig wird es, wenn wir uns nicht an denen rächen, die uns etwas Schlechtes getan haben, sondern Ersatz suchen. Unser nächstes Stück ist ein Trinklied, es heißt ›Tourdion‹.«

Während wir spielten, beobachtete ich die sieben Patrioten. Offenbar gab es eine Diskussion, ob man sich »Kobold« noch weiter ansehen sollte, und ich hoffte sehr, dass sich der Rottenführer dagegen aussprach. Aber ich hatte es ja schon beim Aufstehen geahnt: Dieser Tag war kein Wunschkonzert. Die Typen blieben, und Katja wirkte nicht so, als ob sie zu großen Kompromissen aufgelegt wäre. So fuhr sie nach dem freundlich beklatschten »Tourdion« fort: »Rache ist die Krankheit derjenigen, die sich nicht wehren konnten und die sich das selbst nicht vergeben können.« Dann führte Katja aus, dass in der Rache das Opfer auf den Täter konzentriert bleibe und dessen Beschädigung sogar über das eigene Wohlergehen stelle.

»So selbstzerstörerisch ist kein Tier«, sagte Katja. »Rache ist wie ein Fluch, der durch Generationen wandert. Aber in der Sage von der Jungfrau und dem Grafen wird der Fluch gebrochen.«

»Das hast du aber schön gesagt. Spielt ihr denn auch noch was?«, rief einer der sieben. Er trug eine Trachtenjacke und sah nach häufigem Gebrauch von Tiroler Nussöl aus: eine ganz ungesunde Bräune.

»Gerne«, sagte Katja. »Vorher noch etwas. Ihr kennt sicher den Spruch ›Ich bin stolz, ein Deutscher zu sein‹, und dann wird ja oft gesagt, man kann nur auf etwas stolz sein, das man selbst geleistet hat. Ich sehe das nicht so. Ich finde, man kann stolz darauf sein, ein Deutscher zu sein.«

»Hört, hört«, rief die Trachtenjacke und sah sich feixend in der Menge um. Die Stimmung im Publikum nahm etwas Beklommen-Geducktes an.

»Ein Kind kann ja auch stolz auf seine Eltern sein«, fuhr Katja fort. »Stolz sein heißt dann einfach, dass sich das Kind positiv mit den Eltern verbunden fühlt. Und es ist doch schön, wenn man auf sein Land und die Menschen darin stolz ist. Es gibt natürlich stolzere Arten von Stolz.« Katja sah kurz zu Dieter, dessen Augen erstaunlich groß wirkten.

»Ein Beispiel: Da ist ein junger Mann, der es nicht leicht hatte. Er ist in einem kaputten Elternhaus aufgewachsen. Der Alte hat seine Frau und ihn verprügelt, die Frau hat ihn abwechselnd wie ein Püppchen mit Liebe überschüttet und links liegen gelassen, weil ihr der Alkohol wichtiger war. Der junge Mann ist in der Schule verprügelt und ausgelacht worden. Er hatte einen Hund, einen treuen Pitbull, den alle scheiße fanden, und der dann von einem Auto überfahren worden ist. Der Mann weiß nicht, womit er später Geld verdienen soll und …«

»Verlierer«, rief die Trachtenjacke. Es klang erstaunlich aggressiv.

»Und er hat Angst davor, wieder enttäuscht zu werden, wie er von seinen Eltern enttäuscht worden ist. Er sehnt sich so nach einer Freundin, aber er möchte immer weglaufen, sobald sich ihm eine Frau nähert. Worauf kann dieser junge Mann stolz sein?« Katja sah fragend in die Menge und wich auch nicht den zunehmend provozierenden Blicken unserer kleinen Wehrsportgruppe aus. Irrte ich mich, oder sah zumindest einer der sieben so aus, als sei ihm bei der Erwähnung des überfahrenen Pitbulls etwas ins Auge geflogen?

»Ich finde«, fuhr Katja fort, »dieser junge Mann kann sehr stolz sein, wenn er sich mit sich selbst befreundet. Wenn er aufhört, irgendwelchen Leuten das heimzuzahlen, was ihm ganz andere angetan haben. Wenn er Schluss damit macht, sich selbst zu schaden. Wenn er die Rachekrankheit auskuriert. Ich gebe zu: Das ist schwer. Dazu braucht man Geduld und Tapferkeit und Stärke und echte Freunde. Ich übe selbst noch. Lasst uns zum Schluss zusammen einen Kanon singen. Text und Melodie stammen von der gar mittelalterlichen Band ›Die Medici‹. Wir machen drei Gruppen: Ihr da drüben, ihr hier in der Mitte und dann ihr sieben hier vorne, okay?«

Dann sang Katja aus voller Kehle und gar nicht mal schlecht: »Weil du Probleme hast, die keinen interessieren, weil du Schiss vorm Schmusen hast, bist du ein Faschist. Du musst deinen Selbsthass nicht auf and're projizieren, damit keiner merkt, was für ein lieber Kerl du bist.«

Die Stimmung auf der Bühne war nicht anders als davor: angespannt. Allerdings hatte sich Gundula neben Katja gestellt und mit ihrem unnachahmlichen Grinsen den zweiten Teil der Strophe mitgesungen.

»So, jetzt im Kanon«, sagte Katja. »Kommt schon, oder seid ihr Feiglinge?«

Ein paar Muttis zogen ihre Kinder weg. Die sieben sahen sich um. Katja zeigte auf die erste Kanongruppe und dirigierte so selbstsicher, dass die Mehrheit wie ferngesteuert zu singen anhob: »Weil du Probleme hast, die keinen interessieren …«

»Das geht noch lauter«, sagte Katja. »Zeigt doch mal, aus welchem Holz ihr Sachsen geschnitzt seid!«

Der mittlere Block stieg gut ein. Der Kanon klang gar nicht schlecht. Katja ließ es sich auch nicht nehmen, unsere Sportsfreunde rechts außen zu ermuntern: »Und jetzt ihr. Lasst was hören!«

Der Rufer in der Trachtenjacke zeigte mit dem Finger auf Katja, machte dann eine Geste, die das Durchschneiden der Kehle symbolisierte, was er passenderweise nur am eigenen Hals demonstrieren konnte. Katja nickte ihm lächelnd zu. Dann entfernte sich der Trupp böser Männer, und wir sangen noch ein bisschen mit dem Publikum, während mir das Herz bis zum Halse schlug.

Katjas Mitsingspiel kam zwar unseren CD-Verkäufen zugute, nicht aber der Stimmung in der Band. Die sieben Kameraden ließen sich nirgends mehr blicken, aber das steigerte nur die Unruhe.

»Wenn die was mit dem Bandbus machen«, sagte Dieter und stand dabei bedrohlich nah an Katja, »dann schmeiße ich dich sofort raus. Du tickst doch nicht mehr ganz richtig. So eine Scheiße.«

Dieter pfefferte seine Bouzouki so gewalttätig in den Tragekoffer, dass eine Saite riss und ihm ins Gesicht schlug.

»Scheiße«, brüllte er so laut, dass sich mehrere Besucher umblickten. »Verdammter Saufotzendreck.«

»Was habe ich dir gesagt?« Mikes Stimme klang wie eine Reprise pubertärer Stimmbruchschwankungen. »Die hat sie nicht alle. Aber nö, da müssen wir noch groß abstimmen drüber. Nee, is klar.«

Auch Hörbie war das Feixen vergangen. Offenbar malte er sich bereits aus, wie die Rechten sein rundes Wurmgesicht als Punchingball benutzten. Gundula und Katja hingegen wirkten erstaunlich entspannt, ja, richtig vergnügt. Keine Ahnung, was die beiden Frauen ritt, aber vermutlich hatten sie heimlich ein Beruhigungskraut geraucht. Ich hatte ja auch Kräuter eingenommen, wenn auch als Schnaps, und vielleicht rauschte mir genau deshalb eine rettende Idee durch die Synapsen.

Die Szenerie erinnerte mich an meine Zeit in der Unterstufe: Ich gehe einen Weg entlang und bin mir ziemlich sicher, dass mir gleich ein paar Typen gegenüberstehen, um mir auf's Maul zu hauen. Allerdings handelte es sich diesmal um den Burgberg von Burg Regenstein und nicht um einen kleinen Park. Und noch etwas war anders: Ich war nicht allein. Mit mir gingen sechs Galgenvögel, die Hände voller Instrumente und begleitet von neun bewaffneten Freizeitgermanen unter dem Kommando des Rabenvaters. Der gute Rabenvater – er hatte keine Sekunde gezögert, als ich ihn und seine Getreuen um Geleitschutz gebeten hatte. Nun schritt er mit Quallenkopf und breiter Brust durchs Gehölz und sang seinen Hit: »Sie nannten ihn das Templerschaf, mit rotem Kreuz auf weißem Arsch. Mäh!«

Tatsächlich fanden wir unseren Bandbus in schlechter Gesellschaft vor. Dummerweise hatten die sieben noch Verstärkung von vier Glatzköpfen erhalten, die vermutlich eben auf des Trachtenmannes Geheiß im nächsten Sprengel ihre Springerstiefel geschnürt hatten. Allerdings las ich in den Gesichtern einzelner Schläger einen gewissen Zweifel, ob ihr Plan der asymmetrischen Gefechtsführung noch aufging. Unter strategischen Gesichtspunkten hatte die Situation durchaus ihren Reiz: 17 Menschen, teils mit Schwertern und Dudelsäcken bewaffnet, gegen elf Herrenmenschen, denen die Kampferfahrung aus den hart geklopften Gesichtern sprach, und von denen gerade einer eine Pistole zog und auf Katja richtete. Wir blieben stehen.

»Und jetzt?«, fragte der Rädelsführer in seinem bescheuerten Jankerl.

»Wenn der Faschofutzi schießt, gibt es hier eine Riesensauerei«, sagte der Rabenvater und zog sein Schwert aus der Lederscheide. Die Klinge war zwar stumpf, aber massiv. Das Gefolge tat es ihm gleich. Kurz hatte ich den Eindruck, mich in einem jener Träume zu befinden, die ich manchmal träumte, wenn ich mich entschieden überfressen hatte.

»Na, wenn ihr Sauerei wollt, dann sollt ihr Sauerei bekommen«, sagte der Sachsenhitler und zog sich einen Schlagring über, während seine Kameraden Messer oder fernöstliche Dreschflegel zum Vorschein brachten. Neben mir roch es so, als ob bei Hörbie gerade ein ganz natürlicher Vorgang zur Unzeit eingesetzt hätte. Ich kalkulierte noch einmal neu: 16 Menschen gegen 11 Herrenmenschen. Der Teil des Schlagwerkgestänges, das ich in der Hand hielt, gab eine etwas eigenwillige Keule ab, aber im Ernstfall war das besser als nichts. Ich warf das Becken aus der anderen Hand in den Wald, umklammerte meine provisorische Waffe und brachte mich in Position. Auch Katja bezog Stellung.

»Für Odin«, rief der Rabenvater, und seine Mannen rückten vor. Ob es an dem Schlachtruf oder dem beherzten Auftreten lag – die Kameraden wirkten unschlüssig, und plötzlich bellte ihr Anführer »Rückzug«. Keine Sekunde später hörte ich einen lauten Knall und dann kurz nichts mehr.

10. KAPITEL

Helmut Schmidt sah es genau wie Dieter: Katja hatte es mit ihren Provokationen übertrieben. Ohne Absprache hatte sie die ganze Band in Gefahr gebracht. Zwar waren die Mordbuben nach einem Schuss aus der Gasknarre geflüchtet, aber die Kartusche hatte Katja und mich ordentlich eingenebelt. Und es hätte auch anders kommen können. Während Schmidt jedoch nur den Kopf schüttelte und »Kinder, Kinder«, sagte, führte Dieter bei unserer ersten Rast wortreich und aggressiv aus, was für ein verdammter Scheiß es gewesen sei, die Faschos zu provozieren. Er hasse Faschos, aber das sei totaler Scheißdreck gewesen. Er sei ein Vollidiot gewesen, über Katjas Ansagen abstimmen zu lassen. Demokratie in Bands sei für den Arsch. Katjas Reden seien hiermit Geschichte. Ende. Schluss. Aus. Basta! Mike sah dazu entschlossen und grimmig drein. Endlich verstand ihn hier mal einer.

Drei Tage später saßen wir nach einer erstaunlich beschwingten Bandprobe bei Pizza und Bier am geilen Glastisch der Wolffs und besprachen die Lage.

»Habt ihr schon mal auf die Homepage gesehen?«, fragte Gundula strahlend. »So viele Klicks hatten wir noch nie.«

»Ich les euch mal ein paar Mails vor.« Dieter strich sich vergnügt den Bart.

Unter den Mails und Facebook-Nachrichten, die Dieter uns mit sichtlichem Behagen vorlas, gab es kaum eine, in der nicht Katja und ihre Reden eine Rolle spielten. Viele wollten wissen, warum es kein Bild und keine Mailadresse von Sancta Benedicta auf der Homepage gäbe. Es gab auch Zuschriften, in denen es um mich ging. »Wo ist die Addi vom Bombasti?«, lautete zum Beispiel die Frage von shadowlady93. Vor allem in Blankenburg hatte »Kobold« neue Fans gewonnen, aber sogar aus den Reihen der Kasseler Hochzeitsgäste gab es Kommentare: »Endgeil, das hat dem alten Schenkeisen noch keiner gesagt« oder »Schade, dass eure Musik nicht so ankam. Ich fand sie spitze und möchte jetzt unbedingt die CD haben«.

Für Dieter stand fest, dass wir sofort nachlegen mussten: Fotosession mit allen, eigener Kobold-Chat, ein Tourtagebuch auf der Homepage. Und natürlich müsse Katja weiter die Ansagen machen. Ende. Aus. Keine Diskussion.

Mike quiekte vor Ärger: »Was soll die Scheiße? Erst sagst du das, dann sagst du das. Sag mal, spinnst du?«

»Jetzt halt mal die Fresse«, erwiderte Dieter. Gundula versuchte zu vermitteln: »Dein Vater weiß immer genau, was er tut. Guck doch mal, was er aus der Band gemacht hat.«

»Dein Mann weiß überhaupt nicht, was er tut«, sagte Mike. »Dein Mann wechselt seine Meinung öfter als seine Unterhosen.«

»Willst du aussteigen?«, fragte Dieter, und sofort sah Mike noch käsiger aus.

»Hä?«, quäkte er mit zittriger Stimme. »Wo wollt ihr denn so einen guten Sackpfeifer herholen? Aber bitte sehr, wenn ihr nur noch Schrottmusik machen wollt.«

»Kein Problem«, sagte Dieter. »Ich schmeiß dich sofort raus.«

Mike stand mit tränenfeuchten Augen auf, schubste seine Mutter zur Seite, die ihn in den Arm nehmen wollte und schlug die Wohnzimmertür derart laut zu, dass die gerahmte Adlerkopffotografie von der Wand auf den Boden krachte. Dieter zuckte. Sein Körper glich einer gespannten Feder. Würde er Mike gleich hinterherspringen, um ihm ein paar aufs Maul zu geben? Und dann womöglich selbst ein paar aufs Maul bekommen?

Dieter blieb sitzen: »Ich lass mir von dem kleinen Arschloch gar nichts sagen.« Dann herrschte er seine Frau an: »Steh da nicht rum wie ein begossener Elch. Hol mal Bier für alle!«

Hörbie stieß mir in die Seite: »Na? Hab ich zu viel versprochen? Voll geil die Wolffshow, oder?«

»Du!«, sagte Dieter aggressiv und zeigte mit dem Finger auf Hörbie, »du nimmst ab sofort Schlagzeugunterricht, oder du bist auch raus.«

Bei der nächsten Bandprobe zogen Vater und Sohn wie selbstverständlich an einem Strang: Jetzt war es interessanterweise Timo, der von beiden eingeschenkt bekam, weil er nicht geübt hatte, »wie eine Kackwurst trommelte« und allgemein »so ein verdammter Lutscher« war. Timo bekam von diesen Äußerungen allerdings nichts mit, weil er mit einer Grippe in der wolffschen Wohnung lag und laut Gundula vor sich hin jammerte wie ein »schwules Mädchen«. Ich begriff, dass der Hass bei den Wolffs einem Wanderpokal glich – jeder kam mal dran.

Durch die neue Eintracht zwischen Dieter und Mike schossen die Pläne nur so ins Kraut: Ein neuer Gong sollte her, größer als das »Scheißding« von Pesttanz. Außerdem eine Riesenpauke und eine neue CD. Die Koboldumtriebe nahmen derartig Fahrt auf, dass sich der Kneipenabend mit Katja verschob. Hier Probe, da zu Hause üben, dort neue Gewandung herstellen oder die Homepage aufpeppen und Tourberichte schreiben – irgendetwas nahm immer unsere Zeit und Konzentration in Beschlag. Wir schossen Fotos an der Ruine der Burg Ohlbrück und diskutierten stundenlang, welche Stücke auf die nächste CD sollten, wie das Cover auszusehen hatte und was der beste Titel wäre.

Obendrein fing sich auch Katja eine Sommergrippe ein, und Dieter fand schneller einen Studiotermin als erwartet.

Draußen knallte die Sonne vom Himmel, als wir in Troisdorf bei einem blonden Lurch namens Lars Hüppner im Keller seines Elternhauses saßen und uns die Tonspur anhörten, die Mike gerade eingedudelt hatte. Unser Bärwolf hatte ein exzellentes Timing und einen starken Ansatz. Es war klar, dass er und sein Vater alle Blasinstrumente einspielen würden. Mein Geflöte und Schalmeiengepuste hatte auf einer CD nichts zu suchen. Erstaunlicherweise sah Dieter das anders: Jeder Bold müsse bei mindestens einem Lied mitspielen, und ich solle das balladeske Pilgerlied »Wer das Elend bauen will« flöten.

So saß ich eines Abends alleine mit Dieter in dem Aufnahmeraum von »Hüppner's Klangfabrique«. Geduldig gab er mir Tipps, wie ich meine einzelnen Parts so gut wie möglich einspielen konnte. Auf der einen Seite empfand ich die Situation als befremdlich intim und merkte, dass sich auch Dieter nicht ganz wohl in seiner Haut fühlte, auf der anderen Seite wünschte ich mir, dass Dieter mich mochte und zufrieden war mit meiner Leistung, ohne dass ich mir diese Anwandlung erklären konnte.

In einer Bierpause unserer Exerzitien sagte der scheue Choleriker: »Ich weiß, du wirst nicht ewig bei Kobold bleiben. Aber solange du bei uns bist, solltest du deinen Job so gut wie möglich machen. Nicht bloß Kobold zuliebe, sondern dir zuliebe.«

Ich deutete ein Nicken an.

»Das hört sich jetzt etwas väterlich an, aber drauf geschissen: Mach das, was du gerade machst, richtig. Leb jeden Tag, als könnte es dein letzter sein.«

Ich nickte.

»Ich sag dir jetzt mal was«, meinte Dieter und sah mir kurz in die Augen, »ich bestehe zu 50% aus Angst und zu 50% aus Sehnsucht. Und ich versuche, beides nicht als Bremse, sondern als Gaspedal zu nutzen.«

»Interessanter Ansatz«, sagte ich und stellte im Geiste auch eine aktuelle Prozentangabe für mich zusammen: »50 % Interesse, 50 % Desinteresse.«

»Du bist mehr so ein Bremser«, sagte Dieter. »Du weißt schon alles, bevor du es gemacht hast.«

»Kann sein.«

»Katja ist da anders. Die ist auch ein Eierkopf, aber die geht mit allem rein, was sie hat.«

»Kann schon sein.«

»Auch wenn ich manchmal seltsam finde, was sie macht – ich hab Respekt vor der Energie.«

»Ja. Ich auch.«

»Bei dir ist es mehr als Respekt.«

»Wie bitte?«

»Da steht jede Menge gestaute Energie zwischen euch. Einem alten Magier machst du nichts vor.«

Ich sagte nichts. Dieter trank genüsslich aus seiner Bierflasche. Mein Schweigen bestätigte ihn, aber ich konnte es nicht ändern. Alle Worte hatten mich verlassen. Für einen gedehnten Augenblick war es totenstill in Troisdorf. Ich hörte das Bier in Dieters Speiseröhre verschwinden wie Regenwasser in einem Abfluss.

»Es geht mich ja nichts an«, sagte er. »Aber schnapp sie dir, bevor es ein anderer tut.«

Ich hoffte, dass ich gleich aus einem Traum aufwachen würde.

»Na egal.« Dieter nahm einen weiteren Schluck. Dann sagte er: »Das, was Katja da erzählt – hat das eigentlich viel mit Philosophie zu tun?«

Ich atmete aus. Die Worte kehrten zu mir zurück, und ich antwortete: »In einer sehr volkstümlichen Variante.«

»Klar, das ist bestimmt vereinfacht. Aber ich meine: Gibt es eine einstimmige Meinung zu Moral bei den Philosophen?«

»Nee, gar nicht.«

»Katja pickt sich da also das raus, was ihr passt?«

Ich wiegte den Kopf. Gespräche über Philosophie mit ambitionierten Laien – ein heikles Terrain.

»Sie ist stark von Platon und Kant beeinflusst«, sagte ich und zählte dann sinnloserweise weitere Namen wie Martha Nussbaum und Sarah Broadie auf, bevor ich noch sinnloser endete: »Über Platon hat sie ja ihre Magisterarbeit geschrieben.«

Dieter ließ nicht locker: »Hat Platon nicht einen idealen Staat entworfen?«

»Ja«, sagte ich müde. »Darin herrschen die Vernünftigen über die weniger Vernünftigen. Die Vernünftigen erkennen, dass Tugend ein Gut ist, Geld aber nicht. Und politische Macht und ökonomische Macht sind getrennt.«

»Was heißt das?«

»Die Bauern, Händler und Handwerker dürfen Besitz haben und Geld für Waren und Dienstleistungen annehmen. Von denen soll aber auch keiner arm oder reich sein. Dann gibt es eine Art Kriegerkaste, die besitzlos lebt und die Stadt beschützt. Und dann gibt es die Philosophinnen und Philosophen, die die Stadt regieren und die ebenfalls mit so einer Art bedingungslosem Grundeinkommen versorgt werden. Das darf aber auf keinen Fall aus Gold oder Silber bestehen.«

»Warum nicht?«

»Man kann sich nicht um Geldkram kümmern und gleichzeitig ein richtiger Philosoph sein. Deshalb gibt es bei Platon Besitzregeln.«

»Aber warum muss das geregelt werden? Ich dachte, die ganz Vernünftigen machen sich eh nur was aus der Tugend.«

»Tja, wenn's um Geld geht, traut Platon der Vernunft vielleicht nicht ganz über den Weg.«

Dieter strich sich den Bart. Das Thema bewegte ihn offensichtlich wirklich, auch wenn ich ein sekundäres Erkenntnisinteresse vermutete, das etwas mit der Mehrung von Macht und Ruhm für »Kobold« zu tun hatte. Nach einem Schluck aus seiner

Bierflasche fragte er: »Meinte Platon das ernst mit diesem perfekten Staat?«

»Das ist ein alter Wissenschaftlerstreit, ob es ihm bei der ›Politeia‹ tatsächlich um einen politischen Entwurf ging oder um eine Parabel über Ethik.«

»Und was meint Katja?«

»Sie sagt, die innere Verfassung des Menschen und die äußere Verfassung des Staates bedingen sich in Platons Augen. Das eine kann nicht getrennt vom anderen betrachtet werden. Deshalb gibt es für Platon auch keine Trennung von einer Parabel über Ethik und einem politischen Entwurf.«

»Der ernst gemeint ist?«

»Laut Katja: Ja.«

»Und wie siehst du das?«

»Ich sehe das genauso. Ich glaube nur nicht, dass die angeblich Vernünftigen ihre Sicht gegen die Unvernünftigen ohne Gewalt durchsetzen können. Und wenn sie Gewalt anwenden, dann wären sie ja doch wieder unvernünftig.«

»Mit anderen Worten: Es hat alles keinen Sinn?«

Ich dachte kurz nach, dann sagte ich: »Ja.«

Dieter schien beruhigt.

An einem warmen, regnerischen Donnerstagabend fanden Katja und ich endlich Zeit für unser Gespräch. Dieters Äußerungen hatten meine Gedanken in eine mir unvertraute optimistische Richtung gelenkt. Vielleicht empfand Katja doch ganz ähnlich wie ich. Immerhin fanden sich in meiner Erinnerung einige Indizien dafür. Gerade in der letzten Zeit hatte sie mich immer wieder einmal mit glänzenden Augen angesehen, und hin und wieder hatte ich in ihrer Gegenwart etwas gespürt, das vielleicht doch nicht nur mit mir zu tun hatte. Möglicherweise geriet bei Katja durch das Bandleben etwas in Bewegung. Vielleicht hatte dabei sogar der grässliche Balitur eine Rolle gespielt, für die ich ihm bald dankbar sein würde. Kurzum: Ich hatte mir vorgenommen, mich diesmal nicht von den Unkenrufen meines Wirklichkeitssinns kirre machen zu lassen und vielmehr meinem Möglichkeitssinn zu vertrauen, der mir eingab, mich heute näher an Katja heranzutasten, als ich es je zuvor getan hatte.

Der Ort für dieses Unterfangen schien nicht ganz glücklich gewählt, aber ich wollte Katja in diesem Punkt nicht reinreden. Die »Mausefalle 33« ist ein Hafen prekärer Geisteswissenschaftler und Künstler und solcher, die es werden wollen. In einer Ecke hockt der Mime mittleren Alters, der monatlich vor Ort seine »Tremorpoesie« zum Besten gibt, neben sich eine junge, geradezu verrucht dreinschauende Schauspielerin von der anthroposophischen Alanus-Hochschule. Beide sitzen im verkniffenen Visier eines weißhaarigen Trenchcoat-Zausels, der das Paar in seiner Berufung als »Alle-Mal-Malen-Mann« für vier Euro porträtiert. An einem anderen Tisch streiten zwei wackere Doktoranden der theoretischen Physik mit geröteten Wangen über den Begriff »jetzt«, während keinen Meter entfernt ein Germanist im 18. Semester seine düster-durchlittenen Sätze aufs Papier wirft, sehnsüchtig beobachtet von einer Vor- und Frühgeschichtlerin in grauem Wollpulver und Bergsteigerschuhen.

Als Katja und ich die Schankstube betraten, drehten sich zwei Männer in Jeansjacken auf ihren Tresenstühlen nach uns um. Karpfenhaft hefteten sich ihre Blicke an Katja. Pitbullhaft betrachteten sie mich, wobei sich in die Angriffslust auch ein Anflug von Kränkung mischte.

Wir fanden einen freien Tisch, der ein Fass war. Darüber baumelte eine Plastikmöwe. Ob das ein gutes oder schlechtes Omen war, konnte ich nicht sagen. Bei einer verhuschten Kellnerin, die gleichzeitig als Kuschelmamsell des alten, krötenhaften Pächters herhielt, bestellten wir Holstenbier. Holsten knallt am dollsten, heißt es. Stimmt aber nicht.

»Schön, dass wir mal wieder hier sind«, sagte Katja.

Ich nickte.

»Durch den ganzen Bandquatsch haben wir ja kaum noch Zeit für ein solides Gespräch.«

Ich nickte wieder und sagte, dass ich mittlerweile trotzdem froh wäre, dass sie mich zu diesen Irren gelotst hätte. In Katjas Augen blitzte es fröhlich: »Das freut mich. Ohne dich wäre das auch nix.«

»Du hättest es trotzdem auch so durchgezogen.«

»Ich glaube nicht.«

Ich fühlte, wie eine warme, honigartige Masse durch mein Herz schwappte und es wohlig ausfüllte. Allerdings bemerkte ich auch, wie sich skeptische Gedanken formierten, die mir dieses schöne Gefühl kaputtreden wollten. Ich hatte mir vorgenommen, mich diesmal nicht selbst ins Bockshorn zu jagen.

Zwei Biere und eine angeregte Debatte über Lohngerechtigkeit später sah Katja mich plötzlich traurig an und sagte: »Ach Max.« Ich gab einem Tausende Male unterdrückten Impuls nach und nahm ihre Hand. Mein Herz klopfte bis in den Hals. Katja zog ihre Hand nicht weg. Weich und zart verbanden sich unsere Finger.

»Ich weiß nicht weiter«, sagte Katja. Ich nickte, obwohl ich nicht wusste, was sie meinte. Katja sah mich kurz an, wich dann meinem Blick aus und sagte: »Ich bin irgendwie schon verliebt, aber ich habe so viele Zweifel. Das hat doch gar keinen Sinn.«

»Ach, sag das nicht.« Ich lächelte. »Wir sollten uns da vielleicht endlich mal mehr zutrauen.«

»Ich weiß nicht. Man verspricht sich in diesem Beziehungsspiel doch eh nur etwas, was man nicht halten kann. Ich meine, dieses Unbedingte, Exklusive – das ist doch, als ob man sich freiwillig ein Gefängnis baut und reinsetzt.«

»Ich würde das nicht so sehen. Als du dich für die Philosophie und gegen all die anderen Beschäftigungen entschieden hast, da hast du dir ja auch kein Gefängnis gebaut, sondern, na ja – einen Raum eröffnet.«

Katja lächelte mehr mit dem Mund als mit den Augen und ließ meine Hand los. »Tja«, sagte sie, »aber um mal im Raum der Gründe den Tatsachenteppich auszurollen: Der Philosophie bricht nicht das Herz, wenn ich sie verlasse. Und: Die Philosophie kann mich nicht verlassen.«

»Manchmal habe ich schon den Eindruck, dass dich die Philosophie verlässt.«

»Jajajaja. Aber sie kommt wieder. Dein Vergleich zwischen Philosophie und Liebesbeziehung hinkt. Die Philosophie akzeptiert viel mehr Ausnahmen.«

»Gut«, sagte ich. »Aber wenn du verliebt bist, dann folge doch einfach deiner Neigung.«

»Eine andere Neigung in mir ist aber der Ansicht, dass ich das auf jeden Fall lassen soll. Es gibt so viele rationale Gegenargumente.«

»Wer schwach ist an Mut, der ist oft stark an Schlauheit.«

»Ist das von William Blake?«

»Kann sein. Oder von Bukowski.«

»Nee, bei Bukowski geht das Zitat so: Liebe ist ein Vorurteil.«

»War das nicht von Montaigne?«

»Dann eher von Swift.« Katja nahm einen großen Schluck von ihrem Bier.

Ich sagte: »Also von Swift ist das hier: Die Lehre der Stoiker, dass wir unseren Bedürfnissen durch Ausrottung unserer Begierden abhelfen sollen, kommt mir ebenso vor, als wenn wir uns die Füße abschneiden sollten, damit wir keine Schuhe brauchen.«

»Bisschen lang.«

»Aber anschaulich.«

»Max, ich weiß nicht, ob du mich verstehst. Meine Überlegungen haben nichts mit dem Unterdrücken von Bedürfnissen zu tun.«

»Ich denke schon, dass ich dich verstehe. Ich frage mich ja auch, ob es sinnvoll ist, das Gut einer Freundschaft für eine viel störanfälligere Beziehung zu riskieren.«

»Zum Beispiel«, sagte Katja.

»Und natürlich frage ich mich auch, ob nach so vielen Jahren Freundschaft eine Liebesbeziehung überhaupt möglich ist.«

»Jetzt verstehe ich dich nicht.« Katja sah mich ernst an.

»Na, das ist doch nicht schwer. Wie lange sind wir jetzt befreundet?«

»Bald zehn Jahre. Aber was hat das jetzt mit meinem Problem zu tun?«

»Na, es war doch anfangs gar nicht klar, ob wir Freunde oder ein Paar werden. Und irgendwie …«

»Das stimmt.« Katja sah mich neugierig an. »Ich dachte allerdings immer, dass du das anders siehst.«

»Wie denn?«

»Na, dass du mich als geschlechtsneutralen Hirnkumpel betrachtest.«

»Habe ich nicht.«

»Wow, das hast du echt gut verborgen.«

»Du hast ja auch nicht gerade die großen Signale gesendet.«

»Max, ich war 16, da ist man unsicher.«

»Du hast auf mich wie eine Eisprinzessin gewirkt.« Ich zupfte Stücke von meinem durchgeweichten Bierdeckel.

»Und wie wirke ich jetzt auf dich?«

»Anders.«

»Meinst du, ich habe mich verändert?«

»Du bist bestimmt selbstbewusster geworden. Und weniger streng mit dir und der Welt.«

»Wenn du wüsstest, was gerade in meinem Kopf abgeht. Diese Verliebtheitskacke macht mich total wahnsinnig.«

»Dann hör auf, darüber nachzudenken, und leb sie aus!«

»Ach Max!« Katja seufzte. »Im Moment weiß ich gar nicht, ob

ich ihn überhaupt wiedersehen will. Ich finde seine Mails und SMS manchmal fast aufdringlich.«

»Jetzt verstehe ich dich nicht«, sagte ich tapfer, obwohl mein Darmgehirn durchaus verstand. Mein ohnehin die ganze Zeit leicht verspannter Unterleib zog sich derart schmerzhaft zusammen, dass ich mir unter anderen Umständen einen bösartigen Tumor oder zumindest eine siebentägige Verstopfung diagnostiziert hätte. Andererseits: Was ist die besitzergreifende Liebe anderes als ein bösartiger Tumor oder zumindest eine Verstopfung?

»Du kennst ihn ja auch nicht«, sagte Katja. »Ich habe ihn auf Burg Regenstein kennengelernt.«

»Ach ja.«

»Er ist Journalist und schon 35.«

»Ganz schön alt«, sagte ich so ruhig wie möglich.

»Er hat eine coole Art. Er ist sehr wach und präsent. Und er wirkt unabhängig. Ein geschlossenes System, das finde ich beeindruckend.«

»Klar«, sagte ich, obwohl ich kaum noch zuhören konnte. Katjas Worte klangen zu mir herüber wie durch eine Glaswand.

»Andererseits könnte ich mir vorstellen, dass er ein bisschen ein Macho ist.«

»Ach, der erste Eindruck kann täuschen«, faselte ich willenlos.

»Und er wohnt in Berlin.«

»Da wolltest du doch eh irgendwann wieder hin.«

»Schon. Aber das steht jetzt doch gar nicht zur Debatte. Aber wenn du meinst, dass ich ihm weiter zurückschreiben soll, dann mache ich das.«

»Katja?« Ich wollte weiterreden, als der weißhaarige Mann im Trenchcoat an unseren Tisch trat: »Kann ich euch beide hier mal malen?«

»Nein danke«, sagte ich schroff.

»Ach, warum nicht«, sagte Katja. »Das ist schon irgendwie ein besonderer Moment.«

So besonders der Moment gewesen sein mag: Auf der Zeichnung, die wir für drei Euro vom Zausel erhielten, konnte man Katja nur deshalb von mir unterscheiden, weil sie eine Brille trug.

11. KAPITEL

Es gibt einen Moment kurz nach dem Aufwachen, der keine Vergangenheit und keine Zukunft kennt, nur leichte, unschuldige Gegenwart. Babysüß liegt man im Bett und weiß von nichts Bösem. Dann fährt das Hirn hoch und lädt ein paar ausgesuchte Erinnerungen und die Beurteilungs-Software in den Arbeitsspeicher. Von einer Sekunde auf die andere verwandelt sich Leichtigkeit in Qual. Der morgendliche Sündenfall. Anders ausgedrückt: Als ich diesen Morgen aufwachte, stieß mir ein greller Gnom unvermittelt einen Dolch in die Brust.

Ich lag auf dem Bett und registrierte mit wissenschaftlicher Neugier, wie ein stechender Schmerz von meiner rechten Herzkammer bis in die entlegensten Ausläufer des Fleischgebirges explodierte. Interessanterweise stellte ich mir den Schmerz als gleißend weißes Licht vor. Interessant deshalb, weil ich diese Schmerz-Licht-Metapher mal in einem schlechten Buch gelesen und für eine bemühte Konstruktion gehalten hatte. Nun sah ich, dass es stimmte: Mein Schmerz war weiß.

Vielleicht erlitt ich gerade einen Herzinfarkt, vielleicht starb ich jetzt. Aber wie ich mich kannte, würde ich nicht so leicht aus der Nummer rauskommen. Verblüfft stellte ich fest, dass der Schmerz noch zunahm, als mir der Journalist in den Sinn kam: schlank, präsent, selbstbewusst – ein geschlossenes System. Wer wollte es Katja verdenken, dass sie sich für ihn und nicht für mich – das wabbelnde Chaos – entschied? Ich selbst würde mich ja nicht für mich entscheiden. Einem Club, der mich als Mitglied akzeptierte, würde ich nicht beitreten, so viel

Stil besaß ich dann doch noch. Ich hasste mich nicht nur dafür, dass ich so ein fetter Schwachkopf war, sondern erst recht dafür, dass ich mich dafür hasste und dafür wiederum hasste – eine Kettenreaktion des Selbsthasses, die sich wie Säure durch mein Herz ätzte und derart wehtat, dass ich bei aller Minderwertigkeit größenwahnsinnig wurde: So mussten sich die großen Märtyrer gefühlt haben, als man sie mit siedendem Öl übergoss oder ihnen die Haut vom Leibe pellte. Oh sagenhafte Qual! Ein unsichtbares Naturschauspiel. Bestimmt gab es Menschen, die für derartig intensives Erleben viel Geld gezahlt hätten. Und ich Glückspilz bekam das Ganze frei Haus und gratis. Da wollte ich nicht undankbar sein. Und schon hatte ich ein Kirchenlied im Ohr: Danke für diesen guten Morgen. Danke für jeden neuen Tag. Danke, dass ich all meine Sorgen auf dich werfen mag.

Peers Idee, dass es für mich besser wäre, Katja erst einmal nicht zu sehen, konnte ich nachvollziehen, aber nicht umsetzen. Bereits am gleichen Abend sollten wir in »Hüppner's Klangfabrique« zusammen das Lied »Douce dame jolie« einsingen – einen Gassenhauer aus dem 14. Jahrhundert, der sich inhaltlich so zusammenfassen lässt: »Schöne, zarte Dame, bitte töte mich, wenn du meine Liebe nicht erwidern kannst. Ich habe schon zu lange gelitten.«

Die ganze Band war von meiner Gesangsdarbietung beeindruckt. Nicht nur, dass ich fast alle Töne traf, Dieter bescheinigte mir obendrein eine einzigartige emotionale Wucht und beschloss, dass nur meine Stimme auf den finalen Mix sollte. Katja wurde gar nicht gebraucht, und sie bekam es kaum mit, weil sie ständig auf ihr Mobiltelefon guckte und hin und wieder sehr konzentriert auf der Tastatur herumtippte.

Während Lars Hüppner am Computer unsere einzelnen Einspielungen so zurechtschnippelte, dass sie rhythmisch zusammenpassten, saßen wir dumpf im Proberaum und tranken Bier oder standen auf der Straße und rauchten aktiv oder passiv, je nach Neigung. Hauptthema des Tages war die Frage, wie die neue CD heißen sollte. Schließlich setzte sich mein Vorschlag durch: Mundus vult decipit – die Welt will betrogen sein.

Die nächsten Tage verlebte ich einerseits wie in einer Trance, andererseits stachen manche Alltagseindrücke gestochen scharf in mein Bewusstsein: die Mondsichel über den Dächern der Altstadt, ein kleines Zopfmädchen, das mich angrinst, ein halbes Croissant im Rinnstein – wirklicher als alles, was ich je zuvor wahrgenommen hatte. In kurzen Momenten fühlte ich mich so leicht und glücklich wie selten zuvor, einfach nur, weil ich kurz vergessen hatte, wer ich war. Größtenteils aber glich ich einer Fleischwerdung der Idee von »Schmerz«. Die wesendonckschen Passionsspiele hatten internationales Format: Lag ich nicht stöhnend auf dem Bett, ächzte ich auf Sofas oder aß mit freudloser Gier. Lebensmittel waren mein Feind, ich musste sie ausrotten, wo immer ich sie fand. Bis in den letzten Winkel musste ich mich mit Nährschleim ausschmieren, das ganze gleißende Schmerzlicht fluten, bis es im Kalorienbrei erstickte. Eine Sisyphusarbeit, aber laut einem französischen Knallkopf muss man sich Sisyphus ja als glücklichen Menschen vorstellen. Danke für diesen guten Morgen, danke für jeden neuen Tag. Danke für diesen blöden Scheißstein, den ich aufwärts trag.

Ich verwandelte mich endgültig in einen belämmerten Geist: ein trüber Schemen aus zähflüssigem Ektoplasma, der um sich herum nichts als trübe Schemen wahrnimmt, zum Beispiel zwölf Vertriebskanonen des Telekomkonzerns, die bei einem Ritteressen auf der Burg Satzvey gar mittelalterlich unterhalten werden wollten. Sie nannten es Incentiv, ich nannte es Alptraum. Männer, die Aggression mit guter Laune verwechseln, machen mich traurig. Und mit welcher verbissenen Entschlossenheit die Zwölf dem Abend famosen Eventspaß abpressen wollten – das stach mir durchgeschüsseltem Nachtgespenst zusätzlich ins Herz. »Fürchtet euch nicht!«, hätte ich ihnen zurufen sollen. »Kehret um!« Doch ich hatte nicht die Kraft dazu.

Kurz nach dem tristen Ritteressen hatten wir einen weiteren Auftritt auf Burg Satzvey. Graf Beißel von Gymnich und seine Gemahlin veranstalteten mal wieder ein Ritterturnier zusamt Historienmarkt, um die horrenden Kosten einzuspielen, die der Erhalt der Burganlage verursachte. Ein ganzes Wochenende hingen wir auf einem weitläufigen Gelände zwischen Kiepenkaspern, Schmucklern, tschechischen Schaukämpfern, Freizeitgermanen, Frühgoten, Mitteleuropäern und Spätburgundern herum. Beim Einzug der Spielleute spielten wir gefühlte zwei Stunden den »Traubentritt« und lärmten danach setweise auf der großen Bühne im Innenhof. Katja fragte mich zwischendurch, was sie auf diese oder jene SMS antworten sollte und ob sie überhaupt antworten sollte, und ich gab gewissenhaft Antwort, während ich gleichzeitig neben mir stand und mir kopfschüttelnd zusah. Sternstunden der Selbsterniedrigung.

Schließlich saß ich Samstagnachmittag wie ein dicker Hofnarr mit gebrochenen Gliedmaßen auf einer Wiese am Rande des Geschehens und fühlte mich scheiße. Irgendwann setzte sich Gundula neben mich und fragte, was ich hätte.

»Kummer«, sagte ich.

»Das sehe ich. Weshalb denn?«

Ich zuckte mit den Schultern. Die freundliche Eskimofrau faltete die Hände im Schoß und sagte: »Weil du in Katja verliebt bist, stimmt's?«

Ich nickte. Dann weinte ich los. Völlig ungehemmt.

»Lass laufen«, sagte Gundula und legte mir die Hand auf den Rücken. Es war mir nicht peinlich, und ich ließ erstaunlich lange laufen.

Schließlich stand Gundula auf und sagte: »Du bist ein Supertyp. Du weißt es nur noch nicht.«

Auf dem Feld vor mir rannte ein Junge mit weißem Holzhelm auf dem Kopf herum und schrie: »Ich bin der schwarze Ritter.«

Am Abend fragte mich Katja, ob ich mit ihr auf ein Glas in die Burgschenke gehen würde. Dort saßen wir auf hölzernen Bänken, während eine Band namens »Die Streuner« den elenden »Klingklangklonimus« zum Besten gab. Eine große blonde Frau fidelte, ein handelsüblicher Hotzenplotz zupfte die eine Laute, ein energiegeladener Mann ohne Kopfhaar schlug die andere. Dazu sang der Glatzkopf im dröhnenden Bariton. Katja fragte mich, wie es mir gehe, ich mache einen ziemlich niedergeschlagenen Eindruck auf sie.

»Ich bin traurig«, sagte ich und befürchtete, damit bereits zu viel gesagt zu haben. In mir herrschte ein übles Hin und Her. Einerseits war es sicher gut, Katja meine Gefühle für sie einzugestehen, andererseits glaubte ich, damit den letzten Trumpf aus der Hand zu geben, so als ob wir es hier mit einem beknackten Kartenspiel zu tun hätten. Zumindest musste ich überlegen, wie viel Asymmetrie ich zwischen Katja und mir offiziell einräumen und ertragen konnte.

»Das sehe ich, dass du traurig bist. Du bist ganz seltsam. Was ist denn los?«

»Ich bin auch verliebt.«

»Oh weh, und unglücklich was? Wer ist es denn?«

»Da möchte ich nicht drüber reden. Jetzt nicht.«

Katjas Augen füllten mein ganzes Blickfeld: groß und dunkel und mit einem gleichzeitig unverstellten und doch rätselhaften Ausdruck.

»Deine Sache«, sagte sie. »Aber ich habe den Eindruck, dass du zu viel in dich reinfrisst. Hast du mir nicht gesagt, ich solle aufhören zu grübeln und meine Verliebtheitskacke leben?«

»Der Wegweiser geht den Weg selbst nicht«, antwortete ich jesuitenschlau.

»Hast du ihr denn schon gesagt, dass du sie toll findest?«

»Nein.«

Katja wirkte sehr konzentriert. Angesichts des beknackten Paterliedes erschien mir das keine geringe Leistung. Sie fuhr sich einmal mit der Hand über den Mund, dann sagte sie: »Dann mach doch erst einmal das, bevor du dich in deinem Elend suhlst.«

Gerade wollte ich etwas Bahnbrechendes, zumindest Wichtiges oder auch nur halbwegs Ehrliches sagen, als ein dachsartiger Mann neben mir auftauchte und »Ey, Bombastus!« rief. Ich drehte mich zu ihm um. Der Dachs trug ein blassrotes Hemd, das nicht von Knöpfen, sondern einer Lederkordel zusammengehalten wurde. Eine keltische Trikele hing ihm als Anhänger um den zu kurz geratenen Hals. Ich hatte den Typen wirklich noch nie gesehen.

»Burg Regenstein«, sagte er, »Merlin, der Druide. Na, klingelt's?«

Es klingelte nicht. Stattdessen schob sich eine etwa vierzigjährige Frau mit blond gefärbten Haaren ins Bild, die ein schwarzes Kleid aus Samtimitat und ebenfalls ein Dreikreuz am Leibe trug. Ihr Körper war fehlproportioniert, ohne dass ich genau sagen konnte, was da nicht stimmte.

»Huhu, ich bin die Morgana. Wir sind totale Fans.« Ihre mädchenhafte Stimme klang, als werde sie in der Körpermitte abgepresst und komme nur mit halber Kraft aus der Luftröhre ans Tageslicht. Morgana erzählte irgendetwas von Burg Regenstein und der Vagantentanz-CD, die sie dort gekauft hätten. Sie beendete ihren Redeschwall mit den Worten: »Loki meinte, es gibt bald eine neue.«

»Das stimmt«, sagte Katja. »Wollt ihr euch zu uns setzen?«

Mit seinem langen Paternoster, falleri und fallera.

Der Abend nahm noch eine unerwartete Wendung. Eigentlich hätten wir gleich nach dem Tavernenspiel nach Bonn zurückfahren können, aber Dieter war wieder einmal in Trinklaune. Er meinte, wir könnten problemlos in »Rüdi's Ranch« übernachten, einer »US-Burger-Bar« mit Gästezimmern gleich gegenüber der Burg. Das koste uns gar nichts. Die Geschichte, die dann folgte, verstand ich nicht ganz, sei es, weil Dieter einen im Kahn hatte, sei es, weil ich nicht mehr ganz nüchtern war, aber es ging im Wesentlichen darum, dass Dieters Bruder Präsident des »MC Outlaws Kalkar« war und Ranchbesitzer Rüdiger ein Mitglied des Clubs. Dieter steckte uns Zimmerschlüssel zu, und niemand murrte, denn immerhin sparten wir insgesamt neunzig Minuten Fahrerei und entgingen einer Diskussion darüber, wer den Bus nach Hause fahren würde: der versierte Kutscher Dieter mit schätzungsweise 2,0 Promille oder der nachtblinde Timo mit 1,5.

Mir stand der Sinn nach Ablenkung, aber ich wollte weder mit den Bolden saufen noch mir das Geschwätz des Fanpärchens oder die Knick-Knack-Lieder der »Streuner« anhören. Ich hatte Wünsche wie eine Frau kurz vor der Menopause: Ich wollte auf einem sexy Pegasus durch den Sommerabend fliegen, frei wie der Wind und wild wie die Welt. Gute Fette kommen in den Himmel, böse Fette kommen überallhin. Ach, wenn ich wenigstens einen Pegasusbraten hätte essen können, aber auf dem ganzen Gelände gab es nur ordinären Fraß: Gemüsereis, Würste, Spießbratenbrötchen, Nackensteaks, Flammkuchen und obendrein Berberpfannen und arabisches Reiterfleisch – die schleichende Islamisierung der Mittelalterszene.

Ich traf Hörbie, der genauso alleine und orientierungslos über den Plan stolperte wie ich. Ihm ging es wie mir: Irgendwie fehle dem Abend der Kick. Aber er hätte da was. Wenn ich ein Geheimnis für mich behalten könne, dann würde er mir einen Zauberbontje abtreten.

Hörbie zeigte mir eine kleine blaue Pille, die die Form eines Gespenstchens hatte.

»Total geil«, sagte Hörbie und warf einen Bontje ein. Mir brach er ein Stück von einem anderen ab und sagte: »Ein halber ist echt total harmlos.«

»Egal«, sagte ich. Das Ding schmeckte nach nichts.

Ich muss an dieser Stelle einmal eine Lanze für Drogen brechen. Sie haben einen schlechten Leumund, dabei sind sie gut. Drogen sind Geschenke der Götter, damit sich der Mensch vorübergehend aus seiner unverschuldeten Ungemütlichkeit erhebt. Der Disziplinierte meditiert jahrelang, der Eifrige macht täglich Sport. Der Weise aber nimmt Drogen. Drogen wollen nur helfen, aber leider sind viele Menschen unfähig, sich helfen zu lassen. Sie haben Probleme, blockieren sich gegen die wandelnde Wirkung des Rausches und geben am Ende den Drogen die Schuld.

Nach einer guten halben Stunde hatte mich der kleine Geist am Wickel. Die ersten Sterne standen am dunkelblauen Himmel und blinkerten freundlich zu mir in den Burghof hinab.

»Schön«, sagte ich zu Hörbie und zeigte ihm das Firmament.

»Lauter Riesenbontjes«, meinte er andächtig. Erst jetzt wurde mir bewusst, wie wunderlich es war, dass Hörbie und ich uns kennengelernt hatten, dass wir in bodenlangen Gewändern und Schnabelschuhen – ja, auch ich hatte mittlerweile die Wanderstiefel gegen gelb-blaue Schnabelschuhe vertauscht – umherwandelten und kleine Abenteuer erlebten. Das weißhaarige Wurmgesicht Hörbies gab es nur ein einziges Mal auf der ganzen Welt, und ich hatte es geradewegs vor der Nase. Hörbie – ein Kind, das nicht erwachsen werden wollte, weil es verstanden hatte, dass damit das Leben nicht besser, sondern nur komplizierter wurde.

»Du bist ein Supertyp«, sagte ich zu Hörbie. Gerade wollte ich hinzufügen »Du weißt es nur noch nicht«, als er mir ins Wort fiel: »Du auch, mein lieber Bombastus. Wie wär's mit einem Zuberbad?«

Zuberbad? Das klang behaglich. Ich hatte nichts dagegen. Zack, zack zum Zuberbad! Und so kamen wir am Rande des Turniergeländes zum großen Bottich des Bader Michel, eines schwarzlockigen Schwaben, der auch Met im Angebot hatte. Aus dem Zuber lugten drei Köpfe, von denen einer der Kräuterhexe Rowena gehörte.

»Sieht man euch auch mal wieder«, rief sie und tuschelte dann mit ihrer Nebenfrau, neben der wiederum ein ernst dreinblickender Mann mit langen, dünnen Haaren saß. Hörbie und ich zogen rasch in einem kleinen Zelt blank und stiegen in die lauwarme Brühe. Es gab eine muntere Vorstellrunde. Der Mann hieß Slatan, die Frau neben ihm Ariane. Ich hieß Bombastus und sagte das mehrmals, damit es auch keiner vergaß. Hörbie lachte Slatan aus, weil er ihn Salatan, den Unangemachten, nannte, aber das meinte er nicht böse, und wir waren alle lieb zueinander. Besonders lieb war Rowena, an die ich mich unter der Wasseroberfläche ein wenig ankuschelte. Hui, wie schön das im Schenkel kribbelte. Genau genommen kribbelte es nicht nur dort, sondern überall, sogar auf der Körperseite, neben der Hörbie saß und ein sinnentleertes Liedchen sang: »Der Fötzner von Hannover, der war weiß Gott kein Doofer. Als Pfeifer war er schwer auf Zack und blies gar hart den Pfeifensack.«

Rowena sah mir in die Augen und sagte: »Oh, oh!«

Ich sagte: »Ich mag Menschen«, und bestellte dann einen Met. Denn Met mochte ich auch. Während ich den Honigwein trank, spürte ich zuerst, was für eine liebe und herzensgute und sinnliche Frau Rowena war, und dann ihre Hand zwischen meinen Beinen. Recht so. Klopfet an und euch wird aufgetan. Prächtig stand mir der Schwengel und freute sich in der Faust der Frau. Sie wichste mich beiläufig und unterhielt sich bald mit dem einen, bald mit der anderen. Auch mir war nach Reden zumute. Warum aus dem Herzen eine Mördergrube machen? Unsere neue CD werde großartig. Mundus vult decipit – die Welt will betrogen sein. Den Titel hätte ich mir ausgedacht. Wir hätten schnelle Kracher mit viel Dudelsack, aber auch eine herzergreifende Ballade wie »douce dame jolie« aufgenommen. Die hätte ich eingesungen und das wäre mir sehr gut gelungen, weil mein Herz gebrochen worden sei von einer wunderschönen und sehr klugen Frau. Diese Frau aber sei leider seltsam und verstockt und obendrein in einen anderen Menschen verliebt.

Ich hatte kurz den Eindruck, als ob man mir nicht recht zuhörte, aber solange die freundliche Hand ihr mildtätiges Werk an meinem hingebungsvollen Zapfen verrichtete, gab es nichts zu murren.

Ich weiß nicht, wie lange ich im Zuber saß, als Rowena mich ansah und sagte: »Herrje, ich bekomme einen Tennisarm.«

Alle lachten. Ich lächelte.

Ich lächelte erst recht, als mich Rowena zu »Rüdi's Ranch« begleitete. In der Diele ragte aus der Wand ein ausgestopfter Uhu, den ich lange betrachtete. Der Uhu war mein Freund. Leider war er tot. Schön, aber tot. Tot, aber flauschig. Ich wollte ihn gerade von der Wand wuchten, um ihn als Kuscheltier mitzunehmen, als ein Mann neben mir auftauchte. Ich war nicht auf den Kopf gefallen und wusste sofort, dass er den Laden schmiss. Dabei sah er gar nicht aus wie ein Rocker, eher wie ein Mann, der es von der Hauptschule in eine Werbeagentur geschafft hat, oder umgekehrt. Sein Kiefer war sehr kantig. Das schätzte ich sofort an ihm. Auch trug er über seinem blauen Jeanshemd eine Lederweste – das hatte was. Er betrachtete mich dabei, wie ich den Uhu wieder an der Wand befestigte, während Rowena geduldig wartete.

»Alles klar?«, fragte er mich. Ich nickte, dann streichelte ich seinen muskulösen Oberarm. »Du bist ein Supertyp«, sagte ich. »Du weißt es nur noch nicht.«

Rowena sah nackt ganz anders aus als angezogen. Weniger prall, dafür verdellter. Wie sonderbar und schön, dachte ich. Einerseits prall, andererseits verdellt. Eine Weile verlor ich mich in der Betrachtung dieser Haut, über die mein Blick flog wie ein Segelflugzeug über eine afrikanische Landschaft. Mehrmals sagte ich »Wow« und fasste ganz vorsichtig mal an.

Wir hatten keine Kondome und verzichteten besonnen auf Geschlechtsverkehr. Das war schade. Schade war auch, dass ich zwar eine solide Erektion, aber keinen Orgasmus beisteuern konnte. Vielleicht verlor ich mich auch zu sehr in der Betrachtung ihrer Haut. Rowena rupfte und blies nach allen Regeln der Kunst und gab schließlich auf.

»Das macht nichts«, sagte sie, und da hatte sie vermutlich recht. Ich machte ihr es gut und freundlich, und kurz darauf schnarchte sie, und ich hatte unglaublichen Durst.

Ich träumte, dass ich über einen Rummelplatz ging. In einem runden Pavillon lagen Menschen kreisförmig angeordnet auf dem Boden. Mein Blick fiel auf ein abstoßend hässliches Mädchen: Krötenhaft war sein Gesicht, furchtbar breit der Mund. Ich nahm dem Mädchen die Hässlichkeit persönlich übel. Was fiel ihm ein? Obendrein hatte es einen fetten Schwabbelbauch, und ich dachte, wenn man schon so hässlich ist, dann darf man sich nicht auch noch so dermaßen gehen lassen. Ich war sehr böse auf das Mädchen, bis ich von einem Augenblick auf den anderen eine Eingebung hatte: Es konnte nicht das Geringste dafür. Keiner konnte etwas dafür. In jedem Moment sind wir genauso perfekt, wie wir sein können. Der Gedanke machte mich unglaublich traurig, aber gleichzeitig fühlte ich eine tiefe Liebe. Nicht nur zu dem Krötenmädchen, sondern so ganz allgemein.

Dann traf ich Katja auf einer Bank vor der Universität. Ich sah sie und sagte: »Minderwertigkeitskomplexe sind ein Festklammern.«

»Ja«, sagte sie. »Das steht schon bei Schopfenhauser.«

»Genau«, sagte ich und fühlte mich sehr klar und aufgeräumt.

12. KAPITEL

Ein Wort über Drogen: Sie sind nicht gut. Gleich widerlichen Wichteln narren sie uns Menschenvolk, auf dass wir es dem Ikarus gleichtun und auf fremden Schwingen erst hoch steigen und dann tief fallen. Sicher, für kurze Zeit ist das Leben bunt und lustig, aber dann? Man erwacht in einem verstörenden Pensionszimmer neben einer verdellten Frau und hat Herzrasen und Durst. Man fühlt sich zwar gut, aber auf eine verdächtige Weise: gleichzeitig verwaschen und überdreht. Man geht ins Bad und versucht, durch den Hahn einen Tank der Wasserwerke leer zu trinken. Dann sieht man im Spiegel ein Gesicht, das sonderbar diffus wirkt, so als ob alle Konturen fließend ineinander übergehen. Ein dumm lächelnder Brei.

Zwar wirkte das blaue Gespenst noch nach, legte einen wohlig dämpfenden Filter zwischen mich und die Welt und gab mir vor allem in den Armen ein wattiges Gefühl, aber mit den Erinnerungen kam die Ahnung, dass ich mich schon bald sehr viel schlechter fühlen würde: Hatte ich wirklich als Wichsfrosch in einem Bottich voller Nackedeis gesessen, einen toten Uhu als Kuscheltier mitnehmen wollen und kurz darauf einem Biker den Oberarm gestreichelt? Hatte ich wirklich zu Rowena gesagt, sie sei die geilste Frau, die mir je untergekommen sei?

Dann fiel mir jemand ein, den ich die ganze Zeit ausgeblendet hatte: Katja. Schlagartig bekam ich Lust, mich zu entleiben. Vielleicht ging Rowena mit mir in den Tod. Ich als aufgeschwemmter Heinrich von Kleist verkleidet, sie als pummelige

Henriette Vogel, und Katja würde meinen Abschiedsbrief finden, in dem stand, dass mir auf Erden nicht zu helfen war.

Als ich aus dem Bad kam, saß Rowena aufrecht im Bett, sah mich ausdruckslos an und sagte: »Scheiße, hab ich einen Hunger.«

Wie das Frühstück in »Rüdi's Ranch« stelle ich mir die Hölle vor: grelles Licht, Eier von unglücklichen Hühnern und dazu diese kleinen Rostbratwürstchen, für die sich ganz Nürnberg in Grund und Boden schämen sollte. Vor allem aber: laute, grobe Menschen, die es unglaublich witzig fanden, dass Rowena kurz nach mir auftauchte und sich neben mich setzte. Zwar tat Rowena nichts, was unsere nächtliche Verbundenheit zum Ausdruck brachte, aber Dieter, der alte Magier, war natürlich sofort im Bilde: »Na«, fragte er gedehnt. »Harte Nacht gehabt?« Er freute sich diebisch. Schlimmer aber traf mich Gundulas gönnerhaftes Grinsen. Aus unerfindlichen Gründen saßen auch der dachshafte Merlin und die verformte Morgana in der Koboldrunde. Sie grinsten mit, als wären wir alle alte Freunde, die keine Geheimnisse voreinander hatten. Mir kam es so vor, als ob die beiden stanken. Vielleicht war das aber auch ich. Mir fiel mein Traum ein: Jeder Mensch ist, wie er ist, und kann nicht anders sein. Kein Grund, grimmig zu werden. Das mochte stimmen: Dieses Paar konnte nicht anders, aber ich konnte nun einmal nicht anders, als dieses Paar grässlich zu finden. Habt ihr noch Sex oder seid ihr schon Fans?, hätte ich den Dachs und die Verwachsene beinahe gefragt, aber wer in seinem Leben anderthalbmal Sex und nie eine Beziehung gehabt hat, sollte nicht mit dem Finger auf andere zeigen. Vermutlich sollte überhaupt niemand mit dem Finger auf andere zeigen. Bringt doch alles nix.

Katja sah an diesem Morgen aus wie gemalt. Über den Rand ihres Kaffeebechers betrachtete sie abwechselnd mich und

Rowena. Dann richtete sie den Blick konzentriert auf ihren Teller.

Der Tag zog sich endlos hin. Wir spielten unsere etwa halbstündigen Sets vor einem Sonntagspublikum, das aus Eltern in Freizeitkleidung, ihren segelohrigen Kindern und ein paar Mittelalter-Nerds in aufwändiger Gewandung bestand. Es fanden sich auch Gestalten ein, die auf ihren T-Shirts Sprüche in der Gegend herumtrugen. »Zapft, ihr Narren! Der König hat Durst!« passte am besten zu meiner Situation, »Sonne macht albern« weniger. Mich machte die Sonne ganz und gar nicht albern. Ich schwitzte und klebte und stank mich durch die Stunden und hielt zwischendurch meine verquollene Birne unter einen Wasserhahn der Toilettenanlage.

Die Turniershows gingen mir furchtbar auf die Nerven, weil wir jedes Mal mit den anderen Possenreißern einen zähen Zug durch die Gemeinde unternehmen mussten, um die Veranstaltung zu bewerben. Und immer dieser Traubentritt in extralanger Version!

Ich hatte erst zwei Ritterturniere gesehen, wusste aber schon, wie der Hase lief: Es gab einen lustig-autoritären Herold, der überdeutlich die Punktestände in »Okuli« ansagte, und es gab einen guten, einen bösen, einen exotischen und einen lustigen Ritter. Der lustige Ritter war lustig, weil er besoffen war und es trotz etlicher Patzer schaffte, sich in den einzelnen Wettkämpfen zu behaupten. Die Sympathien des Publikums gehörten dem Trunkenbold. Vor allem die Kinder freuten sich und schöpften Hoffnung: Vielleicht steckte ja in dem einen oder anderen alkoholkranken Papa doch ein lustiger, erfolgreicher Ritter.

Als wir nach einem müden Tavernenspiel endlich gegen 19.00 Uhr Feierabend hatten, stand Morgana neben uns und kiekste zusammenhanglos wirkende Sätze: »Wir haben zu Hause noch richtig viel Chili con carne über. Ganz lecker. Von unserer Party letzten Samstag. Wir wohnen gar nicht weit weg. Also, wenn ihr Bolde noch Lust habt…«

Während ich vergeblich versuchte, mir eine Party bei den beiden vorzustellen, hatte Dieter seine Entscheidung längst getroffen: Für ein bisschen Schmeichelei und einen Topf voll Hack opferte er seine und unsere Freizeit, ohne mit der Wimper zu zucken. Außer Hörbie und mir schien das niemand zu stören. Ich stand kurz davor, meinen weißhaarigen Dealer nach einem weiteren Zauberbontje zu fragen.

Merlin und Morgana hießen Markus und Marion und wohnten als kinderloses Paar in einem kleinen, frei stehenden Haus am Rande von Euskirchen-Palmersheim. Von außen sah das Haus auf normale Weise trostlos aus. Ein einfacher 60er-Jahre-Bau: grauweiß verputzt, unten herum rotbraun verklinkert. Innen drin ließen die beiden es dann krachen: Poster mit gemalten Delfinen, die durch Unterwasserruinen gleiten, eine riesige Stonehenge-Fotografie inklusive rot glühender Abendsonne, Kerzenhalter aus geflügelten Dämonen, bemalte Gipselfen, Drachenfiguren, mit Girlandenmuster verzierte oder dunkelgrün gepinselte Ikeamöbel, liebevoll aufgeklebte Phosphorsternchen an der Dielen- und der Wohnzimmerdecke. Stofftiere knubbelten sich auf Sofalehnen, Abstelltischen, in Sideboards und Regalen, darunter auch Stoffeinhörner und Stoffdrachen. Alles sehr sauber und nach Mandarinen-Raumspray riechend. Neben einem Regal voller DVDs stand eines mit Büchern über die Nebel von Avalon, die Herrin von Avalon, die Ahnen von Avalon, die Hüterin von Avalon, das Schwert von Avalon und die Wälder von – ha! – Albion. Andere Titel machten mir noch mehr zu schaffen: »Der Geist hat keine Firewall. Neues Bewusstsein trifft Mindcontrol«, »Vernetzte Intelligenz: Die Natur geht online« und »Lichtnahrung. Die Nahrungsquelle für das kommende Jahrtausend«. Trotz eines gewissen Interesses traute ich mich nicht, einen der Bände aus dem Regal zu ziehen. Weniger weil ich Angst davor hatte, unhöflich zu wirken, mehr, weil ich befürchtete, mit dieser Geste einen nervenzerfetzenden Vortrag zu provozieren.

Dieter und Gundula waren scheißfreundlich zu den Plüschfantasten. War das echte Menschenliebe, oder steckte etwas anderes dahinter? Kannten die sich vielleicht alle aus dem Swingerclub »Sexcalibur«? Ich warf Katja einen Blick zu, aber die guckte mal wieder auf ihr Handy.

Bier, dachte ich, und »Bier« sagte ich, und Bier bekam ich. Alkohol: Göttertrank einer geplagten Menschheit. Man kann die Halbaffen nicht genug loben, die vor Jahrtausenden in einem lichten Moment die Braukunst entwickelten. Erstaunlich, wie gut es sich bereits mit einer einzigen Flasche Bier in widrigen Umständen aushalten lässt. So saß ich auf dem Sofa der Mirakel-Messies, genoss ein Pilsbier und fühlte mich immer behaglicher. Vielleicht traf das Ethanol in meinem Hirnkasten auf Reste der Amphetaminderivate und erzeugte so eine milde Reprise der gestrigen Fähigkeit, einmal fünfe gerade sein zu lassen. Eigentlich war der Dachs wie das Krötenmädchen meines Traumes: aus der einen Perspektive eine unerträgliche Erinnerung an die eigene Unvollkommenheit, aus einer anderen aber ein drolliges Unikat, das man voller Rührung und Wohlwollen betrachten konnte, eben gerade weil er in diesem Moment gar nicht anders sein konnte, genauso wie der Tisch, das Bier und der Abendhimmel, der durch die Fenster schaute.

Auch Dieter konnte mal wieder nicht anders und verfiel nach dem ersten Bier ins Fabulieren. Erst pries er ausführlich die Stärken unserer neuen CD, dann kam er auf das nächste große Highlight der Bandkarriere zu sprechen: die Bayerntour. Marion und Markus hingen an den Lippen des weisen Oberkobolds, denn der hatte bereits alles genau vor Augen: Egal ob das idyllische Landgut der alternativen Lebensgemeinschaft »Heckenrose«, das europaweit einmalige »Drachenfest« mit seinen sieben Heerlagern voller wild gewordener Liverollenspieler oder die in Niederbayern berühmte Mittelaltersause auf Burg Hexenagger – die Zeichen standen laut Dieter auf Sturm. Der Dachsmann lächelte wie ein Junge bei der Bescherung und sagte hin und wieder »Toll« oder »Das wird super«. Marion sagte »Da müsste man dabei sein können« und servierte dann das Chili con carne. Es schmeckte gar nicht übel. Wie bei solchen Eintöpfen üblich, gereichte ihm das Aufwärmen keineswegs zum Nachteil. Ich hätte das Essen noch mehr genossen, wenn der Dachs nicht neben mir gesessen und mit seiner Gabel grässliche Dinge veranstaltet hätte. Er stieß sie durch Bohnen und Reis, als wollte er eine Kakerlake am Tellerboden aufspießen, drehte dann die Zinken sinnlos herum und kratzte Speiseteile bald auf die eine, bald auf die andere Seite, um schließlich an ganz anderer Stelle seine Forke unter die Pampe zu führen. Es gab kaum etwas, was mir derart an den Nerven zerrte wie neurotisches Essverhalten. Warum nahm der dämliche Druide keinen Löffel? Warum legte er nicht vorher fest, welchen Batzen er als Nächstes essen wollte, um dann zielstrebig und sicher die Gabel an eben diese Stelle zu führen – möglichst ohne vorher eine Gravur ins Porzellan zu lärmen? Bald kam es mir so vor, als kratze der Dachs mit den Gabelzinken nicht auf dem Tellerboden, sondern geradewegs in meinen offen liegenden Nervensträngen. All die Sympathie, die ich eben noch für ihn empfunden hatte, wandelte sich in den Wunsch, ihn mit einem gezielten Schlag auszuschalten. Genau genommen hätte ich auch seine Freundin ausknipsen müssen. Die nämlich wurde während unseres stillen Gemümmels redselig und sprach mit ihrer künstlich hohen und grässlich abgeklemmten Stimme Entschuldigungen aus, die mir wie Nötigungen erschienen: Vermutlich hätte sie ins Chili etwas mehr Chili geben sollen. Auch hätte es bestimmt besser geschmeckt, wenn sie den Reis nicht ein kleines bisschen verkocht und statt Dosenbohnen von Aldi frische Bohnen vom Markt genommen hätte.

»Nee, ist total geil«, sagte Gundula und beugte sich wieder über ihren Teller, aber die Marion-Morgana fand noch keine Ruhe: Es sei auch leider gar nicht mehr viel da, sie hätte uns vielleicht etwas zu viel versprochen. Ohne das Chili wären wir ja bestimmt nicht zu ihnen mitgekommen. Schließlich seien sie und Merlin ja keine Künstler, sondern nur normale Angestellte mit einer freakigen Seite. Für uns Künstler wären sie bestimmt todlangweilig, während sie für ihre Kollegen oft zu freakig wären. Ach, das wäre schon doof manchmal, wenn man auf der einen Seite zu normal und auf der anderen Seite zu freakig wäre und irgendwie nirgendwo so richtig… Ob wir wüssten, was sie meinte.

Dieter sagte freundlich, aber mit einem gereizten Unterton, sie solle sich jetzt aber mal selbst nicht schlechter machen, als sie wäre. Dann, nach einem weiteren Bissen, fügte er hinzu: »Ich kann es nicht leiden, wenn Leute sich selbst runtermachen.«

»Entschuldigung«, sagte Marion. »Das ist so eine dumme Angewohnheit von mir. Damit muss ich echt mal aufhören. Ich weiß doch eigentlich, wie sehr ich andere damit nerve.«

Mike warf Hörbie einen Blick zu, und die beiden schnitten Grimassen, während Markus-Merlin ganz ruhig und ohne Zusammenhang sagte: »Ich habe übrigens eine Fotoausrüstung.«

»Stimmt«, sagte Morgana-Marion, »Merlin macht richtig gute Fotos. Er hat auch welche von Burg Regenstein. Zeig die doch mal!«

Es kam, wie es kommen musste: Die beiden zeigten uns auf dem Bildschirm ihres Rechners grundsolide Fotos von uns auf Burg Regenstein. Klar, die könnten wir kostenlos haben. Ob wir eigentlich auch gerne unsere Bayerntour richtig dokumentieren wollten? Ach, das würde Merlin auch unentgeltlich machen, wenn sie nur ein bisschen in unserer Nähe sein dürften. Und Morgana könne ja den CD-Verkauf übernehmen. In so etwas sei sie gar nicht schlecht. Dafür würden sie sich gerne Urlaub nehmen. Aber echt nur, wenn wir wollten. Dieter sagte sofort zu, dann orderte er ein weiteres Bier. Er prostete mir zu und sagte leutselig: »Dann hast du Fotomaterial für deine Tourberichte.«

»Ein Foto sagt mehr als tausend Worte«, verkündete Gundula. Ich fühlte mich mal wieder zur Passivität genötigt, zum dumpfen Ertragen der albernen Pläne anderer Leute. Aber diesmal reichte es mir. Vielleicht lag es daran, dass ich mich sexuell betätigt hatte, vielleicht wirkte der blaue Geist noch nach – zumindest hatte ich auf einmal eine Vision: Ich sah mich im Zentrum der Kobold-Bühne, umjubelt von Hunderten von Menschen. Und ich sah mich, wie ich die fetten Hüften kreisen ließ.

»Ich habe auch noch einen Vorschlag für die Bayerntour«, sagte ich. Kunstpause. In einzelne Gesichter gucken. Ruhig und selbstsicher wirken. Mit dem richtigen Timing sagen: »Ich teile mir mit Katja die Ansagen.«

Dieter sah mich verblüfft an.

»Und noch eine Kleinigkeit«, sagte ich, bevor jemand anders etwas erwidern konnte. »Ich brauche ein Bauchtanzkostüm.

13. KAPITEL

Ein Bauchtanzkostüm – was hatte ich mir dabei gedacht? Nichts, das war ja der Witz. Ich hatte tatsächlich einmal nichts gedacht, sondern nur eine beglückende Fantasie aus Kindertagen im wachsenden Gerümpel meines Hirnkastens wiedergefunden: ich als exotisch-erotische Tänzerin. Den Ursprung dieser Vorstellung vermutete ich in einem Sindbadfilm, der mich als Kind aufgewühlt hatte, ohne mir eine geeignete männliche Identifikationsfigur anzubieten: Bärtige Säbelschwinger, glutäugige Hypnotiseure und grünstichige Flaschengeister lagen mir nun einmal nicht.

Gundula schneiderte mir ein wunderhübsches Bauchtanzkostüm inklusive Schleier und klimpernden Metallplättchen. Daheim übte ich mithilfe von Youtube-Videos und war am Vorabend der Bayernfahrt zwar alles andere als ein guter Bauchtänzer, aber ziemlich sicher einer der besten männlichen Bauchtänzer meiner Gewichtsklasse. Peer meinte nachdenklich, die Nummer könnte tierisch knallen oder tierisch floppen, würde ihn beides nicht wundern. Katja meinte gar nichts, aber interessanterweise war es mir völlig gleichgültig, was sie über mich und mein Treiben dachte. Ich entdeckte in mir ein Gefühl, das ich vor Kurzem noch für unmöglich gehalten hatte: Wut auf Katja. Die verdammte Stappen! Sie hatte mich mit ihren Plänen dominiert, mit einer seltsam innigen Freundschaft am langen Arm gehalten, mit ihrer scheinbar selbstsicheren Art verunsichert und mit ihren uneingestandenen Ängsten verwirrt. Unterdrückt hatte mich die gestrenge Über-Ich-Neurotikerin, die vermaledeite Philosophie-Domina, jawohl, unterdrückt!

Gut, bei Licht besehen, galt meine Wut mir selbst, denn ich hatte ja alles brav mit mir machen lassen. Ich hatte mich auf Katja fokussiert und mich zu oft gefragt, wie sie mich haben wollte, und damit höchstwahrscheinlich wundervolle Möglichkeiten meines Jungmännerdaseins links liegen gelassen. Ich Narr! Jetzt aber fühlte ich mich nicht nur wütend und einsam, sondern auch befreit. Ich fürchtete mich zwar vor meinen ersten eigenen Ansagen und vor allem vor der Bauchtanzeinlage, aber ich freute mich auch darauf. Die Bayerntour konnte beginnen. Ich, Max Wesendonck, besser bekannt als Bombastus oder einfach nur der Donck – ich war bereit.

Das Gut Heckenrose lag bei Spiegelau am Rande des Bayerischen Waldes und wurde von mehreren Familien bewohnt, die sich Mitte der 90er zu einem »alternativen Wohnprojekt« zusammengeschlossen hatten. Einmal im Jahr feierten die 21 wackeren Semi-Selbstversorger ein Erntefest, zu dem von nah und fern Menschen anreisten, und ich – ich hatte Vorurteile. Woran lag's? Was war dagegen zu sagen, wenn Leute umweltbewusster, selbstbestimmter und gewaltfreier leben wollten? Wenn sie sich darum mühten, Mensch, Tier und Gestrüpp so wenig auszubeuten wie möglich? Was war schlecht an Selbstversorgung, Gruppenarbeit und Gesprächskreisen? Wirkte da in mir die Gehirnwäsche einer insgeheim von Schuldgefühlen zerfressenen Mehrheitsgesellschaft, die aller Veränderung skeptisch gegenübersteht? Oder traute ich keinem gut gemeinten Braten mehr, seit ich mitbekommen hatte, was für ein Abgrund zwischen der idealistischen Lehre des Neuen Testaments und dem Affentanz der katholischen Kirche klaffte? Ganz zu schweigen von den Abenden, die ich mit Katja bei den Bonner Anarcho-Syndikalisten verbracht hatte. Uneingestandene persönliche Vollmeisen mögen »der guten Sache« mächtig Schub geben, verwandeln sie aber auch in ein Alibi für das Ausleben eben dieser Vollmeisen. Stichworte:

intellektueller Schwanzvergleich, selbstgerechtes Schwarz-Weiß-Denken, Robin-Hood-Folklore und Komplexe-Bingo.

Gut »Heckenrose« war wunderschön. Inmitten einer teils zum Garten gezähmten, teils wild wuchernden Botanik erstreckte sich ein verwinkeltes Hofgebäude. Anders als andere Höfe, die ich auf der Fahrt durchs niederbayerische Hopfenparadies gesehen hatte, war dieser weder durch »moderne« Fensterrahmen noch eine riesige Doppelgarage verschandelt worden. Inmitten einer riesigen Wiese bildete er mit einem Dutzend Apfel- und Pflaumenbäumen und drei hölzernen Bauwagen ein idyllisches Ensemble. Auch die Bewohner des Ortes lösten keinen Widerwillen bei mir aus. Sie erinnerten mehr an Physikdoktoranden und Bergführerinnen als an barfuß in der Fußgängerzone jonglierende Weltverbesserer, die so streng gucken, wie sie riechen, und mit verkappter Aggression »Entspann dich mal!« sagen. Die Kinder vor Ort wirkten sogar überdurchschnittlich süß. Woran also lag's, dass mir ständig ein »Obacht!« durch den Kopf ging?

Hörbie hatte während der Fahrt ausführlich orakelt, man würde uns auf Gut Heckenrose makrobiotische Meisenknödel und bei Vollmond gezapftes Menstruationsblut auftischen. Stattdessen gab es bei unserer Ankunft Kartoffelknödel mit Pilzsauce, dazu Kaffee, Tee und Leitungswasser. So lecker die Knödel schmeckten, ich hielt mich zurück, denn voller Bauch tanzt nicht gern. Auch wollte ich nicht unnötig lange mit dem Gabelkratzer-Dachs und der Verwachsenen zu Tisch sitzen.

Je mehr Gäste eintrudelten, desto klarer wurde mir, was mit dieser alternativen Szene nicht stimmte: Die meisten davon sahen aus, als seien sie aus pädagogisch wertvollen Kinderbüchern früherer Jahrzehnte entsprungen. Mindestens eine Momo irrlichterte über das Gras, auf dem zwei Karlssons vom Dach gerade ein Zelt aufbauten. Ich überschlug schnell zwei Peterssons ohne Findus, eine Ronja Räubertochter mit Sams an der Hand, eine Lotte aus der Krachmacherstraße, einen kleinen König Kalle Wirsch und natürlich mehrere kleine Prinzen beiderlei Geschlechts. Ich konnte mir nicht vorstellen, wie die Sex miteinander hatten. Du Pippi, darf ich meinen Pippo in deine Mumu stecken? – Nein, lieber Herr Nilsson, ich habe fleischfreie Woche. Oder: Oho, na was willst denn du, du süßer kleiner Prinz? – Zeichne mir ein Schaf!

Und wieso war keiner von denen richtig dick? Wieso kam ich mir in dieser Gesellschaft vor wie Urmel aus dem Eis, das ungebeten durch Bullerbü trampelt?

Besonders misstrauisch machten mich einige junge Männer mit dunkelbraunen Dreadlocks. Ich konnte mir gut vorstellen, wie sie ihre ernsten Gesichter lange im Spiegel betrachteten und sich immer ergriffener fühlten von so viel Ebenmaß und Standhaftigkeit. Ja, ich sah es doch genau vor mir, wie sie eine Erektion bekamen, während sie davon fantasierten, unterdrückte Anden-Indianerinnen heroisch gegen einen bösen Wasserprivatisierer zu verteidigen. 15 Jahre und einige erotische Enttäuschungen später säßen sie dann mit kurz geschorenen Haaren im Aufsichtsrat eines DAX-Konzerns und abonnierten das Magazin »Business Punk«. So sah es doch aus!

Als die Dämmerung einsetzte, betraten drei dieser Dreadlock-Boys eine aus Holzpaletten gebaute Bühne. An die weiß verputzte Wand gleich hinter der Bühne hängten sie ein mehrfarbiges Tuch, auf dem das Wort »Tjukurrpa« in krakeligen Lettern geschrieben stand. Dann hockten sich die drei Filzköpfe hin. Der eine begann hölzerne Stäbe rhythmisch gegeneinanderzuschlagen, der zweite setzte nach einer Weile ein, indem er schlapp eine Rassel rüttelte. Schließlich blies der dritte in eine lange Holzröhre. Irgendwie mystisch. Es war erstaunlich, wie sich mit diesen drei Instrumenten ein recht satt tönender Rhythmus erzeugen ließ. Noch erstaunlicher fand ich, dass bald etliche Erntefestler vor der Bühne standen und auf eine Weise tanzten, die der traditionsbewusste australische Ureinwohner vermutlich als Besessenheit durch das Große Känguru interpretiert hätte. Es hat immer etwas Rührendes, wenn sich Deutsche in Ekstase versuchen.

»Tjukurrpa« spielten lange, und sie kamen sehr gut an, zumal sie ihre monoton-hypnotischen Klangteppiche zunehmend mit hypnotisch-monotonen Gesängen anreicherten. Dieter wurde immer nervöser.

»Lass den Bauchtanz hier besser weg«, sagte er zu mir.

»Och, warum denn?«, meinte Gundula. »Die verstehen schon auch Spaß hier.« Damit war eigentlich alles gesagt. Ich hatte mir den Bauchtanz jedoch in den Kopf gesetzt. Und dabei sollte es bleiben. Basta. Und ein paar Ansagen würde ich auch machen. Ich stand bereits so unter Spannung, dass ich jetzt nicht mehr runterfahren konnte. Die Energie musste raus! Katja wollte alles ganz genau mit mir absprechen, aber ich fand das unnötig. Ich erklärte ihr, sie solle mir einfach sagen, wann ich dran wäre, dann würde ich vor und nach dem entsprechenden Stück was sagen. Aus blassem Gesicht mit sehr dunklen Augen fragte Katja, wie es mir gehe, und ich gab ein kühles »Gut« zurück.

»Max«, sagte sie, aber ich hatte keine Zeit für Konversation – ich musste mir einen Ort suchen, an dem ich später schnell mein Kostüm wechseln und auf die Bühne zurückkehren konnte. Dooferweise bot sich dafür nur ein Geräteschuppen an.

Gegen 22.30 Uhr hievten wir uns zu siebt auf die Bühne. Auf dem Gelände brannten zwei Lagerfeuer, ein großes und ein kleines. Weiteres Licht spendeten der Mond, Kerzen auf der langen Esstafel und Pechfackeln, die in der Wiese und in Wandhalterungen steckten. Von einigen erwartungsgemäß entfesselten Kindern einmal abgesehen, schien sich die Mehrheit der etwa 60 Menschen in einer ruhigen, fast andächtigen Stimmung zu befinden. Unser weiser Bandboss hatte die »Setlist« so zusammengestellt, dass wir mit dem beschaulichen Pilgerlied »Wer das Elend bauen will« einstiegen und dann unser Glanzlicht »Madre

Deus« nachschoben. Prompt tanzten ein paar Momos und Ronjas und ein Petersson vor der Bühne. Katja verzichtete bei ihrer Begrüßung auf das Heavy-Metal-Pathos und gab sich so, wie es die Leute hier sicher am liebsten hatten: »authentisch.« Diesmal ging es in Katjas Ansagen um »Scheinwissen«. Um nicht dumm dazustehen, lege sich jeder alle möglichen Meinungen zu und glaube mit der Zeit, diese Meinungen seien Wissen. Um aber wirklich wissen zu können, müssten wir erst einmal das Scheinwissen als solches erkennen und uns unser Nichtwissen eingestehen.

Ich war so aufgeregt, dass es mir schwerfiel, Katja zuzuhören. Aufmerksam wurde ich erst, als Katja ein Beispiel brachte: »Ihr kennt den berühmten Satz von Sokrates: Ich weiß, dass ich nichts weiß. Den haben vermutlich schon eure Eltern und eure Großeltern gesagt, so oft, dass heute niemand mehr daran zweifelt, dass von Sokrates eben genau dieser Satz überliefert ist. Aber wer macht sich die Mühe, die entsprechende altgriechische Passage aus der Apologie einmal selbst zu übersetzen? Sokrates sagt dort: Ich weiß dass ich nicht weiß. Oder, vielleicht noch genauer: Ich weiß als Nichtwissender. Das ist ein Riesenunterschied. Es geht nicht darum, dass Sokrates behauptet, man könne überhaupt nichts wissen, wie es moderne Relativisten gerne meinen. Er sagt, das Wissen beginnt da, wo man sich sein Nichtwissen eingesteht, wo man weiß, dass man nicht weiß.«

Katja hatte nicht allzu lange geredet, als wir unser nächstes Stück beginnen konnten – eine Komposition von Mike mit klagenden Dudelsäcken, wechselnder Rhythmik, Spannung aufbauendem C-Teil –, nicht übel. Der Junge hatte eindeutig Talent. Ob dieses Talent allerdings unter einem guten Stern stand, wagte ich zu bezweifeln. Zumindest kam »Juggernaut« glänzend an: Halb Bullerbü schwenkte die Mähne und nestelte mit den Armen gen Mond.

Vor unserem nächsten Stück redete Katja noch ein wenig über

Meinungen und Scheinwissen: »Heute wissen wir, dass die Erde kugelförmig ist. Damit haben wir den Menschen im Mittelalter etwas voraus, die ja dachten, die Erde sei eine Scheibe. Nicht wahr?«

Einige der Anwesenden nickten brav.

»Wir denken dabei nicht daran, dass in kommenden Jahrzehnten und Jahrhunderten unsere Zeit das ist, was für uns heute das Mittelalter ist.«

Zustimmendes Kopfnicken.

»Davon abgesehen: Die Menschen im Mittelalter glaubten nicht, dass die Erde eine Scheibe ist. Sie hielten sie für eine Kugel.« Katja lächelte und genoss die Verblüffung der Anwesenden. »Diese Idee über das mittelalterliche Bild von der Erde ist eine Fabel aus dem 19. Jahrhundert. Zumindest habe ich das gelesen, habe es aber nicht überprüfen können.« Katja lächelte und hob entschuldigend die Hände, und erst jetzt lächelten ein paar der zunehmend verwirrten Zuhörer – mal abgesehen von denen, die ohnehin ständig lächelten.

Katja machte Dieter ein Zeichen und wir spielten das nächste Stück unserer Setlist. Nach tempus est iocundum – dem Carmina-Burana-Hit, der mir langsam zum Hals raushing – erzählte Katja noch eine Sage aus dem bayerischen Wald: »Wie manche von euch vielleicht noch wissen, führte die Straße nach Wildenranna früher noch durch den Burgstall.« Wie Katja so etwas immer sagte: Als sei sie selbst dabei gewesen und hätte es sich nicht vor ein paar Tagen zusammengegoogelt. Ich konnte nicht mehr zuhören. In meinem Kopf schrieb sich gerade ein eigener Text.

Ich wurde aus meinem Halbdämmer gerissen, als das Publikum klatschte und Katja sich zu mir beugte und sagte: »Wenn du willst, kannst du nach dem nächsten Stück übernehmen.«

Ich wollte. Und ich ging es etwas pompöser an als Katja. Ich stellte mich an den Bühnenrand, breitete die Arme aus, lächelte und sagte laut und klar: »Liebe Fotzen, Kanackenfreunde und

Gutmenschen!« Dann schaute ich lieb in einzelne Gesichter, die nicht lieb zurückschauten. Ja, mir schien es fast, als werde die Stimmung mit einem Mal ein wenig eisig, auch wenn die meisten im Publikum so wirkten, als hätten sie sich verhört.

»Das«, sagte ich, »sind nur wenige Worte, aber …«

»Halts Maul!«, rief der Dreadlock-Mann, der eben noch ins Didgeridoo geblasen hatte. Nun erklangen ein paar Buhrufe, und ich sah, wie die Ersten kopfschüttelnd weggingen. Ich lächelte und fuhr fort: »Das sind nur ein paar Worte, aber sie haben eine große Wirkung. Warum? Ich sage ›Ihr verschissenen, verbitterten Möchtegern-Weltverbesserer‹, und es löst sofort etwas aus. Genau wie ein einfaches ›Heil Hitler‹. Doch warum?«

»Weil du ein blödes Faschoarschloch bist. Ganz einfach.« Die Stimme des Dreadlock-Mannes vibrierte selbstgewiss. Eine Ronja Räubertochter sah mich an, als ob sie mir gleich ins Gesicht springen würde.

»Plötzlich so viel Aggression an einem lauschigen, friedlichen Abend«, sagte ich. »Was ist passiert? Ich habe mit wenigen Worten das Bild erzeugt, dass ich ein menschenverachtender Brutalo bin. Kurz: der Feind! Der Herr dort mit den Dreadlocks ist schon so wütend, dass er sein Gehirn auf Autopilot geschaltet hat: Er reagiert auf die Worte wie ein pawlowscher Hund aufs Glöckchen. Was ich mich frage, ist Folgendes: Würden uns solche Worte auch erzürnen, wenn es nicht einen Teil in uns gäbe, der sie glaubt?«

»Mach dem doch mal einer das Mikro aus. Der ist ja völlig Banane!«, rief der Dreadlock-Mann, und die wütende Ronja ergänzte: »Aber echt. Der geht ja gar nicht!«

»Doch, ich gehe«, sagte ich und machte ein paar Schritte über die Bühne. Niemand lachte. Selbst meine Bandkollegen wirkten wenig heiter.

»Es ist doch so«, sagte ich. »Jeder erhebt sich über irgendjemand anderen. Die Türken sind faul und nehmen uns die Arbeit weg, so schallt's in nicht ganz sattelfester Logik am Stammtisch. Die Deutschen sind Scheiß-Kartoffeln, flucht der türkische Gemüsehändler, der sich denkt, dass alle so sein müssten wie er. Männer sind potenzielle Vergewaltiger, fühlt sich die Primitiv-Feministin irgendwie besser, Frauen haben einen niedrigeren IQ, aber einen höheren EQ als Männer, kontert die seriöse Focus-Spiegel-Bunte-Forschung. Und dann kommt das gebildete Bürgerkind und sagt zu all diesen Menschen: Das, was ihr da äußert, sind fragwürdige chauvinistische Stereotypen, die den Geist des Reaktionären und damit des Kryptofaschistischen in sich tragen, in welchem Menschen nicht als gleichwertige Individuen, sondern in archaischer Weise als in Raster einzuordnende Mitglieder eines Stammes, einer Kaste oder eines Geschlechts betrachtet werden, wobei die kapitalistische Ausbeutung solcher Hierarchien bedarf, um ihre Aneignung von minder eingestufter und daher schlecht entlohnter Arbeitskraft ideologisch zu verbrämen.«

Plötzlich klatschten ein paar Leute. Ob des Inhalts meiner Worte wegen oder weil sie nicht gedacht hätten, dass der fette Fascho einen derart komplexen Satz ausbrüten und gut artikuliert aufsagen konnte – das blieb im Dunkeln.

»Doof wird es, wenn dieses Bürgerkind auf die anderen herabschaut, weil die auf andere herabschauen und eben nicht zu wissen scheinen, was das Bürgerkind zu wissen glaubt.«

Ich sah in ein paar Gesichter. Ronjas Gesicht hatte einen grünen Schimmer angenommen. Dreadlock-Man stand mit vor der Brust verschränkten Armen da und schüttelte den Kopf. Ein etwa fünf Jahre altes Mädchen begann lauthals zu weinen und wurde von zwei kurzhaarigen Frauen, die aussahen wie Pat und Patachon, in die Trostmangel genommen.

»Das Problem mit der Abwertung ist: Sie ändert nichts, sie verfestigt nur das Bestehende. Glaubt es mir«, sagte ich und patschte mir mit einer Hand auf den Bauch. »Doch höret nun unser nächstes Lied. Es trägt den Titel »Ai vis lo lop«.

Gut, nach meiner Ansage standen weniger Leute vor der Bühne. Aber ich fand, dass die, die geblieben waren, wacher wirkten als zuvor. Es geht bei einem Publikum doch nicht nur um Masse, sondern auch um Klasse.

Nach dem emsig beklatschten Stück griff ich mir noch einmal das Mikrofon und sagte: »Ihr lieben Menschen, Kinder dieses erstaunlichen Universums – einige von euch kennen bestimmt den Sanskrit-Satz: ›Tat twam asi‹ – dieser Asi bist du. Na gut, er bedeutet etwas allgemeiner ›Das bist du‹.« Ich wollte weiterreden, stockte aber, weil ich überlegte, ob ich nicht rechtschaffenerweise erklären musste, dass es mindestens drei sehr unterschiedliche Auslegungen dieses Satzes gab, je nachdem, welche vedantische Schule man zu Wort kommen ließ, und noch mal eine andere Lesart, wenn man es mit Schopenhauer hielt. Andererseits war es nicht gut, sich bei einer volkstümlichen Rede in Details zu verzetteln. Klarheit musste erzeugt werden, auch wenn sich die Dinge bei genauerem Hinsehen als vielschichtig und verzwickt entpuppten.

»Äh, wo war ich? Ah ja: tat twam asi. Das lässt sich so verstehen: Wir sind mit den anderen Nasen in dieser kosmischen Posse wesensgleich. So wie Eiswürfel in einem Wasserglas: getrennt voneinander, aber letztlich nur Wasser in verschiedenen Aggregatzuständen. Ich weiß schon: Ohne Urteile geht es nicht. Der ist dick, kann der sich nicht mal zusammenreißen? Die ist dumm, kann die nicht mal schlauer sein? Und nicht so eine schrille Stimme haben? Und nicht immer so einen Quatsch über Handystrahlen erzählen? Kann der mal aufhören, so ein verhärteter Eisklumpen zu sein? Und so weiter und so fort. Aber was wäre, wenn ihr jedem Urteil, ob positiv oder negativ, die drei Worte hinzufügt: Der ist dick, der sollte sich mal mehr zusammenreißen – genau wie ich. Die ist dumm und sollte schlauer sein – genau wie ich. Der ist ein CSU-Nazi und hat bloß Angst vor Veränderungen – genau wie ich.«

Ich versuchte, aus den Mienen des Publikums zu ergründen, ob man mir folgen konnte. Ich war mir ja nicht mal sicher, ob ich mir selbst folgen konnte. Meine mystische Alleinheitsfantasie kam mir keineswegs koscher vor. Aber seit dem Traum vom Krötenmädchen beschäftigte mich die Idee, ob nicht Akzeptanz der Schlüssel zur Veränderung war.

Wie auch immer, ein Abschlusssatz musste her. Dummerweise hatte ich mir keinen ausgedacht. Ich griff auf etwas zurück, was ich neulich in tiefer Verzweiflung in mein Tagebuch geschrieben hatte. Ich sagte: »Ich habe neulich in tiefer Verzweiflung etwas in mein Tagebuch geschrieben. Ich hatte mich in einen ganz speziellen Eiswürfel verguckt. Ihr wisst schon. Ein herrliches Gebilde! In mein Tagebuch habe ich geschrieben: Ich würde mich ja mögen, wenn ich anders wäre. Und dann habe ich dahinter geschrieben: Tja, und ich wäre anders, wenn ich mich mögen würde.«

Ich spürte eine warme Woge von etlichen der Anwesenden zu mir herauf auf die Bühne schwappen. Einer Karriere als niederbayerischer Hippie-Guru stand nichts mehr im Wege. Und jetzt das Platerspiel – langsam einsteigen und dann in einen Temporausch verfallen: ein Auftritt nach Maß.

Nach dem Platerspiel waren die Anwesenden in einer Ekstase, neben der selbst die Besessenheit durch das große Känguru verblasste. Jetzt galt es, noch einen obendrauf zu setzen. Während Katja das nächste Stück, einen orientalischen Tanz, ankündigte, huschte ich in den Geräteschuppen und versuchte, im Halbdunkel so schnell wie möglich mein Bauchtanzkostüm anzulegen. Es war wie verhext: Der blöde Fummel wollte nicht so, wie ich wollte. Schließlich musste ich Timo kommen lassen, der mir half, während Katja ihre Ansage ausdehnte. Dann war es so weit: Zu den Klängen von »Tanz der sieben Fettschürzen«, einer weiteren Eigenkomposition von Mike, tänzelte ich zurück zur Bühne, ließ mir von Timo hochhelfen, was zumindest bei den Bolden für die ersten Lacher sorgte. Hörbie begrüßte mich mit puterrot glühendem Gesicht: »Liebe Fotzen! Total geil!«

Ich ließ mich von solchen Mätzchen nicht aus dem Konzept bringen. Ich war Shehera-Made, die dickste Überraschung des Okzidents. Ich ging es sachte an, baute erst einmal Stimmung auf, mit feurigen Blicken und selbstsicheren Armbewegungen, wippte dann bald links, bald rechts mit meinen teigigen Hüften und versuchte schließlich, Bewegung in meine Bauchmuskeln zu bekommen, was etwas weniger eindrucksvoll ausfiel, aber der Wille zählte. Als ich den Schleier von meinem Gesicht abnahm, tobte die Menge. Und noch einmal die Hände in die Höhe gestreckt und den Bauch so locker wie möglich kreisen lassen: Voilà! Wer es nicht probiert hat, weiß nicht, wie anstrengend das ist. Aber es ist auch seltsam erfüllend. Nach munterem Kreisen und ein paar ruppigen Arschwacklern im Takt gab ich mir Mühe, meinen Speck so in Schwung zu bringen, dass er eine eigene Flut-und-Ebbe-Dynamik entfaltete und wie von Geisterhand vor- und zurückrollte. Wie bei aller Kunst galt auch hier: Man muss es so weit treiben, dass man nicht macht, sondern gemacht wird. Nicht das Fett bewegen, sondern vom Fett bewegt werden. Oder so ähnlich.

Mit dem Schlussakkord brach ich ästhetisch hochwertig auf der Bühne zusammen und winkelte ein Bein formschön an. Es gab kein Halten mehr. Gundula lachte, dass sich ihr Oberkörper verkrümmte. Dieter schüttelte den Kopf und zeigte auf mich. Das Publikum begann in einem gemeinsamen Rhythmus zu klatschen. Ich rappelte mich auf und verbeugte mich schweratmend unter fröhlichem Rufen und Klatschen.

»Einfach geil«, rief die Ronja, die vor ein paar Minuten noch gemeint hatte, ich ginge gar nicht.

Nach dem Auftritt fand ich mich erschöpft neben dem kleinen Lagerfeuer sitzend: leer, still, friedlich. Niemand sprach mich an, weil die feinfühligen Elfen von Gut Heckenrose erkannten, dass ich gerade »ganz bei mir war«. Niemand, bis auf ein etwa zwanzigjähriges Mädchen, das sich ziemlich dicht neben mich setzte und mit bayerischer Sprachfärbung »Stör i?« fragte. Sie trug blonde Dreadlocks.

»Nein.«

»Ich bin Nele.«

»Ich bin Max.«

»Ich wohne hier.«

»Ich nicht.«

»Ich weiß.«

Ich nickte. Nele umklammerte ihre nackten Fußsohlen mit den Händen und schaukelte hospitalistisch hin und her.

»Du?«, fing sie wenige Sekunden später wieder an. »Du bist bestimmt überdurchschnittlich intelligent.«

»Ja«, sagte ich müde.

»Hast du schon mal einen IQ-Test gemacht?«

»Mehrere.«

»Und?«

»Ich weiß nur noch die letzten drei.«

»Und?«

»141 beim Test der Süddeutschen, 155 bei der WELT und 94 bei Gofeminin.«

Nele stoppte in ihrer Wippbewegung: »Du verarschst mich.«

»Nein.«

Wir guckten ins Feuer. Es ist erstaunlich: In so einem Feuer ist immer was los. Und dann riecht und knackt es auch noch anheimelnd. Großartig! Gäbe es einen Verein »Pro Feuer«, ich würde sofort Mitglied.

»Ich fand das super, was du gesagt hast«, sagte Nele mit ihrer angenehm schläfrigen Stimme.

»Danke.«

»Das war lustig und tiefsinnig.«

Ich wollte auch etwas Nettes zu Nele sagen, als sich Dieter wie ein böser, bärtiger Djinn am Rand des Lagerfeuers manifestierte. Er grinste mich breit an und machte eine international gebräuchliche Geste für Geschlechtsverkehr. Nele bekam es genauso mit wie ich. Ungerührt redete sie weiter: »Was du da mit der Abwertung gesagt hast, also dass die das, was man abwertet, festigt – ist das bei dir so?«

Ich sah zum ersten Mal zu Nele rüber. In ihrem glatten, gebräunten Gesicht strahlten blaue Augen, die im bisherigen Leben ganz viel Schönes und Gesundes gesehen haben mussten. Ich wusste auf die schwammige Frage keine Antwort. Nele präzisierte: »Hast du schon mal versucht abzunehmen?«

»Ja«, sagte ich. »Low carb, low fat, slow food, low mood, Trennkost, Friss die Hälfte, Kraft durch Freude, Anti-Mampf-Hypnose – es gibt kaum eine Diät, über die ich noch nicht gelesen hätte.«

»Gelesen?«

»Ich hab manches auch probiert, aber …«

»War nix so richtig der Kracher.«

»Genau. Stichwort: Jojo-Effekt.«

In diesem Augenblick tauchte neben uns ein Mensch auf, den ich komplett vergessen hatte: der rasselnde Dreadlock-Mann. Er ging neben Nele in die Hocke und sagte: »Hi Nele.«

»Hi.«

Eine Pause entstand. Dreadlock-Man sah Dreadlock-Girl mit dem Ernst eines ausgemergelten Schamanen an, der gerade nach langer spiritueller Suche sein Totemtier gefunden hat.

»Du warst letztes Jahr hier«, sagte Nele. »Aber ich habe deinen Namen vergessen.«

»Max«, sagte der Dreadlock-Mann. Nele lachte. Max schaute irritiert.

Nele zeigte auf mich: »Er heißt auch Max.«

»Hallo, falscher Max«, sagte ich.

»Hallo«, sagte der Dreadlock-Mann mit beeindruckender Humorlosigkeit. Dann blickte er in den Himmel, schien Witterung aufzunehmen und sagte zu Nele: »Eine magische Nacht.«

Nele sagte nichts, schaute aber prüfend in den Himmel.

Der Filzkopf kam in Fahrt: »Das ist so eine Nacht, wo du Zugang zur Traumzeit findest. Ich habe dir davon erzählt.«

»Ja«, sagte Nele.

»In der Traumzeit existiert alles gleichzeitig. Es gibt weder Zeit noch Raum. Keinen Anfang und kein Ende, verstehst du?«

»Ja.«

»Die Traumzeit ist die Quelle der Existenz.«

Tiefgründiges Schweigen, knackende Scheite, sachtes Trommeln aus der Ferne. Auch elfenhafte Gesänge drangen an mein Ohr. Weniger elfenhaft huschte Dieter durch den Hintergrund und machte weiter feixend Fickzeichen, bevor er endlich verschwand.

Ich hätte zur Unterhaltung beisteuern können, dass bei Schopenhauer diese raum- und zeitlose Quelle der Existenz »Wille« genannt wird. Dann hätte ich ergänzen können, dass Schopenhauer diesen Willen dreisterweise für das kantsche »Ding an sich« ausgegeben, dabei aber vor allem das Ding an sich selbst gemeint hätte, denn nach Schopenhauer zeigt sich der universelle Wille bei uns Menschen am stärksten im Geschlechtstrieb. Ach, die kosmische Geilheit, die alles durchdringt und uns zu immer neuen Querelen anstachelt. Aber ich behielt meine Einblicke für mich. Es reichte, wenn einer was Weises mitzuteilen hatte.

Der Didgeridoobläser sah Nele tief in die Augen und fragte: »Magst du mit mir ein wenig in die Stille gehen?« Dabei drehte er als Angebot die Fläche seiner rechten Hand nach oben. Ich fragte mich gerade, ob es unter den australischen Ureinwohnern welche gab, die bayerische Blasmusikkapellen namens »Obatzda« oder »O'zapft is« gründeten, in Tracht vor dem Ayers Rock herumhampelten und bei Hüttengaudi und Jodlern auf die spirituelle Verelendung der CSU-regierten Bayern aufmerksam machten. Vielleicht gab es ganz abgebrühte Aborigines, die sich nach solchen Auftritten neben ein Mädchen setzten und sagten: Das ist eine magische Nacht. Heute kannst du Kontakt zur Brotzeit aufnehmen. Zur original bayerischen Brotzeit, mit Brezen und Radi, verstehst du?

Vor lauter Fantasterei bekam ich Neles Antwort nicht mit, aber sie fiel sehr kurz aus, und ein paar Sekunden später stand Dreadlock-Man auf, sagte »Wenn du meinst« und ließ Nele und mich am Feuer zurück. Wir sahen uns an. Ich versuchte, nicht zu lächeln. Nele hingegen strahlte über das ganze Gesicht.

»Ich habe einen eigenen Bauwagen«, sagte sie. »Möchtest du ihn mal sehen?«

Neles Bauwagen hätte in jedem pädagogisch wertvollen Kinderbuch der 70er- oder 80er-Jahre eine gute Figur gemacht, ja, man hätte ihm eine eigene Kinderbuchreihe widmen sollen: »Neles kunterbunter Bauwagen«, »Tumult in Neles kunterbuntem Bauwagen«, »Neles kunterbunter Bauwagen und der lustige Dicke« usw. Ich fühlte mich noch behaglicher als am Lagerfeuer. Ein Schopenhauersatz irrlichterte mir durch den Schädel: »Zur Zeit, da die Erkenntnis sich einstellte, hob sich die Begierde von dannen.« Herrlich. Einfach in der dichten, kuschligen Ruhe von Neles kunterbuntem Bauwagen sitzen und lieb sein.

Nele erzählte etwas über Yoga. Sie meinte, damit könne ich abnehmen. Das Ungleichgewicht zwischen Nahrungsbedarf und Nahrungsaufnahme komme von negativem Stress. Da könne ich ansetzen. Das klang vernünftig. Der Stress käme daher, weil ich viel mehr mitbekäme als andere. Dauerfeuer im Hirn. Das klang freundlich. Nele zeigte mir eine einfache Yogaübung. Den Sonnengruß. So grüßten wir gegen ein Uhr nachts in ihrem Bauwagen die Sonne, und ich schlug mich gar nicht schlecht. Im Grüßen war ich nicht übel.

Irgendwann legte Nele ihren Kopf in meinen Schoß. Ich streichelte ihre Haare. Sie fühlten sich an wie ein Ball getrocknetes Gras, den man nach dem Rasenmähen zum Kompost bringt.

»Ich schlafe gleich ein«, sagte Nele nach einer Weile. Intuitiv hätte ich ihr fast eine gute Nacht gewünscht, aber meine zunehmend detektivischen Fähigkeiten in Hinblick auf Frauen legten eine andere Verhaltensweise nahe. Ich streichelte ihre Wange, packte Nele dann an ihren Schultern und richtete sie auf, damit wir uns schön küssen konnten. Und Bingo: Nele zeigte sich gar nicht überrascht. Sie küsste halb entspannt-beiläufig, halb fordernd-leidenschaftlich. Sie küsste unglaublich gut, wir küssten unglaublich gut. Ich wollte gar nicht aufhören damit, musste es aber irgendwann doch, um sie auszuziehen.

14. KAPITEL

Wo fängt man an, wenn sich alles aufhört? Und was ist das überhaupt für eine beknackte Redensart: »Da hört sich doch wohl alles auf«? Warum glaubt eigentlich jeder dahergelaufene Wortkorsar, mit der deutschen Sprache nassforsch Schindluder treiben zu können, als wenn's kein morgen gäbe? Und wieso lassen wir uns von derart halbseidenen Windbeuteln allenthalben über den Löffel balbieren und sagen dann tatsächlich selbst: »Da hört sich doch wohl alles auf«?

Wie auch immer: In der ersten schweißtreibenden Sommernacht auf dem »Drachenfest« hörte sich, wenn auch nicht alles, so doch einiges auf. Wir Bolde – ich sagte es mittlerweile selbst, der anfängliche Ekel war einer stumpfen Resignation gewichen –, wir Bolde standen auf hölzerner Bühne in einem großen Zelt, von dessen Decke der heraufgedunstete Schweiß Hunderter von Mummenschanzlern herabtropfte. Alle hatten sich schrill in Schale geworfen: angeklebte Spitzohren, umgeschnallte Flauschbärte, auf den Schultern montierte Plastikvögel, bemalte Augenklappen, runenbestickte Wollumhänge, lederne Korsagen, grün gemalte Mond-, Tomaten- und Zucchinigesichter, langzipfelige Echthaarmützen, postapokalyptische Wellblechrüstungen, großporige Kaulquappenmasken, phosphoreszierende Spitzhüte, perhorreszierende Knochenröcke, paraphrasierende Sperrholzhosen, Gebeinkappen, Fellschuhe, Lurchleibchen, Iltisschlüpfer – und dann die ganzen Waffen: Arm- und Beinbrüste, Zungendolche, Fingermöhren, Halskrausen, Afterhaken, Schwanzschwerter, Bihänder, Homohämmer und natürlich untote Leberwurstsäbel, Krummkolben, Wurfwutwunder, Maulschellen, Brechklumpen und Blutbeißer. Karneval der Lemuren, Maskenball grotesque, Fetisch-Fest bizarre – ein Anblick, der die Blockadefunktion meines limbischen Systems außer Kraft setzte. Oder klarer formuliert: Die Atmosphäre fungierte als Partialagonist mit großer Affinität an meinem 5-HT_{2A}-Rezeptor – ein perinatales Erlebnis im Gewand symbolischer Chiffrierung unbewusster Geburtstraumata. Eine Schale Buletten hätte mich sicher geerdet, aber kein Klops, nirgends.

»Huld, Huld, Jubel!«, schallte es aus Dutzenden von humanoiden Kehlen, als wir mit Donnerhall unsere »Rotta« beendeten. »Rotta« – das wäre auch genau der Name gewesen, den ich einer bleichen Frau in der ersten Reihe gegeben hätte, die mich hin und wieder durch giftig-gelbe Kontaktlinsen ausdruckslos ansah. Helle Dunkelelfe, wogende Wampenvampirin oder nervös nässende Neuro-Nekromantin – was immer sie darstellte, es war etwas Unheimliches. Da waren mir die Zwerge lieber, die sich während unserer tanzbaren Momente beieinander unterhakten und ihre kurzen Beine zum Trommeltakt lustig in die Höhe warfen.

Katja trat nach vorne, breitete mit gewohnter Geste ihre Arme aus und rief in die Menge vergnügter Ringelpiezler: »Töchter und Söhne der Drachen – seid willkommen geheißen hier in Aldradach.«

»Huld, Huld, Jubel!«

»Ich bin Sancta Benedicta, Wanderpäpstin und Gegenhure. Ich komme aus einem fernen Land. Darin herrscht die mütterliche Kaiserin Angela die Erste.«

Seltsam, aber Rotta, die Halbverfaulte, lächelte plötzlich. Es sah noch gruseliger aus als ihre tiefgefrorene Gesichtsdarbietung.

»Es ist ein wunderliches Land«, fuhr Katja fort. »Voller Reichtum und Schönheit und doch sind viele unglücklich. Man sieht dort Gesichter, die dem kaltblütigsten Ork die Tränen in die Augen treiben könnten. Ja, man könnte meinen, ein Fluch liege über dem Land. Und von diesem Fluch will ich euch erzählen, ihr Wanderer der Welten.« Katja sah ins Publikum, das tatsächlich an ihren Lippen hing. »Der Fluch verwirrt die Leute und lässt sie an etwas glauben, das es gar nicht gibt: an Geld. Dieses Hirngespinst hat die Menschen im wundersamen Land derart am Wickel, dass sie sich ganz ernsthaft Tipps geben, wie man sich selbst gut verkaufen kann. Und sie verkaufen nicht nur sich selbst, sie kaufen und verkaufen, was ihnen gar nicht gehört: Luft, Land, Pflanzen und Tiere. Und sie erzählen sich ein Märchen, immer wieder, bis sie es glauben. In dem Märchen wächst der Geldberg immer weiter, und muss es auch, weil sonst ein Unglück geschieht.« Katja fixierte das Publikum, vermutlich um festzustellen, ob ihr die Mehrheit folgte. Dann fuhr sie fort: »In dem wundersamen Land gelten die Phantasten als Realisten und die Realisten als Phantasten. Je mehr sich jemand zum Sklaven des Geldes macht, desto mehr gilt er als Freier. Der Gierige gilt als stark, der Bescheidene als schwach. Und die Freundlichen, Ehrlichen und Fairen gelten als naive Trottel, die nicht verstanden haben, wie die Welt, also das Hirngespinst, funktioniert. Um euch das Gespinst hier in Aldradach zu erklären: Der Glaube an das Geld fragt nur *wie viel* und nicht *von wem, für was* oder *wozu*. Denn das Geldphantom hat keine andere Qualität als seine Quantität.« Katja wandte sich an einen Haufen besonders grimmig dreinblickender Rüstungsträger und sagte: »Die Söldner und Meuchler unter euch verstehen, was ich meine: Die Tat ist gleichgültig, die Summe darauf ist interessant.«

»So ist es!«, rief ein großer Kerl in dunkelbraunem Umhang. Rings um ihn entstieg ein paar Kehlen raues Gelächter.

»Ja, so ist es«, bekräftigte Katja. »Und es ist scheinbar nichts Besonderes. Es ist alltäglich und selbstverständlich, materiellen

Gewinn bereits als etwas Gutes zu betrachten. Das ist so normal, dass sich die Menschen in dem wunderlichen Land fragen: Was zur Hölle will diese Gegenhure? Bald weist sie uns noch darauf hin, dass Gegenstände zu Boden fallen, wenn man sie in die Luft wirft. Ihr aber hier in Aldradach wisst: Nein, es ist nicht normal. Es verwandelt Menschen in Konkurrenten, Schuldner und Gläubiger bis hinein in die innigsten Beziehungen.« Katja machte eine kleine Pause, vermutlich um den anwesenden Finsterlingen Gelegenheit zu spontanen Gefühlsäußerungen zu geben. Es blieb allerdings still, bis auf einen einzelnen, offensichtlich stark angetrunkenen Rufer: »Hört, hört!«

»Ich will euch nicht lange aufhalten mit Geschichten von einem Land, das weit weg liegt und das die Wenigsten hier kennen dürften oder je bereisen werden.« Katja drehte sich ein wenig vom Publikum weg, so als wolle sie der Band ein Zeichen geben weiterzuspielen.

»Eben«, schallte es zwischen den Barthaaren eines Zwerges hervor. »Zeit ist Gold.« Ein paar lachten. Die Zwerge waren bester Dinge.

»Nur noch so viel«, Katja drehte sich wieder ganz zur Menge, »vieles von dem, was sich die Menschen in dem wunderlichen Land wünschen, ist kostenlos. Aber das haben sie vergessen. Die ursprünglichen Wünsche sind durch den Geldfluch mit Wünschen vertauscht worden, für deren Befriedigung man wieder und wieder bezahlen muss, ohne zufrieden zu werden. Unzufriedene Menschen sind bessere Kunden, und die besten Kunden sind Suchtkranke, die alles tun und jeden Preis bezahlen, um ihren Stoff zu bekommen. Ihr ahnt schon, was die stärkste Droge ist, die je erfunden wurde. Die Geldsüchtigen verwechseln Mittel und Zweck und haben vergessen, dass sie ursprünglich etwas anderes wollten als Macht über andere, Drogen, gekauften Sex, Pornos, Fressorgien, Statussymbole, Fleißbienchen im Arbeitsheft und Geld, Geld, Geld.«

»Wie, was? Was soll's denn Besseres geben als Drogen?«, rief der enthemmte Zwerg und hielt einen Steinkrug in die Höhe.

»Gold, du Narr! Hör doch zu!«, rief sein Nebenmann.

Katja lächelte, dann sagte sie: »Seid ihr euch sicher? Na, spielen wir etwas Fröhliches: Mayenzeit.«

Und schon nahm das Singspiel seinen Lauf. Im Anschluss spielten wir ein neues Instrumental, das sich Mike ausgeheckt hatte, einen fetzigen Groover namens »Hamrammr«. Das sollte auf Altnordisch »Hemdwechsler« heißen und sich auf irgendwelche Berserkerkulte beziehen, bei denen Kämpfer zu Wölfen oder Bären oder Bibern mutierten. Der Mittelteil bestand aus einem Trommelduell zwischen Lukanor und Egil, und während die beiden trommelten und trommelten und das Publikum endgültig euphorisierten, gingen mir Katjas Worte durch den Kopf. Genau genommen dachte ich nur an zwei Worte: »Pornos« und »Fressorgien«. Meinte die listige Stappen etwa vor allem mich? Vermutlich loderte mal wieder die Flamme einer leichten Paranoia in meinem Hirn. Ich war hier ja nicht der einzige suchtkranke Fettcontainer auf zwei Beinen. Wenn ich mich so im Publikum umsah, fand ich einige, die offensichtlich nicht aus Hunger und Genuss aßen. Und ich musste meine Fantasie nicht allzu sehr bemühen, um mir die Elfen, Orks und Barbaren wacker wichsend vor dem Bildschirm vorzustellen. Sicher gab es längst Fantasy-Fickfilme im Liverollenspieler-Milieu: »Der Herr der Swinger«, »Das letzte Einhorn«, »A Game of Porns« – ich sah es glasklar vor mir. Es war ja heutzutage unmöglich, dem Pornoirrsinn zu entgehen. So hatte ich mich beispielsweise einmal vertippt, als ich »Uschi Glas« in eine Suchmaschine eingegeben hatte, und kurz darauf festgestellt, dass mich Glastische im Zusammenhang mit primärgeschlechtlichen Darstellungen erstaunlich stark erregten. Und wer einmal vom bittersüßen Nektar seines Fetischs genascht hat, findet nimmer zurück in den Garten Eden der Unschuld. Alle anderen allerdings auch nicht.

Natürlich ist die Frage gestattet, warum ich nach »Uschi Glas« gefahndet hatte, aber ein Mann hat ein Recht auf Geheimnisse. Katja hatte natürlich auch ein Anrecht auf ihre Geheimnisse. Bestimmt rieb sich die Moralphilosophin alle naselang leidenschaftlich das Döschen und ließ dabei die Bilder haltloser Filme Revue passieren. Vielleicht hatte sie einen Kanal für feministische Fairtrade-Bio-Pornos mit garantiert glücklichen Darstellern aufgetan. Vielleicht trieb sie sich aber auch in S/M-Chats als »Justine69« herum. Ach, man wusste es alles nicht, es war alles verwirrend und grausam und leider geil. Vielleicht sollte ich es an dieser Stelle ausnahmsweise einmal mit dem Sauertopf Adorno halten, der als prägnanten Satz – vermutlich von seiner Frau Gretel entscheidend zum Besseren hin lektoriert – formulierte: »Erster und einziger Grundsatz der Sexualethik: Der Ankläger hat immer unrecht.« Wenn ich es recht bedachte, dann sollte ich meinen großangelegten Essay »Pornographie – Ende des Eros oder Einweihungsweg?« endlich einmal weiterschreiben. Vorher sollte ich jedoch in meine Schalmei pusten, denn plötzlich stand Dieter dicht neben mir und sah mich auf eine Weise an, die nichts Gutes verhieß. Also dann: Tröööööt!

Nach dem Stück war die Meute derart aufgeheizt, dass Katja entschied, sofort das nächste nachzuschieben: Madre deus. Eine weise Entscheidung. Zur Abkühlung brachten wir anschließend das Pilgerlied. Erst dann nahm Katja den Faden ihrer Wunderland-Fabel wieder auf: »Ich habe euch von dem Fluch in dem wunderlichen Land erzählt. Und wie es bei Flüchen so ist: Die Verfluchten fühlen sich wehrlos und ausgeliefert und jeder mit seinem Schicksal alleine, obwohl es doch ein gemeinsames Schicksal ist. Am schlimmsten sind die dran, die noch nicht einmal von dem Fluch wissen, und das sind die meisten. Es scheint keinen Ausweg zu geben, alle Alternativen wirken aus der Sicht der Geisteskrankheit wie Geisteskrankheiten.«

Katja sah sich zu mir um. Wir hatten vorher ausgemacht, dass sie mir ein Zeichen gab und ich nicken oder den Kopf schütteln sollte, je nachdem, ob ich auch noch eine kleine Rede schwingen wollte. Ich nickte. Zwar hatte ich nichts vorbereitet, aber mir war danach.

»Ihr Lieben«, sagte ich laut und lächelte. »Ich bin in demselben wundersamen Land gewesen wie die gute Benedicta. Und ich möchte noch kurz anmerken: Ich fand's gar nicht übel.«

Ein paar johlten, und ich spürte es und sah es an den Gesichtern, dass mir viele wohlgesonnen waren. Jetzt hieß es nachlegen: »Kaum Orkangriffe, die Untoten verhalten sich friedlich und man wird auch nicht ständig vollgezaubert.« Ich sah die Zwerge an. Zwei von ihnen prosteten mir zu und riefen etwas Zustimmendes.

»Es mag sein, dass sich manche ursprünglichen Wünsche nicht erfüllen lassen. Aber das ist hier ja nicht anders. Dafür gibt es in dem wunderlichen Land immerhin erlesenste Schokoladen, traumhafte Torten, fabelhafte Würste und allgemein ein ganzjähriges Spitzenangebot, und das alles wohlfeil und vielerorts verfügbar.«

»Hört auf, mir knurrt der Magen«, rief jemand.

Ich nickte. »Ja, ich bekomme auch Appetit. Kennt ihr diese Kombination aus zerstampften Kartoffeln, tiefgekühlten Erbsen und zu Stäben genormten Fischresten?«

»Was sind Kartoffeln?«, schallte es von unten. Gelächter im Zelt.

Ich machte einfach weiter, indem ich mir über die Wampe rieb und sagte: »Ach, ein herrliches Trostessen. Ersatz hin oder her – ich denke, wir müssen eben nehmen, was wir kriegen können. Warum nach den Sternen greifen, wenn die Bratwurst liegt so nah?« Meine Gedanken sprühten nicht gerade vor Geist, aber ich konnte die Zuneigung des Publikums als warmen Strom spüren, der mich ein Stück in die Höhe hob. Jetzt musste ich nur noch einen ordentlichen Abschluss finden. Warum nicht aus dem Gedächtnis Siegmund Freud zitieren? Eben.

»Glück, meine lieben Halbelfen und Vollzwerge, ist die verspätete Erfüllung eines Kinderwunsches. Ich glaube, bei mir zu Hause gab es einfach zu wenig Kartoffelbrei. Und ich glaube: Für eine glückliche Kindheit ist es nie zu spät. Was meint ihr?«

»Huld, Huld, Jubel!«

»Wohlan, singt und tanzt mit uns. Das nächste Lied nennt sich ›Schenk voll ein!‹«

Dieter hielt eine Hand in die Höhe. Es dauerte einen Moment, bis ich begriff, was das sollte, dann klatschte ich meine Pranke ins wolffsche Schwitzfleisch. Es fühlte sich wundervoll an. Auch das Singen fühlte sich wundervoll an:

»Alle meine Lebetag
Und immer Sonne her,
Schenk voll ein,
Und immer, immer mehr.«

Ein Refrain, wie geschaffen für meinen Grabstein. Die Stimmung auf der Bühne wurde immer besser, die Stimmung im Publikum ebenso – eine gegenseitige Durchdringung, orgiastische Osmose, sich hochschaukelnde Orgon-Energie, Fruchtwasser-Ekstase, vorsintflutliche Alleinheit, unio mystica.

Unnötig zu erwähnen, dass mein Bauchtanz im Zugabenteil der guten Laune keinen Abbruch tat. Zwar erschien mir meine Darbietung etwas weniger adrenalingetrieben und leidenschaftlich als das rhythmische Schwabbeln auf Gut Heckenrose, aber die Reaktion fiel diesmal noch enthusiastischer aus. Rotta, das blasse Psychogeschoss in der ersten Reihe, schüttelte den Kopf, als ich final auf den Brettern zusammensank, und es war ein anerkennendes, ein fasziniertes Kopfschütteln.

Vor dem allerletzten Stück – dem berühmt-berüchtigten Platerspiel – ergriff Katja noch einmal das Wort: »Töchter und Söhne der Drachen – es war uns Kobolden eine Ehre, euch aufspielen zu dürfen. Ihr seid der lauteste, tanzwütigste, ekstatischste Sauhaufen, der uns je untergekommen ist. Und sollte die eine oder der andere von euch je in das wundersame Land kommen, von dem ich euch erzählt habe, dann denkt an die gute, alte Sancta Benedicta: Sagt und zeigt den Menschen dort, dass Flüche gebrochen werden können, und wie würdevoll und schön wir leben, wenn wir keine Sklaven sind und niemand unser Sklave ist, und dass die Suche nach dem guten Leben bereits ein besseres Leben ist, und dass nur der Tod alternativlos ist und sonst verschissen noch mal nichts. Einverstanden?« Katja schrie die letzten Worte fast, aber es klang nicht schrill, sondern mächtig, und etliche riefen zur Antwort etwas ins Zelt, die meisten natürlich »Huld, Huld, Jubel«.

Nach unserem Konzert ging es rauschhaft weiter: Schulterklopfen, Bewunderungsaugen, neckische Gespräche zwischen Fantasiewelt und Alltag. Biere wurden gereicht, der Weihrauch des Eigenlobes fachmännisch entzündet. Es war ganz klar: Kobold waren die Größten. Da konnten selbst die Typen von Pesttanz einpacken.

Meine Stimmung erfuhr einen Dämpfer, als ich plötzlich den windigen Balitur auf uns zusteuern sah – im Schlepptau die drei anderen Tunichtgute in ihren selbst gebastelten Rüstungen. Sie verlangten nach Lukanor, unserem mummelbackigen Schlagwerker, es gälte, sich gar rasch zu rüsten, denn großes Unheil dräue. Von einem Schwarzmagier namens Bogdan war die Rede, einem Unhold, der es auf eine Elfenheilerin namens Aurora abgesehen habe, die tatsächlich eine Tochter der Göttin Isena sei, sodass Halbgöttinnenblut in ihren Adern flösse, und just damit wolle der Schwarzmagier den toten und ehedem unfassbar bösen König Theoderich wiedererwecken, auf dass er als Lich einem Heer von Untoten vorstehe und Aldradach sowie die ganze Insel in eine Wüstenei unter seiner Tyrannenherrschaft verwandle – und so gehe es ja nicht. Nachdem Balitur diesen Quark in gestelzten Worten zum Vortrag gebracht hatte, lag er Katja in den Ohren, sie solle sich dem heldenhaften Tross anschließen, ein starker Arm mehr werde dringend gebraucht. Katja wandte sich mir mit leuchtenden Augen zu und sagte: »Komm, da machen wir mit!«

Ein paar Minuten später fand ich mich mit ihr, den Recken und Lukanor inmitten des grünen Lagers in einem großen Zelt wieder. Ein silberhaariger, nuschelnder Elf stand in dramatischer Pose mit vor der Brust gekreuzten Armen vor uns und erzählte noch mehr wirres Zeug, während der Dachsdruide um uns herumstakste und Fotos schoss. Die Kamerablitze kommentierte Balitur als Jahrmarktsalchemie, vor der sich niemand fürchten müsse, und – unfassbar aber wahr – Katja lachte. Was war nur mit ihrem Humor los?

Sie und ich bekamen ein paar Spielregeln erklärt und dann Waffen aus Latex ausgehändigt: Katja ein Schwert, ich einen Streitkolben und einen Schild. Außerdem steckte uns der Elf Phiolen mit einem »Heiltrank« zu, der unsere »Lebenspunkte« einmal komplett »regenerieren« könne. Der Elf nannte sich übrigens Marzipanbär von Eichelstaub oder so ähnlich. Aufgrund seines Nuschelns war das nicht leichter zu verstehen als meine zwanghafte Neigung, mir diese ganzen Fantasienamen zu merken. Seit Kindertagen ging das bei mir so: Je weniger alltäglichen Nutzwert Informationen hatten, desto besser konnte ich sie im Kopf behalten, und es glich einem Wunder, dass ich mich nicht längst in der Welt der Rollenspieler verheddert hatte.

Bald stapften wir durch den Wald. Der Dachs hatte Fotografier-, seine blondierte Metze Kicherverbot. Immerhin. Unser Plan sah vor, einen Trupp Orks auf ihrem Weg zu einer Lichtung abzupassen und ihnen die Elfenheilerin zu entreißen, bevor sie das gute Kind dem teuflischen Schwarzmagier übergeben konnten. Da es bergauf ging, rasselte mein Atem schon lange, bevor wir in irgendwelchen Büschen Posten bezogen. Ich bekam

Rasselverbot, aber es half ja nichts. Wann war ich auch zuletzt mit Kolben und Schild in einer flirrenden Sommernacht durch dünstende Wälder getrabt?

Katja hatte Spaß. Mit einer Horde Jungs und einem großen Schwert in der Hand durch die Nacht zu laufen, um irgendwelche Monster zu verdreschen – das war ganz nach ihrem Geschmack. Dieses Improtheater zu den Themenkreisen »Größenwahn« und »Märchen-Psychose« lag ihr, wie man an ihren Wortwechseln mit Balitur bemerken konnte. Die beiden redeten sich gar trefflich Knoten in die Zunge und schwelgten in alternativen Identitäten. Ich hätte mich gerne an dieser Unterhaltung beteiligt und meinen überlegenen Geist in geschliffener Rede erstrahlen lassen, aber ich war vollauf damit beschäftigt, meinen Fettpanzer durch die Gegend zu bugsieren, während der dünne Balitur wie ein Grashüpfer durch die Nacht hopste und vor sich hinlaberte. In diesem Moment loderte der Wunsch, schlank zu sein, so heiß in mir, dass er sicher Tausende von Kalorien verbrannte.

Wir verschanzten uns hinter Büschen. Balitur hockte sich rechts neben Katja, ich hockte mich links neben Katja. Ich pfiffelte noch immer wie ein halb erhitzter Teekessel. Balitur flüsterte: »So sei er doch still, er pfeift ja den Feind herbei!«

Ich holte Luft und erwiderte: »Nässe er sich nicht ein. Die Orks riechen Angst meilenweit.«

Katja legte einen Finger an die Lippen: »Psst!«

Hatte da nicht etwas verdächtig geknackt? Finster war's, doch meine Pupillen wurden immer gieriger und sogen schwächstes Licht in sich auf. Auch meine Ohren wurden gieriger. Bald kam es mir vor, als raschele da ein Finsterling, als huste dort ein Lurch. Und kicherten nicht in den Zweigen über mir dickliche Feen in tortenfarbenen Kleidchen? Und dann hörte ich wirklich was: ein waberndes Klanggebilde, eine Soundinstallation aus Rasseln, Rauschen, Flüstern, Stampfen und dumpfer Feindseligkeit.

»Sie kommen«, informierte uns Balitur.

»Warten, bis sie halb durch sind!«, sagte Katja.

Ich umklammerte den Streitkolben. Zwischen seinem Gummigriff und meiner Hand klebte ein Schweißfilm. Ich hörte sie immer deutlicher, dann sah ich ihre Schemen: Orks – die Untermenschen der klassischen Fantasy, hässliche Prügelauguste – geboren, um von Helden verdroschen zu werden. Bald trotteten die Ersten an unserem Buschversteck vorbei. Katja legte mir eine Hand aufs vom Hocken zitternde Knie. Für einen Augenblick setzte es in meinem Gehirn aus, und ich war felsenfest davon überzeugt, ein Kampfmönch zu sein, der gemeinsam mit einer schönen Kriegerin echten Orks auflauerte.

Dann hörte ich ein lautes Rascheln und Lukanors Stimme: »Feuerball, Stufe 4, Schaden 8.«

»Jetzt!«, rief Katja, und ich schnellte gemeinsam mit ihr hoch und auf den Weg. Ich stolperte an einem kantigen Kerl vorbei und drosch ihm sicherheitshalber mit meinem Kolben auf den Rücken. Er drehte sich um. Sofort wedelte ich wie wild mit meiner Waffe herum und schlug sie ihm dabei seitlich an den Kopf.

»Stop!«, brüllte der Ork, »Timeout!« Er pellte sich die Maske vom Gesicht, fixierte mich und sagte: »Sag mal, spinnst du? Kopftreffer sind verboten.«

Ich entschuldigte mich keuchend und fragte, ob ich ihn überall sonst hinschlagen dürfte. Er bejahte, zog die Maske wieder auf und grunzte: »Stirb, Mensch!«

Dann säbelte er erstaunlich behände in meine Beine. Ich taumelte zurück. Katja sprang in die Lücke und stürzte sich mit einem Kampfschrei auf den Ork. Aus dem Augenwinkel sah ich Marzipanbär etwas vor sich hinnuscheln und dabei die Armbewegungen des frühen Karajan imitieren. Aber ich hatte keine Zeit für Zaubermätzchen. Den Schild erhoben, stürmte ich auf Katjas fiesen Gegner zu. Dabei ging ich etwas wuchtig zu Werke und riss sowohl ihn als auch mich von den Beinen. Ich rollte von dem fluchenden Monsterdarsteller und versuchte, so schnell wie möglich wieder hochzukommen. Plötzlich sah ich Balitur über mir, der mir eine Hand hinhielt. Widerwillig griff ich zu. Natürlich konnte der Kasper kein Männer-Klischee auslassen: Erst spottet man übereinander, aber dann, wenn es hart auf hart kommt, ist man natürlich füreinander da. Ich hatte gute Lust, ihn mit meinem Gewicht nach unten zu ziehen, aber was wäre damit gewonnen, wenn wir beide auf dem Boden herumrollten? Wieso verhielt ich mich nicht so, wie ich mich selbst gerne erlebte: souverän? Na also!

Rücken an Rücken fochten Balitur und ich gegen die entfesselten Finsterlinge. Neben uns sackte Baccata mit einem Stöhnen auf den Boden. Kurz darauf beugte sich Lukanor zu ihm herunter.

»Tot?«, fragte er.

»Ja«, antwortete Baccata.

»Also bei null oder schon im Minus?«

»Null.«

Ein irres Konzept, diese Rollenspielerei. Während ich den Kolben etwas weniger wie einen Tennisschläger und etwas mehr wie eine echte, wenn auch ziemlich leichte Waffe führte, rappelte sich Baccata wieder auf. Lukanor hatte ihm offensichtlich einen Heiltrank eingeflößt.

Ich kam immer mehr in Schwung. Entscheidend war die richtige Nutzung des Schildes und dann schön mit dem Kolben auf die Beine gehen. Und natürlich von hinten und der Seite angreifen und »Treffer« brüllen, damit es auch kein Geschummel gab. Katja pflügte mit ihrem Schwert ebenfalls auf Beinhöhe herum, bekam eine Streitaxt gegen den Oberarm und spielte den Schmerz erst einige Sekunden später aus – das allerdings so hingebungsvoll, dass ihr Gegner vorsichtig fragte, ob alles in Ordnung sei. Ich nutzte die Gunst des Augenblicks und zimmerte ihm meinen Streitkolben zweimal in kurzer Folge gegen die Hüfte. Er sackte zusammen, und ich drosch wie berauscht noch zweimal auf seine Beine. Auf ähnliche Weise fällten Katja und ich einen weiteren Ork. Einen Dritten nahmen wir so weit in die Mangel, dass Bayonne mit seinem Anderthalbhänder nur einen letzten Streich tun musste.

»Ketten-Todesblitz« nuschelte Marzipanbär von Eichelstaub und zwei weitere Orks gingen zu Boden. Die Übrigen ergriffen heulend die Flucht. Katja knuffte mich mit der Faust in die Seite.

Siegreich kehrten wir mit Aurora, der halbgöttlichen Mehlelfe, zum Tavernenzelt zurück und ließen uns feiern. »Bombastus Orkspalter« – das konnte sich hören lassen. Hören lassen konnte sich auch der Gesang einer Singer-Songwriter-Bardin namens Quinta de Moll, die in den frühen Morgenstunden zu drei Akkorden ihrer Wandergitarre folgendes Lied zu Ehren von Kobold zum Besten gab:

Volles Herz und leerer Bauch
Das Rudel rottet sich zusammen
Und tanzt nach altem Koboldbrauch
Sternentrunken um die Flammen.

Die Säcke dröhnen, die Trommel kracht.
Trinkt die Musik und werdet frei
Kinder der Liebe, Kinder der Nacht:
Entfesselt bis zum Hahnenschrei.

Kehrvers: Die durch fremde Länder reiten
Und das Tor der Zeit durchschreiten
Gebt es allen nun bekannt:
»Kobold« werden sie genannt.

Wünscht uns Blattern an den Sack
Betet, unser Stern soll sinken!
Bald schon wird das Koboldpack
Wein aus euren Schädeln trinken.

Kehrvers: …

Stirbt ein Bold – er nimmt nichts mit
Sein Name wird wie Schnee vergehn.
Und eingemeißelt in Granit
Wird auf dem Stein nur »Kobold« stehn.

Kehrvers: …

Über den Horizont zog sich der orangerote Streifen eines noch sehr jungen Sommertages, als ich mit Katja in Richtung des grünen Lagers wankte. Zum ersten Mal seit längerer Zeit hakte sie sich bei mir ein, und es fühlte sich wieder einmal zugleich vertraut und aufregend an.

»Wie heißt das Mädchen aus dem Bauwagen?«, fragte sie.

»Nele«, sagte ich. »Nele Vogelsang.«

»Toller Name. Siehst du die wieder? Die wirkte beim Frühstück ganz schön verknallt.«

»Sie will nach Hexenagger kommen.«

»Die macht einen sehr netten Eindruck.«

»Ja, finde ich auch.«

Wir gingen ein paar Schritte schweigend nebeneinander. Es gab nichts zu sagen. Ein runder Moment. Alles war gerade einfach einmal gut, so wie es war: Katjas Arm in meinem, die Nachtluft um meine Nasenspitze, der silberne Mond, das Kampfgeschrei aus der Ferne. Ich sog genussvoll den Rauch eines Feuers ein, als Katja sagte: »Fischstäbchen sind doch ekelhaft.«

Wie kam sie jetzt auf Fischstäbchen? Was hatten Fischstäbchen in dieser Atmosphäre verloren? Ja, gab diese Frau denn nie Ruhe?

»Finde ich nicht.« Meine Lippen fühlten sich so an, als seien sie durchs blitzartige Schmollen aufgeschwemmt.

»Doch. Danach fühlst du dich wie mit Abfall ausgeschmiert.«

»Na ja.«

»Du hast echt vergessen, was für dich das Richtige ist. Aber darum geht's.«

Ich hätte Katja darauf hinweisen können, dass sie nicht mehr auf der Bühne stand und ich nicht ihr Publikum war, aber ich hielt die Klappe. Den eben noch schönen Moment wollte ich nun nicht noch zusätzlich verderben. Gerne hätte ich wieder geschwiegen, aber nach ein paar Metern sagte Katja: »Matthias kommt auch nach Hexenagger.«

»Aha.«

»Wir haben schon so viel gemailt und gesimst. Jetzt habe ich das Gefühl, ihn schon länger zu kennen.«

»Und, wie ist er so?«

»Ich finde ihn erstaunlich klar. Irgendwie mit sich im Reinen. Er weiß, was er will.«

Weil ich irgendeine Reaktion zeigen wollte, nickte ich sinnlos.

Wir passierten die Wache am Toreingang des Lagers, suchten eine Weile flüsternd unser Zelt und dann darin unsere Schlafsäcke.

»Max?«, Katjas Stimme war ganz nah an meinem Ohr. »Sollen wir uns nebeneinanderlegen?«

Wir legten unsere Schlafsäcke in einen freien Winkel des Zeltes. Hörbie und Dieter schnarchten leicht zeitversetzt und durchaus rhythmisch, und es klang seltsamerweise gemütlich, wie prasselnder Regen oder im Kamin knackende Scheite.

Ich schob mich im vollen Wams in meinen Sack. Katja zog ihr Gewand aus und schlüpfte in durchgeschwitzter Unterwäsche in ihren Kunstfaser-Kokon.

»Max?«

»Hmm.«

»Meinst du das echt, dass man eben das nehmen soll, was man kriegen kann?«

»Was soll man denn sonst nehmen?«

»Was man sich wirklich wünscht.«

»Und wenn das nicht geht?«

»Und wenn es doch geht?«

Ich verstand Katja nicht. Was war das denn für ein sinnloses Gegenargument? Ich seufzte. Dann sagte ich: »Ich bin sowieso zu gierig. Mir kann's ja eh nie genug sein.«

»Das stimmt nicht«, sagte Katja, und ich spürte ihren Atem auf meinem Gesicht. »Du bist überhaupt nicht gierig.«

Ich lachte auf. »Jaja, sagte ich. Eigentlich bin ich ein Asket.«

»Genau. Ernsthaft.« Das »s« lispelte Katja bereits ein wenig. Was mussten wir auch immer so viel saufen? Ein vernünftiger Disput war doch so gar nicht mehr möglich. Katja schmiegte sich an mich. »Geht das?«, fragte sie. Ich spürte ihre Wange an meiner.

»Ja«, sagte ich friedlich und fügte neckisch hinzu: »Was ist denn da so weich?«

»Mein Ohr«, sagte Katja. »Magst du es mal halten?«

Ohne nachzudenken, nahm ich Katjas Ohrläppchen zwischen Daumen und Zeigefinger. Es fühlte sich herrlich an. Dann kam mir ein bitterer Verdacht. Katja hatte eine von Hörbies Pillen geschluckt. Anders war ihre Kuschellaune nicht zu erklären. Unter dem Einfluss des tückischen Blaugeists hätte sie sich sogar von Hörbie das Ohrläppchen halten lassen. Ich ließ los.

»Schon genug?«, fragte Katja.

»Ja«, sagte ich in einem Tonfall, der meiner Ansicht nach neutral klang.

»Siehst du«, sagte Katja und rückte ein Stück weg. »So gierig bist du gar nicht.« Den Arm ließ sie allerdings auf meinem Schlafsack liegen, auch noch lange, nachdem sie eingeschlafen war.

15. KAPITEL

»Geil«, blökte Hörbie. »Die hat fast gekotzt. Ey, die Alte hat fast gekotzt. Total gut!«

Aha. Mike hatte wieder sein »Kackzahnspiel« gespielt und offensichtlich Erfolg gehabt. Für das Spiel braucht man nichts weiter als einen Schokoriegel und ein Autofenster, durch das man in andere Autos hineinschauen kann. Man zerkaut den Riegel zu Pampe, bis die Zähne braun sind, dann lächelt man mit geschlossenem Mund in ein anderes Auto hinein, bis mindestens ein Mensch von dort zurücklächelt, schließlich öffnet man den Mund und grinst mit kackbraunen Zähnen herüber. Simpel, aber effektiv. Ähnlich effektiv ist das Spiel »Weizenspeie«, das wir am Vortag in Rothenburg ob der Tauber gespielt hatten. Man stelle sich auf eine Bank oder einen Stuhl, trinke ein Glas Hefeweizen auf Ex und springe dann mit Schwung auf den Boden, sodass die Weißbierspezialität in einem satten Strahl retour geht. Auf dem Rathausplatz verkauften wir einer Gruppe Japaner diesen Quatsch als mittelfränkischen Brauch und lehrten zweien von ihnen mit großer Geduld die traditionelle Kunst sowie die Weisheit »Man muss Gott für alles danken, selbst für einen Mittelfranken«. Mit unseren Darbietungen, Weisheiten und Musikstücken machten wir in Rothenburg einiges an Geld und trugen es in den Gasthof »Höll'«, um Schweinerippchen zu essen, und in den Gasthof »Butz«, um zu nächtigen. Ein schönes Leben, aber ich fühlte mich in Rothenburg nicht ganz just. Meine trübe bis verschrobene Stimmung war nicht allein dem kräfteraubenden Weißwurstwettessen mit Mike und Hörbie am Mittwochmorgen zuzuschreiben. Etwas anderes beschwerte mich: eine diffuse Gärung, eine tektonische Plattenverschiebung, ein Rumoren emsiger Heinzelmännchen, die ungefragt in mir herumwerkelten.

Gerne hätte ich die beschwerte Stimmung der sterilen Rothenburger Innenstadt und ihrem schafsgesichtigen Nachtwächter in die Schuhe geschoben, aber auch, als wir längst durch die Oberpfalz fuhren und Mike die allgemeine Dumpfheit mit seinem Kackzahnspiel zu durchbrechen versuchte, fühlte ich mich, als müsste ich Abschied nehmen, ohne dass ich wusste, wovon. Gut, der Anblick der bayerischen Hallertau ist nicht weniger bedrückend als der Anblick Rothenburgs. In der landschaftlichen Schönheit nistet eine Starre bis hin zur Leblosigkeit: Hopfenfelder, Wiesen mal mit, mal ohne einsame weiße Kapelle, Hopfenfelder, Kuhwiesen, Hopfenfelder, Hopfenfelder, ein Himmel von schönstem und dabei traurigstem Blau, Nadelwald, Hopfenfelder, grüne Hügel und dann plötzlich eine Konzentration von Häusern namens Altmannstein und mittendrin der »Landgasthof Ramsauer«. Hier sollten wir in den nächsten Tagen beherbergt werden. Außen war das Gebäude gelb, innen roch es nach Fleischkäse. Das Wirtspaar sah aus, als ob es hin und wieder im Musikantenstadl aufträte: Falsches Lächeln, falsche Zähne und die chronische Anspannung der Geldgier, die sich tief in die Gesichtszüge fräst. Die ramsauersche Gaststube sollte vermutlich gemütlich wirken, zog mich aber noch mehr runter. Wenn man sich die Herbergen und Schenkstuben Deutschlands einmal unvoreingenommen ansieht, muss man sich unwillkürlich fragen: Warum? Ist das Leben nicht schon schwer genug? Muss man es sich noch zusätzlich vergällen mit braunen Kachelböden, gequält zum Himmel blickenden Heilanden, Hirschgeweihen, Humorkalendern, von Schwachsinnigen gemalten Landschaftsbildern, Familienfotos oder gläsernen Lampenschirmen, die wie gestürzter Pudding an der Decke dräuen? Und warum die Bayern in die Rücklehnen ihrer Holzstühle faustgroße Herzen stanzen, wird ebenso ihr Geheimnis bleiben wie der Umstand, dass in ihrem Land vieles so groß ausfällt: Hände, Brüste, Kröpfe, Schnitzelportionen.

Das Abendessen war ganz nach Mikes Geschmack: Als Vorspeise einen Wurstsalat, dann ein »Schnitzel Hubertus« mit Alibisalatblatt und doppelt Pommes und als Nachtisch noch ein »Schmankerl-Pfandl« mit »Surbraten« und »Fleischpflanzerl« auf in Butter geschwenkten »Krautfleckern« mit Semmelknödel und Bratensoße. Dazu wurde »Helles« gereicht. Nach dem letzten Bissen verfiel Mike jedoch ebenfalls in Trübsinn. Ich sah es in seinem greisenhaft-ernüchterten Blick: Wieder hatten sich die Verheißungen des Schlaraffenlandes als Blendwerk erwiesen. Er litt an PMS – dem postmensalen Syndrom, bei uns Selbstmästern keine Seltenheit. Unternehmen wie McDonalds verdienen sich genau mit diesem suchtfördernden Wechselspiel aus Glücksversprechen und Ernüchterung seit Jahrzehnten weltweit dumm und dämlich, da konnte ich Katjas Gedankengang aus der Drachenfestnacht durchaus folgen.

Ich hielt mich beim Essen zwar ein wenig zurück, machte aber den Fehler, als Nachtisch eine Portion Obazda zu bestellen. Diese ölige Camembert-Butter-Pampe macht Dinge mit dem Magen, die dieser nicht wollen kann. Von bösen Gasen wundersam gedunsen. Vermutlich gingen mir Merlin und Morgana deshalb noch mehr auf den Sack als sonst. Vor allem Merlin wurde von Tag zu Tag kecker. Mittlerweile redete er ungefragt und gab unverhohlen mit seiner Fotokunst an. Wenn er nicht redete oder im Weg stand oder halbherzig an den Unwuchten seiner Freundin herumtatschte, dann knipste er von der Scharfsgarbe am Wegesrand über unvorbereitete Bolde bis zum halb gegessenen Obazda alles, was ihm nicht aus dem Sucher sprang. Obendrein gabelte er immer enthemmter.

Auch Morgana taute zusehends auf. Sie lachte über fast alles, was Gundula sagte, versuchte sich mittlerweile selbst an witzigen Formulierungen wie »zum Bleistift«, »na, herzlichen Glühstrumpf« oder »Stück mal ein Rück« und fragte mich vor allen, ob ich denn das Bandleben nicht viel besser fände, als das trockene Studieren. Ich sagte, sie solle nicht von Dingen sprechen, von denen sie keine Ahnung hätte. Morgana sah zu Gundula, fühlte sich durch deren Grinsen bestätigt, grinste selbst und sagte: »Oh, oh, Bombastus hat wieder schlechte Laune.«

»Das war doch bloß eine Frage«, sagte Merlin. »Morgana hat ja gar nicht über Dinge geredet, von denen sie keine Ahnung hat.«

Die beiden fühlten sich entschieden zu wohl in ihrer Haut. Wieso saßen sie nicht an einem separaten Fan-Tisch und nährten sich dankbar von den Brocken, die wir ihnen zuwarfen?

Um mich von den Obazdagasen und dem nervenden Paar abzulenken, dachte ich an Nele. Ach, mein bayrisches Ökomaderl vom Gut Heckenrose. Was hatte sie doch für wunderschöne Brüste! Gute, freundliche Landäpfel – naturbelassen, saftig und 100 % Bio. Ich konnte es kaum glauben, dass ich den Duft dieser Paradeiser eingeatmet und das pralle Glück in meinen Händen gehalten hatte. Und schon morgen konnte es wieder so weit sein. Die Freude darüber vermischte sich mit einer diffusen Angst. Ich versuchte, mir diese Furcht mit dem Kontext zu erklären: Kobold war nicht der Rahmen, in dem romantische Treffen stattfinden sollten. Da ich kein Mobiltelefon hatte, gab es zum Glück keine vorhergehende Simserei, eine Krankheit, die Katja befallen hatte und die ihr ganz offensichtlich nicht guttat. Katja wirkte seit dem Drachenfest blasser und stiller. Vielleicht zapfte ihr der Dokumentarfilmer übers Handy Energie ab und raubte mit tückischen Zeichenkombinationen große Teile ihres Charismas. Wenn das so weiterging, konnte man fast meinen, es bei Katja mit einer ganz normalen jungen Frau zu tun zu haben.

Wie sich am nächsten Tag bei unserem ersten Auftritt auf

Schloss Hexenagger herausstellte, hatte sich nicht nur Katjas Charisma verwässert – das gesamte Bandmojo lag brach. Wir spielten am frühen Nachmittag auf einem hübschen Platz vor hübscher Schlossfassade und gar nicht wenigen Leuten und ernteten auch wohlwollenden Applaus. Aber die CDs, die Morgana mit ihrem beschissenen Grinsen durch die Menge trug, blieben weitgehend unangetastet. Und als eine halbe Stunde später ausgerechnet »Pesttanz« die Bühne betrat, bekamen wir eindrucksvoll demonstriert, wo der Bartel den Most holte. Klar – die hatten hier ihre eigene Fangemeinde, und das zu Recht. Ich hatte den Eindruck, dass die drei seit Burg Regenstein noch besser, selbstbewusster und gnadenloser geworden waren. Was für ein Donnerwetter!

Es gab das übliche Gezänk. Dieter drohte damit, jedem in die Fresse zu schlagen, der sich beim nächsten Gig verspielte. Dabei sah er vor allem Hörbie an, den er bei der Gelegenheit Pimmelaugust nannte. Mike meinte, Katjas Ansagen seien nichts für die Bayern. Denen mache es Angst, wenn jemand flüssig mehr als drei Sätze am Stück sage. Und auf keinen Fall sollten wir, wie ursprünglich geplant, heute Abend meinen Bauchtanz ins Programm nehmen. Dieter schickte Mike Bier für alle holen – das tat der Bandboss gerne. Dadurch bekam seine Sauferei etwas von einem familiären Gemeinschaftserlebnis. Gundula versuchte, die Stimmung aufzubessern: »Ey, unsere Power ist weg. Wir brauchen ein Ritual, um sie zurückzuholen.«

»Ach, Scheiße«, sagte Dieter.

»Du musst den Spirit in dir wiederfinden, Loki.«

»Lass mich jetzt mit deinem verkackten Spirit in Ruhe.«

»Du weißt, dass du das kannst. Du bist der beste Magier, den ich kenne.«

Dieter, alias Loki, wurde nachdenklich. Dann sagte er: »Hast du die Spezialräuchermischung dabei?«

Gundula grinste breit: »Das ist mein Mann!«

Keine Ahnung, was die beiden in der folgenden Stunde auf der Wiese unterhalb des Schlosses für heidnische Riten vollzogen, denn ich war bald anderweitig beschäftigt. Jemand hielt mir von hinten die Augen zu, ich hörte ein Kichern, sagte ungläubig »Nele«, drehte mich um und sah mein blondes Ökogirl in einem frivol schlichten Sommerkleidchen vor mir stehen.

»Hi«, sagte sie.

»Hi«, sagte ich mit einer Stimme, die mir seltsam vorkam. Dann fiel mein Blick auf Katja, die ein paar Meter entfernt stand, zu uns herübersah und die Backen aufblies.

Nele nahm mich an der Hand. Sie wollte, dass ich ihr das Gelände zeigte.

Das Schloss Hexenagger, das ein gewisser Eberhard Leichtfuß unter seine Fittiche genommen hatte, war eine eindrucksvolle Anlage auf dem Plateau einer felsigen Anhöhe: ein gelber, verwinkelter, gotisch anmutender Bau, umgeben von einer Parkanlage mit gestuften Terrassen, auf denen sorgfältig gestutzte Gewächse wuchsen. Hand in Hand gingen Nele und ich unter der Spätsommersonne durch das einerseits prächtige, andererseits seltsam schale Treiben, vorbei an Fleischbrätereien, bunten Edelsteinauslagen und fechtenden Schaukämpfern.

Nele sagte nicht viel. Stattdessen sah sie mich immer wieder mit großen leuchtenden Augen an. Vielleicht hätte man an dieser Stelle den Abspann einblenden sollen. Das war eindeutig das Happy End. Zumindest solange man nicht in den männlichen Protagonisten hineinsah, in dessen fettem Busen zunehmend die Natter des Zweifels nagte. Je nach Blickwinkel sah Neles Gesicht aufregend hübsch oder erdrückend banal aus. Dieses Vexierspiel meiner Wahrnehmung war doch der endgültige Beweis: In meinem Schrank fehlte mehr als eine Tasse. Und wie sollte das jetzt überhaupt weitergehen? Ich sah mich mit Nele auf Gut Heckenrose: Gemeinsam bewohnen wir ihren Bauwagen. Nele lächelt fast den ganzen Tag lieb, ich mache Yoga und Gartenarbeit und werde immer schlanker. Schließlich zeugen wir fünf Kinder, die mit uns im Herbst die Kürbisse ernten. Süß. Aber die Vorstellung erzeugte die milde Reprise eines pochenden Kopfschmerzes, der mich schon in der Grundschule immer wieder geplagt hatte. Dann stellte ich mir Nele in Bonn vor: Wir wohnen in einem Altbau mit abgezogenen Dielen und Deckenstuck, geben hin und wieder Abendgesellschaften, bei denen über nachhaltige Landwirtschaft und utilitaristische Intuitionen in der Kunstfleisch-Frage debattiert wird. Wir sind beide in einer Gruppe für solidarische Landwirtschaft (SoLaWi – so soll auch unser erstes Kind heißen, egal ob Junge, Mädchen oder was dazwischen), und unsere Gäste meinen es echt gut mit der Zukunft, aber ich bin längst besoffen mit dem Gesicht in die Soja-Bolognese gefallen, und Nele sitzt da mit einem Gesicht, das nach Kopfschmerzen aussieht.

»Tja, Max.« Schmidt ging neben mir her. Die Zigarette hielt er waagerecht vor sich in der Luft. »Glücklichsein ist nicht jedermanns Sache.« Der verdammte Altkanzler! Was fiel ihm ein, mein doch immerhin nicht rundum beschissenes Rendezvous zu stören? Und dann mit solchen Plattitüden!

»Hau ab!«, sagte ich.

»Warum so unwirsch? Du traust dem Braten eben nicht. Was wäre, wenn die junge Dame dich in erster Linie retten will?«

»Wie bitte?«

»Frauen wie Nele retten in ihren jungen Jahren mindestens einen Latino aus der Armut, einen Künstler aus den Klauen des Alkohols und einen Fetten aus der Fresssucht. Versuchshalber.«

»Schmidt, ich sag dir jetzt mal was …«

»Jaja, immer ruhig, Freundchen.«

»Guck mal!«, sagte Nele. »Ein Falkner.«

»Was?«, sagte ich leicht gereizt. Es nervte, von zwei Seiten gleichzeitig beschallt zu werden. »Ach so, ja, schön. Mit Falken.«

Nele sah mich fragend an. In diesem Moment kamen uns

Katja und der Journalist entgegen. Die beiden Turteltauben drehten also auch ein Ründchen. Und so sah dieser Matthias aus: groß gewachsen, schlank, scharfgeschnittenes Gesicht, blaue Augen. Und um das Fass voll zu machen, trug er die nachlässige Lockenmähne des eitlen Künstlertypen. Ein Beau, ein Pfau, ein Geck, ein Stutzer und Parvenü – das sah ich auf einen Blick. Katja gab Nele gönnerhaft die Hand, ich schüttelte übertrieben herzlich die Hand des Schönlings, der mich blöderweise ganz freundlich ansah. Dann reichten sich noch Matthias und Nele die Hände. Schmidt stand daneben und blies unbeteiligt Rauch in die Luft.

Katja fragte, ob wir nicht zusammen einen Apfelmost trinken sollten. Ich sagte »ja, gerne«, sah erst dann Nele aufmunternd an und fragte mich ein paar Sekunden später, was der Blödsinn sollte.

Wir saßen an einem Holztisch. Ich fühlte mich wie ein 12-Jähriger, der mit den Eltern und der kleinen Schwester im Urlaub im Restaurant sitzt und spürt, dass etwas nicht stimmt, aber mal wieder nichts machen kann, als zu hoffen, dass die Portion Spaghetti Frutti di Mare großzügig bemessen sein wird.

Kaum dass wir unsere Mostbecher in den Händen hielten, brachte Matthias das Gespräch auf soziologische Fragen:

Welche Menschen zog es zu den Mittelaltermärkten? Wie groß war der Unterschied von »Aktiven« und einfachen Besuchern? Sammelte sich gerade unter den Ersteren ein abgehängtes Kleinbürgertum, dem der Alltag kaum erfüllende Perspektiven bot? Sollte in der Mittelalterszene die verwirrende Komplexität des 21. Jahrhunderts oder vor allem die eigene unglamouröse Bedeutungslosigkeit vergessen werden? Und waren wir nicht mittlerweile alle überfordert und gefährdet, in einen biedermeierlichen Eskapismus abzudriften? Und was sollte dieses ewige »y« wie in »Vogelfrey« und »seyd dabey!«? Und warum fand der Klerus, dem im realen Mittelalter eine Hauptrolle zukam, so wenig Repräsentation im nachgestellten Mittelalter?

Es dauerte keine fünf Minuten, und ich wusste: Matthias hielt sich für ein helles Köpfchen, ordnete sich politisch »links« ein und hörte sich genauso gerne reden wie dieser Balitur. Allerdings konnte er sich besser konzentrieren. Und er ließ Nele mit väterlicher Geduld Zeit, als sie umständlich auf einem Gedanken herumkaute, der darin bestand, dass man die Leute ja nicht alle über einen Kamm scheren könne. Während Nele sprach, fiel mir auf, dass ich ihre Dreadlocks albern fand. Auch störte mich der angestrengte Zug, der nun ihr Gesicht ein wenig zusammenknautschte. Andererseits hatte sie ja auch recht: Man sollte die Leute nicht über einen Kamm scheren.

»Ich frage mich, was das für Leute sind, die es in den Journalismus zieht«, sagte ich in eine Gesprächspause hinein.

»Na, Leute, die nichts Richtiges gelernt haben.« Matthias lächelte. »Ich habe Komparatistik studiert. Da blieb nur noch die Henri-Nannen-Schule.«

»Die Henri-Nannen-Schule?«, fragte ich. »Da kommen aber doch nur die Besten der Besten hin.«

»Na ja«, Matthias bekam das Lächeln nicht aus seinem Gesicht, »unterm Strich kochen die da auch nur mit Wasser.«

Ich nickte. »Um das zu durchschauen, muss man vermutlich noch mal schlauer sein als die Besten der Besten.«

»Das hast du aber schlau gesagt, Max.« Katja betrachtete ihren Mostbecher.

»Ja«, sagte Matthias. »Vielleicht bist du noch schlauer als schlau.«

»Ach«, sagte ich. »Ich könnte mich vermutlich nicht so schnell in so viele verschiedene Themen einarbeiten und dann eine qualifizierte Meinung dazu haben.«

»Nicht?« Katja sah mich kurz an.

»Es ist doch wichtig, dass es Zeitungen gibt«, unterbrach Nele, die Spannungen offensichtlich nicht mochte.

»Genau«, pflichtete Katja ihr mit einem ganz lieben Lächeln bei.

»Und deshalb sind auch Journalisten wichtig«, ergänzte Nele. Matthias wiegte seinen Kopf hin und her.

»Das sehe ich auch so«, sagte ich. »Wer erklärt sonst dem einfachen Volk, wie es dieses oder jenes betrachten sollte? Zum Beispiel Mittelaltermärkte.«

Matthias lächelte nicht mehr. Ich legte nach: »Ein guter Journalist ist immer auch Pädagoge, finde ich. Und ein solcher Volkserzieher sollte unbedingt aus einem Akademikerhaushalt kommen.«

»Hast du Vorurteile gegen Akademiker?«, fragte Matthias. »Das würde mich bei dir echt wundern.«

»Ich würde es nicht Vorurteile nennen. Ich kenne ja genug. Wenn man Vokabeln wie abgehängtes Kleinbürgertum benutzen kann, hält man seinen Horizont schnell für weiter, als er ist.«

»Das Problem ist dir also bekannt.« Jetzt lächelte Matthias wieder und warf Katja einen Seitenblick zu.

Katja sah allerdings nur mich an: »Max, verdirb doch bitte dir und uns den schönen Tag nicht mit deinem Selbsthass.«

»Ach Katja, wenn jede Kritik an anderen Ausdruck von Selbsthass wäre, dann müsstest du dich längst getötet haben. Nicht nur aus Familientradition. Ich denke, meine kontroverse Äußerung…«

»Kontrovers bedeutet gegen etwas gerichtet«, erklärte Katja Nele seelenruhig.

Nele nickte. »Ich weiß«, sagte sie etwas zeitversetzt.

»So«, sagte Matthias, »jetzt ist aber mal gut.«

»Ein Scheißdreck ist gut«, fuhr Katja ihn an.

Als wir wieder allein waren, wollte Nele knutschen, ich wollte irgendetwas kaputt schlagen: ein Burgfenster, einen Metstand oder eine Frau mit Jack-Wolfskin-Rucksack. Überhaupt: Wie sahen die Leute hier denn wieder aus? Aufgedunsene Teiggesichter, schuppige Schorfschädel, hinkende Hampelmänner, knochengesichtige Vogelscheuchen und jede Menge charakterbedingte Gesichts- und Haltungsanomalien. Und das war nur das, was man an der Oberfläche sah. Unter der Kleidung wucherten vermutlich nässende Exzeme, grindige Hautlappen, Wabbelwarzen, Scheidenpilze, Penismorcheln. In einem der reichsten Länder der Welt und der Geschichte sahen die Menschen hundeelend aus. Wie in die Botanik geschissen. Kackwürste in Trekkingjacken. Diesem Grauen sah ich ebenso vorurteilsfrei ins Auge wie einem weiteren, noch größeren Grauen: Ich war einer von ihnen. Ich kam mir so fett und wabbelig und ganzkörperbehindert vor wie schon lange nicht mehr. Je fetter ich mich fühlte, desto größer wurde der Drang, mich in eine Trance zu fressen, notfalls auch mit dem elenden Marktfraß, aber bevor ich meine »Silberlinge« in eine »Räuberpfanne« investieren konnte, tauchte ein besonders angespannter Dieter auf: Wo ich Vollpfosten eigentlich stecken würde? Und ab zu Lagebesprechung und Extraprobe am Burgberg.

Unser Abendkonzert fand vor einer großen Menge statt, aber trotz der wolffschen Ritualumtriebe wollte der Funke nicht richtig überspringen. Dieter gab alles, aber das bedeutete in diesem Fall, dass er mit hochrotem Kopf und schweißtriefendem Bart wie ein durchgeknalltes Rumpelstilzchen über die Bühne hüpfte und mit sichtlichem Übereifer in seinen Sack blies. Zwischen den Stücken grölte er irgendwelche Zoten ins Publikum und fing schließlich an, erst die Band, dann die Zuschauer und schließlich sich selbst zu beschimpfen: »Ich war als Kind schon scheiße. Und genauso hässlich wie heute.«

Ganz anders Pesttanz: Sie stellten ihre Energie auf eine kontrollierte und unangestrengte Weise zur Schau. Hunderte von Gruftis, Rollenspielern, Mittelalternerds und Normalos fraßen den drei Bayern aus der Hand, und als sie schließlich unter tosendem Applaus und anhaltendem Jubel von der Bühne gingen, grinste ihr kleiner, spitzbärtiger Bandboss unseren Bandboss an und sagte: »He, was haltet ihr davon, wenn ihr morgen Nacht nach uns spielt. Im Marstall. Als Headliner sozusagen, hahaha.«

»Sehr gerne«, sagte Dieter. Seine Augen funkelten wie radioaktive Strahlung in einem Science-Fiction-Film der 60er-Jahre. Am liebsten hätte ich mich nun allein in ein Chinarestaurant zurückgezogen, um von einer Portion Krabbenchips über die Platte der acht Köstlichkeiten bis zur gebackenen Banane alles zu verschlingen, was die asiatische Garküche deutscher Prägung hergab. Aber dummerweise berief Dieter eine der berüchtigten Bandsitzungen ein. »Ficken könnt ihr später!«, bellte er Nele und mich an. Nele nickte stumm. Immerhin durfte sie dabei sein, als Dieter uns im Marstall – einer großen, holzbalkendurchsetzten Trinkhalle auf dem Gelände – seine Sicht der Dinge kundtat. Ja, wir waren alle Versager. Die Pesttanz-Ärsche hatten einen Schutzzauber. Deren Spitzbart war selbst ein gewiefter Magier. Aber jetzt werde er, Loki, zu anderen Mitteln greifen. Den Baphomet werde er anrufen, den bocksköpfigen Zeremonienmeister der Gegensätze.

»Templerpower«, rief Hörbie und rieb sich die Hände. Dieter geriet in eine beeindruckende Rage: All die Feinde sollten in ihrem Blut ersaufen und an ihren Dudelsäcken ersticken. All die Scheißfotzen, Dreckschweine und Arschkrampen, die uns fertigmachen wollten. Wer Kobold böse mitspiele, müsse den Spiegelzauber vertragen können. Und der werde genau heute Nacht wirksam. Alles werde sich ausgleichen und uns endlich Gerechtigkeit widerfahren, und wenn es das Letzte sei, was er tue: Er, Dieter Wolff, werde den Baphomet beschwören – in sich, um sich, aus sich, durch sich.

Nele fragte mich mit großen Augen, ob es bei uns immer so

zuginge, und ich machte den naheliegenden Scherz, dass sich Dieter zusammenreiße, wenn Besuch zugegen wäre.

»Ach so«, sagte Nele. Es klang ein wenig traurig.

Es war weit nach Mitternacht, als ich mich mit ihr zum Ramsauer aufmachte, bei dem ich ein Doppelzimmer für uns reserviert hatte. Nele wirkte ausgelaugt. Der vampirische Dieter hatte ganze Arbeit geleistet.

»Du passt da irgendwie gar nicht rein«, sagte sie und setzte sich aufs Bett. »Du und Katja, ihr passt da beide nicht rein. Aber ihr würdet gut zusammenpassen.« Nele sah mich unverwandt an.

»Wir sind schon sehr lange befreundet«, sagte ich und setzte mich ebenfalls aufs Bett. Damit wir nicht weiter reden mussten, nahm ich Neles Hand, dann küsste ich ihren Mund.

Baphomet schien sein Handwerk zu verstehen: Anderntags war die Stimmung in der Band sonderbar aufgeräumt und siegesgewiss. Wir spielten zwei gute Sets am Tage, verkauften auch einige CDs und ließen uns nicht davon stören, dass »Pesttanz« die Platzhirsche blieben. Vielmehr überlegte Dieter, ob »Platzhirsch« nicht ein noch besserer Name für die Bayern wäre. Vielleicht gingen die Arschlöcher dann ja mit »Frei.Wild« auf große Tour. Sponsored by Jägermeister. Wie auch immer: Heute Nacht im Marstall würde uns Baphomet beistehen. Das stand fest.

Die Zeit zwischen unseren Auftritten verbrachte ich mit Nele. Wir streiften über den Markt, und ich ermahnte mich dazu, meine Aufmerksamkeit auf das Schöne zu richten. Sicher, an Dreadlocks musste ich mich erst einmal gewöhnen, aber wenn Nele mit mir zusammenblieb, würde sie sich auch an einiges gewöhnen müssen. Stichwort: Uschi Glas.

Ich musste allerdings immer wieder an Katja denken, vor allem an ihr vermaledeites Ohrläppchen, das ich im Zelt viel zu kurz gehalten hatte. So sah es also aus: Max Wesendonck, der liebeshungrige, fummellustige Schalmeienmops, befand sich auf der Flucht vor dem, was er angeblich so sehr wünschte. Wundervolle Ohrläppchen ließ er los, und in Gegenwart einer hübschen, freundlichen, unverdorbenen Frau aus buntem Bauwagen driftete er in Fantasien ab. Das Gras war für den sauberen Herren Philosophen immer auf der jeweils anderen Seite grüner. Und es war ja klar, was dahintersteckte: Unglück als Lebenszweck. Sehnsucht nach Nähe, um Nähe zu vermeiden. Nächste Ausfahrt – Selbstbeschiss. Jetzt gab es wirklich keine Ausreden mehr: Ich hatte einen gewaltigen Schatten. Nele hingegen schien keinerlei Probleme zu haben. Für sie war das Leben einfach, die Welt schön und hin und wieder auch einmal traurig, weil ein Tierkind sterben musste. Ich wusste überhaupt nicht, worüber ich mit ihr reden sollte. Worüber soll man reden, wenn es keine Probleme gibt? *Guck mal da: ein Falkner!*

Ach, ach, ach. Ich hatte noch viel zu lernen. Aber wo? Aber wie? Aber mit wem? Ich hatte einmal etwas über Bindungsphobiker gelesen – grässliche, doppelbödige Gesellen, die sich im gehobenen Management, im Kunstbetrieb, in Mönchsorden und allesamt in Puffs und Pornochats herumtrieben, wenn sie nicht gleich auf Fahrlehrer, Pädagoge oder Entwicklungshelfer umschulten. Widerwärtige Herzensbrecher und Seelengrapscher, die im Alter zunehmend pathologisch gafften, bis sie von Jugendlichen verspottet und von deren Eltern aus der Stadt gejagt wurden. Einsame Nachtgestalten in tristen Junggesellenwohnungen mit Mikrowelle, Monster, deren einziger Trost darin bestand, auch anderen Gefühle von Einsamkeit, Mangel, Enttäuschung und Demütigung zu bescheren.

Schuld an meiner himmelschreienden Bindungsunfähigkeit waren natürlich meine Eltern, diese lieblosen Volltrottel. Allerdings konnten die zwei Emotionskrüppel mit Recht behaupten, dass wiederum ihre Eltern die Schuld an all der Lieblosigkeit trugen und so weiter und so fort – bis ins siebte Glied. So kam der Schwarze Peter nicht aus dem Spiel. So kamen wir hier nicht weiter. Vermutlich kamen wir so oder so nicht weiter. Vermutlich würde es noch ein böses Ende mit mir nehmen. Ein ganz böses Ende. Wie so mancher große Kopf würde ich in Drogensucht und Kinderschänderei abdriften. Ich sah schon den Boulevard-Artikel, mein Foto mit dem schwarzen Balken vor den Augen und darunter die Textzeile: »Fettsüchtig, bindungsgestört, pädophil – der Würger von Witterschlick packt aus.«

»Guck mal«, sagte Nele in meine Gedanken hinein, »Mufflons!«

Am frühen Abend stand die Luft von kranker Hitze, die Blätter der Bäume glänzten silbern, die Atmosphäre vibrierte in angespannter Stille: Ein Gewitter zog herauf. Als Pesttanz im Marstall loslegten, füllte eine Menschenmenge die Halle bis ins letzte Drittel. Dieter hatte sich vorgenommen, dem Spektakel fernzubleiben, stand nun aber doch mit den übrigen Kobolden in einer der hinteren Reihen, verschränkte die Arme vor der Brust und wippte mit dem Fuß. Nele lehnte sich an mich. Katja und ihr Journalist fehlten unentschuldigt.

Natürlich hatten die drei Bayern das Publikum von Anfang an im Griff, aber zum ersten Mal bemerkte ich, dass sich bei Pesttanz fast alles wiederholte. Die Ansagen variierten kaum, und das Repertoire und die Effekte, mit denen Stimmung erzeugt wurde, erschienen mir zunehmend übersichtlich. Wenn man Pesttanz zum dritten oder vierten Mal sah und hörte, stellte sich ein Gewöhnungseffekt ein. Nele fand sie ohnehin zu »machomäßig« und wollte mitten im Konzert knutschen, aber neben den Kobolden war mir jegliche Intimität unmöglich. Selbst Händchenhalten nervte, wenn Gundula einen dabei mit wohlwollendem Eskimogrinsen ansah.

Pesttanz spielten zwei Zugaben, die ich kaum mitbekam, weil sich bei mir ein Lampenfieber einstellte, wie ich es noch nicht erlebt hatte. Eine Mischung aus Grippe, Kackreiz und Locked-in-Syndrom. Nele sagte etwas zu mir, aber ich konnte nicht zuhören. Ein schallschluckender Nebel trennte mich von der Außenwelt. Durch diesen Nebel tappten Dieter und Mike mit kreidebleichen Gesichtern. Verschwommen sah ich auch Timo, der seine entschlossenste Investmentbanker-Miene aufsetzte. »Mädels«, schien er uns zuzurufen, »ich hab schon ganz andere Sachen voll gegen die Wand gefahren.«

Völlig belämmert kletterte ich auf die Bühne. Schweißhände, Herzrasen, Todeswunsch. Was hatte mich geritten, im Bandgespräch meinen Bauchtanz durchzusetzen? Und warum hatte Katja darauf bestanden, heute Nacht ihre Ansagen zu machen? Auf Gut Heckenrose hätte es doch auch funktioniert. Ja, hatten wir denn alle einen Knall? Wenn ich diese ganzen Hopfengesichter im Publikum sah – egal, ob als Ritter, Gruftmaus oder erfolgreicher Jungbauer verkleidet –, dann kam zum Kack- auch noch der Kotzreiz dazu. Oh weh, mir schwindelte. Jetzt hieß es: Haltung wahren. Von der ersten Sekunde an entschlossen auftreten. Nimmer sich beugen, kräftig sich zeigen, sonst würde die Meute uns zerfetzen.

Wie abgesprochen stellten wir uns auf der etwas knapp bemessenen Bühne in eine Reihe. Nur Timo und sein Schlagwerk blieben im Hintergrund. Auf Ständern standen drei Mikrofone, vor denen sich Dieter, Katja und Mike positionierten. So standen wir da, als der erste Kuhhirte rief »Anfangen, ihr Saupreußen!« und damit einiges Gelächter erntete. Abwarten. Ruhe bewahren. Keine Miene verziehen. Dann das leise Signal von Dieter: Zwei, drei. Und Hörbie – ausgerechnet Hörbie, das schwächste Glied in der Kette – stieg mit dem Drumpattern von Madre Deus ein. Erstaunlicherweise fing er weder zu schnell an noch beschleunigte er nach wenigen Takten. Hörbie spielte wie ein Uhrwerk. Was war los? Welche Droge hatte der Irre diesmal eingeworfen? Ich griff mit schwitzenden Händen meine G-Schalmei und blies los. Gundula setzte mit der Bouzouki ein, während Katja mit dem Tamburin losrasselte und Mike und Dieter gleichzeitig die Säcke aufbliesen. Und nun der entscheidende Moment: Die Säcke und das Schlagwerk setzten zusammen ein und hielten den Groove nicht nur, sondern ließen ihn erst richtig, nun ja, grooven. Und was sahen meine fettumrahmten Augen da? Die ersten Matten kreisten vor der Bühne. Rädelsführer in karierten Hemden fanden unsere Eröffnung absolut gelungen und rissen ihre Homies mit. Nicht nur dieses halbherzige Kinn-vor-und-zurück-Wippen, nein, regelrechtes Headbangen und Armunterhaken waren angesagt. Und das ab Minute 1.30. Sauber!

»Volk von Hexenagger!«, schlug Katjas Stimme eine Schneise in den johldurchsetzten Applaus nach dem Schlussakkord. Und dann, als sei sie die Front-Vokuhila von Metallica und stehe im Wembley-Stadion: »Gaukler, Hexen, schräge Narren. Spielleut', Vaganten, Söldnerschweine. Pfeffersäcke und Traumtänzer. Wir sind die Saupreußen ›Kobold‹. Wir tun nix. Wir spielen nur! Skuuuuudriiiinkaaaa!«

Genau! Jetzt was mit hohem Grundtempo von Anfang an. Und schön dazu die Füßchen mit den Schellenkränzen auf den Boden pfeffern. Mike und Dieter schritten synchron mit den Säcken nach vorne, Gundula grinste Bouzouki spielend in die Menge, und ich ging ein wenig in die Hocke und trötete den Burschen in der ersten Reihe schöne Föhnfrisuren. Gepriesen sei Baphomet: Die Energie, die wir gaben, flog uns hundertfach wieder zu.

Danach stand »Schenk voll ein!« auf dem Zettel. Beginn mit Flöten – eine Sollbruchstelle im bisher perfekten Set. In einer Übersprungshandlung tauchte ich mein schwarzes Gebläse mitten im Spiel in das Bierglas eines Ledermantelträgers am Bühnenrand und sog gut die Hälfte des Inhalts in meinen allzeit gierigen Schlund. Danach gab ich dem ungläubigen Wehrmachts-Gothic einen männlichen Handschlag und blies vergnügt in die schaumgereinigte Tin Whistle. Ja, diese Sprache verstanden die Bayern!

Kaum war das Stück zu Ende, da hielt Dieter ein gefülltes Weizenglas in der Hand, funkelte ins Publikum und sagte, das Glas hoch erhoben: »Auf Bayern! Auf Hexenagger!« Kunstpause. »Auf ex!« Drei artistische Schlucke später war das Glas geleert. »Tolles Bier«, sagte Dieter und ließ einen höllischen Rülpser hören. Das gefiel dem Bauernpack. Die Stimmung war jetzt schon so gut wie am Ende des Pesttanz-Auftritts.

Katja breitete die Arme aus: »Volk zu Hexenagger! Unser nächstes Stück handelt von eintöniger, niederdrückender Lohnarbeit. Wie ihr wisst, galt in der Antike Arbeit als unfein. Die Reichen hatten Sklaven. Etwas später hießen die Sklaven Bauern, dann Arbeiter. Heute ist das natürlich nicht mehr so. Heute gehen Menschen freiwillig in Schulen, lernen, was sie wissen möchten und was sie wirklich brauchen, und arbeiten dann frei und willig für ihre Interessen. Und die Reichen haben keine Sklaven mehr, sondern lassen ihr Geld für sich arbeiten, stimmt's?« Katja blickte in die Runde. Der Grufti im schwarzen Ledermantel rief nach Art emotionalisierter Trunkenbolde »Genau ey!«. Katja hob ironisch pädagogisch einen Zeigefinger und sagte: »Habt ihr schon mal Geld arbeiten sehen? Schuftende Scheine und malochende Münzen? Wer glaubt, dass Geld arbeitet, der glaubt auch, dass die Pharaonen die Pyramiden gebaut haben oder Napoleon die Schlacht von Austerlitz gewonnen hat. Na, scheißegal. Ihr wisst, was ich meine. Hier unser Stück über die aushöhlende Arbeit für das Interesse anderer.« Katja ballte die Faust und brüllte: »Ai vis lo lop. Ich habe den Wolf gesehen.« Einige im Publikum ballten ebenfallls die Faust und grölten einfach »Ja«. Schon setzte Hörbie mit seiner Davul ein – auf den Punkt. Katja streckte ihre Arme seitlich aus, drehte die Handflächen nach oben und hüpfte wie eine Hip-Hopperin, während sie Arme und Hände im Rhythmus hoch und runter wippen ließ. Was nun im

Marstall vor sich ging, überstieg vermutlich selbst die größenwahnsinnigen Träume eines Dieter Wolff. Fast alle – von der ersten Reihe bis weit nach hinten – hüpften gemeinsam auf und ab. Ich konnte mir nicht helfen. Ich musste lachen. Mike warf mir einen Blick zu und schrie durch den Lärm »Geil!«.

Und so ging es weiter: Mikes Hamrammer brachte die Meute in der heißen Luft des Marstalls so außer Atem, dass eine Verschnaufpause nötig schien. Katja nutzte den Umstand, um den Erschöpften eine Sage aus der Region zu erzählen. Es ging mal wieder um eine schöne junge Frau. Sie lebte in der Burg zu Altmannstein mit ihrem Vater, einem Witwer, der sein gebrochenes Herz mit Eis angefüllt hatte. Die Frau traf sich heimlich mit einem jungen Mann aus der Nachbarschaft. Sie ahnte, dass ihr Vater es nicht ertragen konnte, wenn sie einen anderen Mann liebte. Natürlich bekam der Alte doch Wind von der Sache, platzte in ein Stelldichein und erschlug in einer Rauferei den Geliebten der Tochter. Die junge Frau geriet so außer sich, dass sie den Vater tagelang beschimpfte. Sie schleuderte ihm auch dann noch ihren Hass entgegen, als er schwer krank im Bett lag. Voller Bitterkeit sprach der Mann, dem nicht vergeben wurde, einen Fluch über seine Tochter aus. Nach ihrem Tod solle sie ruhelos in der Burg wandeln, solange dort noch ein Stein auf dem anderen stehe. Die Verflucherei verbrauchte die letzten Kräfte des Kranken, und er starb.

Bis heute sehe man in Vollmondnächten die schöne Lisbeth in der Turmruine der Burg Altmannstein. Wieder und wieder lockere sie Gesteinsquader und schleudere sie ins Tal, aber anderntags sei der Turm wieder wie zuvor. Vermutlich steckten Zwerge dahinter, die die Steine jedes Mal wieder an ihren Platz brächten.

Die Leute lauschten Katja andächtig. Sei es, weil es um einen Turm ging, den sie alle kannten, sei es, weil in Katjas Stimme und Art etwas mitschwang, das auch mir das Gefühl gab, hier werde etwas Bedeutsames verhandelt. Mir fiel ein, dass Katja selbst mit einem verwitweten Vater zusammengewohnt hatte, und ich fragte mich, ob sie sich diese angebliche Sage bloß ausdachte, um etwas über sich zu erzählen.

»Wie bricht man Flüche?«, fragte Katja, als sie die Geschichte beendet hatte. »Das ist die Frage, egal ob man jahrhundertelang Steine von einer Burg runterwirft oder für den Profit anderer produziert, ohne Anteil an den Produktionsmitteln zu haben. Egal ob man an der Flasche hängt, Alpträume nicht loswird oder immer wieder in unglücklichen Beziehungen landet. Ihr wisst schon. Also: Wie bricht man Flüche?«

Tatsächlich schallte es bald aus der Mitte: »Gar nicht!«

Der Typ im Ledermantel rief: »Doch. Mit einem Segen.«

»Beten«, meinte ein anderer Bayer in vergleichbarer Geisteshaltung.

»Nicht dran glauben«, gab eine Gothic-Braut zum Besten, und Katja nickte zu jedem Einwurf so, als ob wir hier in einer Oberstufendiskussion gelandet wären.

Als niemand mehr etwas beizusteuern wusste, sagte Katja: »Unser nächstes Stück handelt von einer Vergewaltigung und heißt: Ich was ein chint so wohlgetan.«

Noch nie sang ich das unangenehme Lied aus der Carmina Burana so aufmerksam mit wie dieses Mal. Vielleicht lag's mal wieder an meiner Paranoia-Neigung, aber irgendwie schien alles zusammenzuhängen: Katjas Worte, die Auswahl und Reihenfolge der Stücke, mein Herz, das im Leibe wummerte, als sei ich verliebt oder anderweitig bedroht. Als das Lied ausklang, tat Katja so, als ob sie gleich das nächste Stück ansagen wollte, aber der betrunkene Mann im Ledermantel klopfte ihr auf den Schuh. Katja beugte sich zu ihm, und er nuschelte etwas, das ich nicht verstand. Katja richtete sich auf und sagte: »Hier ist jemand noch nicht zufrieden. Er will wissen, was ich über das Brechen von Flüchen meine. Leider muss ich sagen, dass ich mir nicht ganz sicher bin. Ich bin selbst noch nicht fertig mit einem Fluch. Ich kann nur über meine Erfahrung reden, und die kommt mir gleichzeitig wie ein langer und ein kurzer Weg vor, der wie gesagt noch nicht zu Ende ist. Blöderweise muss jeder den Weg selbst gehen. Deshalb werden euch die folgenden drei Worte vermutlich nicht viel nutzen. Ihr werdet euch aber später auf eurem Weg an sie erinnern und dann helfen sie vielleicht doch. Also, ich maße es mir einfach an: Flüche bricht man mit drei Tätigkeiten der Seele: Zugeben. Vergeben. Aufgeben. Für etwas Besseres.« Große Teile des Publikums wirkten eher irritiert als zufrieden. Katja stand zugleich stark und verloren wenige Meter von mir entfernt. Ihre Schultern hoben und senkten sich mit ihrem Atem. Ich hätte die durchgeschüsselte Philosophin gerne umarmt, auch wenn es kaum einen unpassenderen Moment dafür geben konnte. Dieter, dessen Gemütslage sich offensichtlich von meiner unterschied, brüllte: »Oder gleich Löffel abgeben! So, ihr verfluchten Traum- und Eiertänzer – wir spielen euch nun das Platerspiel! Und wir wollen euch tanzen sehen. Alle!«

Die emotionale Heterogenität, die Dieter mit dieser Ansage in den Augenblick wuchtete, schien dem Publikum zu gefallen. Man kann es nicht anders sagen: Im letzten Drittel unseres Auftritts ritt uns Baphomet endgültig in die Gefilde von Ekstase und Besessenheit. Dieter drehte sich mit dem Dudelsack wie ein Brummkreisel, ging schließlich in die Hocke und warf abwechselnd das linke und das rechte Bein in die Höhe wie ein dicker Don Kosak. Er fiel dabei zwar voll auf den Arsch, aber hier zählten Einsatz und guter Wille mehr als Perfektion. Und Gundulas Lachanfall heizte die Stimmung nur zusätzlich an.

Schließlich kündigte Katja meinen Bauchtanz an. Ich verschwand von der Bühne und zog mich schwitzend und mit klopfendem Herzen in einer Ecke des Marstalls um, auch wenn mich ein paar Zuschauer dabei beobachten konnten. Mike spielte die Strophenmelodie von »Tanz der sieben Fettschürzen« auf seiner Schalmei, und schon tänzelte ich so grazil, wie es mir möglich war, über ein kleines Treppchen auf die Bühne zurück. Katja hob das Tamburin über den Kopf, und schon klatschte der halbe Saal im Takt. Ich fing verhalten an, ja – scheu wie ein Reh. Kess reckte ich den Kopf zur Seite wie ein abweisendes Liebchen. Keck wuchtete ich bald die linke, bald die rechte Hüfte von mir weg, aber nicht zu viel, sondern noch ganz kontrolliert und, wie ich fand, tatsächlich so erotisch, dass ich eine halbe Erektion bekam, eine nicht unangenehme Latte auf Halbmast. Das ist vielleicht schwer zu verstehen, aber Bauchtanz kann gerade dann erregen, wenn man ihn selbst tanzt. Die Musik wurde ekstatischer, der Rhythmus wilder. Timo patschte während des Stückes auf eine Handtrommel, eine sogenannte Darbuka. Ich drehte mich, rasselte mit den Plättchen, presste meinen Busen zusammen und wackelte dann mit allem, was ich hatte. Und das war nicht wenig. Ich warf feurige Blicke in die Menge. Einzelne Männer standen mit offenem Mund da. Recht so, ihr notgeilen Bauern!

Und jetzt nach allen Regeln der Kunst mit dem Arsch wackeln. Sämtliche Buhlteufel wüteten durch meine entfesselten Speckrollen. Zum Glück hatte ich eine schwarze Langhaarperücke auf, denn so konnte ich mein Haupthaar kreisen lassen und schließlich beim letzten Trommelschlag versteckt hinter einem Schleier aus Haaren auf der Bühne zusammensacken: der sterbende Schwan einmal anders.

Ich stand auf, verbeugte mich und nahm einen Applaus entgegen, wie ich ihn in meinem Leben nicht für möglich gehalten hätte. Das Klatschen und Rufen prasselte mir körperlich spürbar entgegen, und eine warme Woge hob mich hoch und schien mich über die Köpfe der Menge zu tragen, hoch zu den Sternen, wo ja bekanntlich jede vergangene Niederlage und Demütigung im kosmischen Licht verglüht. Vorübergehend.

»Zugabe, Zugabe!«, rief die Meute und klatschte dabei rhythmisch. Das konnten die Kröpfe haben! Erst einmal stellte Dieter jedoch die Bandmitglieder ausführlich vor. Und er ließ es sich auch nicht nehmen, Pesttanz »von Herzen« zu danken, die tolle Kollegen und großartige Musiker seien. Hörbie beugte sich mit seinem schwitzenden Käsegesicht zu mir und sagte: »Pesttanz, wer ist Pesttanz?« Irgendwas stimmte nicht mit seinen Pupillen.

»Rotta!«, röhrte Katja mit ihrer Death-Metal-Stimme, und schon klagten die Säcke. Vom gemächlichen Beginn an steigerte sich das Stück von Durchlauf zu Durchlauf mit absehbarer und doch zwingender Konsequenz in einen Temporausch, der vielleicht nicht ganz so sauber ausfiel wie bei Pesttanz, aber das war mittlerweile dermaßen egal, dass ich mich nur fragen konnte, wie wir jemals vor den drei bayrischen Bürogesichtern hatten einknicken können.

Ende. Aus. Schlussapplaus! Wir waren alle sieben sehr guter Dinge. Keineswegs gereizt, angespannt oder aggressiv. Das ist mir wichtig zu betonen. Wir lümmelten am Bühnenrand herum und quatschten mit den Leuten, die sich um uns versammelten, während Morgana eine CD nach der anderen aus dem Bauchladen hob und ihr Zauberdachs manisch herumblitzlichterte. Ein junger Mann mit Kindergesicht im Vollbart sagte zu mir: »Danke Mann. Ganz groß.« Kurz darauf sprach mich eine wuchtige Frau in Ballerinas schüchtern an und wollte wissen, wo ich Bauchtanz gelernt hatte. Bereitwillig gab ich Auskunft über die Mühen, die ich auf mich genommen hatte, um einen derartigen Baladi zusamt beachtlicher Shimmys darbieten zu können.

Als sich der Saal schließlich leerte, scharte Dieter seine Bolde um sich und sagte erschöpft, aber bester Dinge: »Habe ich es nicht gesagt? Auf Baphomet ist Verlass.«

»Total gut«, sagte Hörbie und ließ probehalber sein irres Kichern erklingen. Alles hätte gut sein können. Ein paar Lobgesänge auf uns, ein paar Schlummerbiere, eine geduldige Nele –

und fertig. Aber ein paar Minuten später sah ich aus dem Augenwinkel, wie ein langhaariger Typ Katja gegen die Wand schubste. Kurz dachte ich, ich hätte mir das eingebildet. Dann sah ich Matthias, der dem Langhaarigen mit vorgerecktem Hals etwas sagte. Kurz darauf flog der Kopf des Journalisten ruckartig nach hinten. Kein Zweifel: Er hatte eine Maulschelle kassiert. Allerdings von einem anderen Typen, der ebenfalls nach Snowboardtrottel aussah.

»Komm!« Mike schlug mir auf die Schulter und lief los. Ich klimperte hinterher. Katja stand mit geballten Fäusten vor einem eher klein gewachsenen Mann. Ich warf mich in vollem Lauf zu Boden und säbelte den Lockenkopf mit einer Blutgrätsche um. Dann rappelte ich mich auf und versuchte, einen Überblick zu gewinnen. Der Kleine war auch schon wieder auf den Beinen.

»I polier dir die Fresse!«, brüllte er mich an und fuchtelte dabei mit seinen Fäustchen in der Luft.

»Ach ja?«, rief ich, senkte den Kopf und machte die Ramme. Wie ein Büffel außer Rand und Band knallte ich mein Haupt gegen das Brustbein des Typen und wuchtete ihn gegen die Wand. Dort gab es links und rechts was auf die Ohren, sowohl für ihn als auch für mich. Ich bekam seine große Nase zu fassen und zog daran. Er riss an meinem rechten Ohrläppchen. Mit der Linken schlug ich ihm in den Bauch. Es fühlte sich an, als hätte ich gegen eine Sperrholzplatte geboxt. Und schon hatte ich eine hängen. Ein zweiter Schuft im Abercrombie & Fitch-Shirt versuchte, mich gegen die Wand zu drücken. Ich griff in seine Ski-Lehrer-Mähne und zog. Auf einmal krachte es in meinem Kopf, und ich taumelte mehrere Schritte durch den Raum. Kurz war mir schwarz vor Augen. Als ich wieder geradeaus gucken konnte, klang die Prügelei mit dem üblichen Rumgeschubse und Angebelle aus. Die Anzahl der Kobold-Unterstützer war merklich gewachsen, und den Raufbolden blieb nur der Rückzug.

Der erste Donner rollte durch die Nachtluft bis zu uns in den

Marstall, als ich schwer atmend an der Wand lehnte. Irgendetwas stimmte mit meinem Mund nicht. Ein Kupfergeschmack breitete sich dort aus, wo es seit kindlich-meditativer Münzlutscherei nicht mehr nach Kupfer geschmeckt hatte. Ich tastete in meiner Mundhöhle herum und hielt plötzlich einen blutverschmierten Zahn in der Hand – ein merkwürdig erfrischendes Gefühl. Ich prüfte mit dem Zeigefinger in beiden Zahnreihen nach: Ja, da oben links war eine Lücke, wo eben noch keine gewesen war. Das war mein Zahn. Oder musste ich bereits sagen: Das war mein Zahn gewesen? Philosophie fängt im Alltag an, denn oft kommt man vom scheinbar Banalen zu den ganz großen Brettern.

Katja weinte. Matthias saß kreidebleich neben ihr und hielt sich den Kopf. Dieter erklärte aufgebracht, dass ganz sicher Pesttanz die Typen geschickt hatte. Gundula hielt das für Quatsch. Katja sagte, einer der Typen hätte sie angelabert und an der Hüfte angefasst. Sie hätte gesagt, er solle sich verpissen. Dann hätte er ihr zwischen die Beine gegriffen, sie hätte ihn weggeschubst und sei dann selbst gegen die Wand gepfeffert worden.

Mike sagte: »Solche Arschlöcher!« Das blaue Auge stand ihm gut. Hätte man ihm das andere auch noch verfärbt, hätte er als angepisster Pandabär durchgehen können. Den schlechtesten Eindruck machte jedoch Matthias. Er konnte kaum sprechen, und offenbar war ihm speiübel. Als Katja ihn zum Gasthof begleitete, stand plötzlich Nele neben mir, die ich völlig vergessen hatte. Sie sagte, dass sie jetzt in den »Ramsauer« wolle. Ich sagte, ich käme nach. Ich müsse noch mit der Band eine Nachbesprechung machen. Sie könne auch gerne bleiben. Interessanterweise schüttelte Nele den Kopf. Sie wirkte auch gar nicht so entspannt und freundlich wie sonst. Ich glaube, die Prügelei hatte sie nachhaltig abgetörnt. Bullerbü und Klopperei – das passte nicht zusammen.

»Kannst ja später klopfen«, sagte sie.

Etwa eine Stunde später lag ich noch immer nicht bei Nele. Stattdessen stand ich allein an der Schlossmauer, trank aus einer Flasche Bier, die Hörbie irgendwo »organisiert« hatte, und blickte ins Tal. Blitze züngelten in der Ferne. Es regnete nicht mehr, das Gewitter entfernte sich.

»Hi.« Katja stellte sich neben mich und langte nach meinem Bier.

»Was ist mit Matthias?«, fragte ich.

»Gehirnerschütterung.«

»Schlimm?«

»Weiß nicht. Er will alleine kotzen. Ich seh später noch mal nach ihm.« Katja gab mir die Flasche zurück. Eigentlich wollte ich ihr sagen, dass mir meine bescheuerten Äußerungen beim Mosttrinken leidtaten und dass ich sie nach ihrer Ansprache übers Flüchebrechen gerne umarmt hätte.

Stattdessen sagte ich: »Das mit den Flüchen war schon ein bisschen kitschig, findest du nicht?«

»Kann sein.«

»Und mit Philosophie hat das auch kaum noch was zu tun.«

»Inhaltlich schon, formal nicht.«

»Na, das kann man auch über den Wetterbericht sagen.«

»Nein, das ist Quatsch.«

Ich suchte nach einer passenden Entgegnung, fand keine und sagte: »Manchmal glaube ich, dass du die Menschen ändern willst, damit du sie mögen kannst.«

Katja verschränkte die Arme auf dem Rücken. Das hatte ich noch nie bei ihr gesehen. Erlebte ich etwa gerade die Geburtsstunde eines Ticks?

»Ich glaube, du vertraust den meisten Leuten nicht. Aber wenn sie so wären, wie du es dir ausmalst, dann ginge es vielleicht doch. Du versuchst, die ganze Welt zu ändern, damit du dich nicht ändern musst.«

»Danke Max. Ich habe deinen Gedanken schon in der ersten Formulierung verstanden.«

»Dann ist es ja gut.« Ich rechnete damit, dass Katja noch etwas sagte, aber sie stand bloß da und sah in die Ferne wie ein Heerführer, der im Tal feindliche Truppen heranziehen sieht. Das Schweigen zerrte an meinen Nerven. Ich fühlte einen starken Drang zu reden. Über Gefühle reden, um nicht fühlen zu müssen – ein guter Kniff, wenn kein Essen in Griffweite ist. Normalerweise habe ich diese Marotte gut unter Kontrolle, selbst nach ausgiebigem Biergenuss. Diesmal jedoch war der Druck zu groß. Ich konnte die Schnauze nicht halten: »Wir sind halt beide ausgeprägte Bindungsphobiker, da gibt's kein Deuteln. Ich meine, schau dir das doch an, was wir da in den letzten zehn Jahren veranstaltet haben. Da müssen ja riesige Ängste wirken. Weißt du noch – Simon? Mit dem du ständig Schluss gemacht hast und dann wieder zurückwolltest? Also, ich schätze, da hat was Frühkindliches seine Finger im Spiel. So ein typisches Ding bei mir ist, zu denken, die anderen sind nicht gut genug für mich, und vermutlich habe ich Angst, dass ich nicht gut genug für die anderen bin. Was ich gerade denke, ist noch bekloppter: Hoffentlich merkt Nele nicht, dass ich nicht in sie verliebt bin, sonst verlässt sie mich. Bescheuert. Fühlst du dich eigentlich auch so von Erwartungen bedroht? Nicht bloß genervt, sondern regelrecht bedroht? Ich denke, bei dir …«

»Max?« Katja sah mich mit leicht geöffnetem Mund an. »Kannst du einfach mal die Klappe halten?«

»Ja«, sagte ich und wollte eigentlich auf das lustige Paradox hinweisen, das in meinem »Ja« enthalten war, aber Katja schien solchen Betrachtungen derzeit nicht zugänglich. Sie drehte sich ganz in meine Richtung. Wie eine Traumerscheinung sah sie mich aus sehr dunklen Augen an. Es verstrichen ein paar sonderbare Sekunden. Ich hatte den Eindruck, in einem schwarzromantischen Gemälde zu stehen, in dessen Hintergrund spannenderweise Wetter leuchtet und eine Fledermaus durch den Nachthimmel flattert. Schließlich bewegte sich auch eine der beiden menschlichen Figuren: Katja griff mich vorsichtig mit beiden Händen am Kragen, sah mir in die Augen und sagte fast flüsternd: »Danke!« Dann ließ sie los.

16. KAPITEL

Katja und ich stehen an der Burgmauer von Schloss Hexenagger und küssen uns, während im Hintergrund der Halleysche Komet glüht.

Katja löst sich von mir und sagt: »Ach Max. Das war einmal nötig, um unsere Freundschaft zu besiegeln. Ein Freundschaftskuss nach alter Väter Sitte.« Sie nimmt meine Hand: »Du musst aber wissen, dass ich mit Nele zusammen bin. Schon seit drei Jahren. Sie ist meine Traumfrau.« In diesem Moment taucht Nele neben uns auf und sagt: »Und du bist *meine* Traumfrau, Katja.« Dann küssen sich die beiden, erklären mir aber vorher noch den Unterschied zwischen einem Freundschaftskuss und einem Liebeskuss. Beim *friendly kissing* wird ein sehr freundschaftliches, nicht anhaftendes Gefühl in die Zunge und die Lippen transponiert, beim *exclusive partner kissing* schwingt Leidenschaft mit, die auch etwas Besitzergreifendes hat.

Ich bin froh, dass ich etwas gelernt habe, zugleich aber auch traurig, weil sich die beiden nun überhaupt nicht mehr für mich interessieren. Schnitt.

Ich trage ein Hofnarrenkostüm mit imposanter Narrenkappe und laufe durch eine Wüste. Weit und breit ist nichts als Sand zu sehen. Stutzgeier kreisen über mir. Nur eine Oase könnte mich noch retten. Ich schaue in alle Richtungen. Wenn ich den Kopf drehe, klingeln die Glöckchen meiner Kappe. So weit das Auge reicht: überall nur Sand und Himmel, unauslotbare Horizonte.

»Du musst die Oase in dir finden«, sage ich mir und frage mich kurz darauf, ob ich bereits einen Sonnenstich habe. In diesem Moment klopft mir jemand auf die Schulter. Huch! Ich drehe mich um und sehe mich selbst mit schwarzem Dreispitz auf dem Kopf. Meine Augen funkeln listig, wenn nicht manisch oder gleich komplett bekloppt. In der Hand halte ich einen schwarzen Gehstock und krächze: »Mein Stab. Mein Stab! Ich habe meinen Stab!« Dann morphe ich mit meinem Doppelgänger ineinander und schlage mit dem Stab dreimal auf den Boden. Der Sand weicht in alle vier Himmelsrichtungen zurück. Darunter kommt eine Stahlplatte mit einer Fläche von ungefähr einem Quadratmeter zum Vorschein. Die Hieroglyphen auf der Platte setzen sich bei näherem Hinsehen zu dem Schriftzug *Coca Cola* zusammen. Schnitt.

Blinde Berber führen mich durch unterirdische Stollen. Es riecht nach Hanf. Den Geruch verströmen armdicke Wunderkerzen, die in Wandhalterungen knistern und die Gänge mit sprunghaftem Licht sprenkeln. Einer der Berber hält mir wortlos eine Papiertüte hin. Ich greife hinein: Lakritzschnecken.

Plötzlich öffnet sich der Stollen in eine riesige Kuppelhalle. In der Mitte der Halle ist eine rechteckige Eislauffläche installiert worden, auf der einige Menschen herumschlittern wie in einem Gemälde von Breughel dem Älteren. Ich trete näher und sehe Katja, die am Rande steht und zuguckt. In der Hand hält sie ein Paar Schlittschuhe. Sie ist elf oder zwölf Jahre alt und deutlich an einem bestimmten, ernsthaften bis tranceartigen Katja-Stappen-Gesichtsausdruck zu erkennen. Außerdem ist sie wunderschön, und ich liebe sie und will, dass ihr Leben gut und reich ist und nie aufhört und ich davon so viel mitbekomme wie möglich.

»Huhu«, sage ich und komme mir dabei etwas überdreht vor.

»Hallo Max«, sagt Katja ernst.

»Na, warum läufst du denn nicht?« Ich bekomme den onkelhaften Ton nicht aus der Stimme. Scheiß-Altersunterschied.

»Depp«, sagt sie.

»Warum so unwirsch?«, zitiere ich Schmidt.

»Du bist halt ein Depp.«

»Ich habe doch nur gefragt.«

»Du siehst doch, dass ich keine Beine habe.«

Ich schaue an Katjas Beinen herunter und stelle fest, dass man nur an etwas herunterschauen kann, was auch da ist. Katja hat eindeutig zwei Beine. Ich fürchte aber, dass sie mich beschimpfen wird, wenn ich ihr das sage. Man kann die Realität niemandem aufzwingen, der dafür noch nicht zu haben ist.

»Genau wie du«, sagt das mürrische Mädchen. Ich verstehe nicht, was sie meint, aber als ich an mir selbst heruntersehe, stelle ich fest, dass ich in einem Rollstuhl sitze. Ich habe zwar Beine, aber dabei handelt es sich um schaumstoffummantelte Rohrkonstruktionen.

»Na so was!«, sage ich. Katja verdreht die Augen. Dann schaut sie ernst auf ein elegant auf dem Eis tanzendes Paar. Schnitt.

Katja sitzt auf meinem Schoß, und wir düsen mit Vollgas in meinem Rollstuhl über die spiegelglatte Fläche. Irgendwie kann Katja elektrische Impulse aus ihren Händen in die Räder des Stuhls senden und auf diese Weise beschleunigen und abbremsen, während meine Stahlhufe durch erhöhten oder verminderten Druck links oder rechts im Eis die Richtung bestimmen. Es gibt anfangs ein paar Koordinationsschwierigkeiten und die Manöver sind anstrengend. Allerdings werden wir zunehmend sicherer, ja, fast schon tollkühn, und legen bald ein paar halsbrecherische Stop-and-gos, kunstvolle Kurventeufeleien und schließlich sogar eine 1-a-Pirouette hin. Die blinden Berber klatschen und werfen Lakritzschnecken in die Luft. Dann aber rasen wir plötzlich auf einen hausgroßen Tintenfisch zu.

»Ein Tintenfisch«, schreie ich. Meine Stimme ist die eines Elfjährigen.

»Das ist ein Krake«, sagt Katja.

»Kraken sind eine Teilgruppe der achtarmigen Tintenfische«, erwidere ich gereizt.

»Heißen die nicht Kalmar?«, kontert Katja angriffslustig.

»Kalmar ist eine Stadt in Südschweden und liegt in der historischen Provinz Smaland.«

»Das kann ja jeder behaupten.«

Ein Tentakel tatscht mir zwischen die Beine.

Ich wachte auf. Der Tentakel blieb, wo er war. Genau genommen musste es eine Hand sein, die da an meinen Geschlechtsteilen herumtastete. Zur Abwechslung war es mal nicht meine eigene. »Katja«, maunzte ich verträumt. Die Hand erstarrte und zog sich zurück. Ich drehte meinen Kopf und blickte in Neles Gesicht. Sie sah keineswegs böse aus, nur enttäuscht. Es war kaum auszuhalten. Was musste ich mich auch so gehen lassen? Küssen und eislaufen hier, übernachten da – dieses Lotterleben musste ein Ende haben. Nervös tastete ich mit meiner Zunge in der gestern entstandenen Zahnlücke herum.

»Die haben mir gestern einen Zahn ausgeschlagen«, sagte ich in die Stille.

»Ich weiß«, sagte Nele. Ihre Stimme klang ganz müde. »Das hast du mir gestern Nacht schon erzählt.«

»Richtig«, sagte ich. »Ich wollte nur testen, ob du mir auch zugehört hast. Du warst ja schon im Halbschlaf.«

»Max, ich finde das nicht lustig. Wieso verwechselt du mich mit Katja?«

»Ich habe von ihr geträumt.«

»Träumst du öfter von ihr?«

»Eigentlich nicht.« Nach ein paar sehr stillen Sekunden, sagte ich: »Von dir habe ich auch geträumt.«

»Und was?«

»Es ging ums Küssen.«

Neles Augenfarbe wechselte von matt-dunkelblau zu strahlend-blau. Sie küsste mich, und ich kam mir ein wenig verrucht vor, ein geriebener Kerl, der die Frauen an den Fäden seiner Manipulationskunst tanzen lässt.

Eine halbe Stunde später gingen wir runter in die Gaststube, obwohl ich wusste, dass das keine gute Idee war. Als wir den braunstichigen Frühstücksraum betraten, saßen dort bereits alle Bolde und Merlin und Morgana beisammen. Nur der Journalist fehlte. Dieter rief uns entgegen: »Ah, das junge Glück. Na, eine schöne Nacht gehabt? Bombastus sieht zwei Kilogramm leichter aus.«

Hörbie linste mich aus seinen Sittichaugen an und sagte gedehnt: »Wie wär's mit Rühreiern?« Ein Speichelbläschen zerplatzte in seinem Mundwinkel.

Mike, dessen linkes Auge von einem gelbstichigen Kranz umrahmt war, brachte den alten Scherz »Wie hättest du denn die Eier am liebsten?«, und der beknackte Merlin antwortete »Gestreichelt« und lachte laut und künstlich. Nur Katja würdigte uns keines Blickes. Sie sah aus, als ob sie die ganze Nacht auf einem Nashorn geritten wäre.

In den nächsten Wochen reihte sich Auftritt an Auftritt: Märkte, Bankette und – saisonbedingt – Winzerfeste. Morgana rief einen Fanclub namens »Cobus Boldus« ins Leben. Alleine für den Namen hätte ich sie deportieren lassen können, aber unser politisches System bot in dieser Hinsicht wenig Möglichkeiten. In dem Fanclub tummelte sich eine wachsende Schar von Menschen, die Freude daran fanden »lol« oder »froi« in Foren zu schreiben und unsere Bandnamen zu Kosenamen umzudichten: Bärwölfchen, Bombasti, Lukanorbaby, Egolino, süße Sankta und so weiter. Die Chats, an denen mindestens zwei Bolde jeden Mittwochabend teilnehmen mussten, bestanden aus psychotischem Gebrabbel, das drunter und drüber in grellen Farben auf dem Bildschirm erschien und sich in meine Netzhäute ätzte, um von dort mein Frontalhirn mit Mentalspasmen und tonisch-klonischen Krampfanfällen zu infizieren.

Es dauerte nicht lange, und Menschen liefen mit Kobold-T-Shirts über die Mittelaltermärkte: »Kobold – jenseits von gut und böse.« Oder »Kobold 'til death«. Es gab sogar ein »Sag ich nicht!«-T-Shirt.

Dieters Pläne wurden immer hochfliegender: Agentur, Merchandise, Kobold mit E-Gitarren, Rockkonzerte, große Festivals, Europatournee, in Stonehenge mit Druiden und dem wiedergekehrten König Artus singen. Ich hingegen fühlte mich zunehmend nicht recht bei der Sache. Zum einen hatten sich die verunfallten Pfeifer Gryphius und Balgor als einsatzbereit zurückgemeldet und würden vermutlich schon vor Jahresende wieder anstelle von Katja und mir Konzerte spielen. Zum anderen beanspruchte mich die Beziehung zu Nele. Beinahe täglich telefonierten wir miteinander oder mailten uns, wobei Nele lieber telefonierte und ich lieber mailte. Als sie mich zum ersten Mal in Bonn besuchte, teilte ich mich in drei Personen: Der analytische Max stand die meiste Zeit kühl daneben und wusste, dass er Nele nicht respektierte, egal, wie gut er sich zuredete. Gleichzeitig wusste er, dass ihm jede Frau Unwohlsein bereitet hätte, die in seinem Bett lag und ihn verliebt angrinste. Der triebhafte Donck hingegen konnte kaum genug bekommen vom Küssen, Schlecken, Grapschen und Vögeln. Zu viel Respekt wäre da sicher nur hinderlich gewesen. Der zartfühlende Wesen reagierte psychosomatisch und torkelte zwischen Magenverhärtungen und Erstickungsgefühlen durch die Tage, bis ihn Nele fragte, warum er so komisch sei. Er konnte nicht antworten, sondern musste auf die Toilette, um sich zu übergeben.

Noch schlimmer erging es mir, als ich Nele das erste Mal auf Gut Heckenrose besuchte. Auf der Hinfahrt im Zug war es plötzlich weg: das Gefühl. Ich fuhr zu einer fremden Frau, mit der mich nichts verband außer einer fixen Idee, die mittels eines beidseitigen Kommunikationsprozesses künstlich und unter Anstrengung am Leben gehalten werden musste. Nele bemerkte bei meiner durchgeschwitzten Ankunft, dass ich eher Winter- als Frühlingsgefühle mitgebracht hatte. Tapfer ließ sie von mir ab und fragte, ob wir etwas Yoga machen sollten. Wir machten Yoga, und ich fühlte mich besser, nicht verliebter, aber besser.

Danach aßen wir mit Neles Eltern und ein paar anderen zu Abend. Außer mir schien niemand etwas gegen mich zu haben. Nach ein paar Gläsern Wein gewann Donck die Oberhand, und Nele und ich fielen im Bauwagen übereinander her, wie es in unserem sterilen Zeitalter ja kaum noch jemand macht. Barock – würde ich sagen. Allerdings stand Max daneben und schüttelte den Kopf, und Wesen konnte nicht anders, als die Frau unter sich zu einer Leinwand umzudeuten, auf die er Bilder aus Pornofilmen und Erinnerungsfetzen an die Nacht mit Nina Hartmann projizierte.

Als ich drei Tage später nach Bonn zurückfuhr, fühlte ich mich gleichzeitig erleichtert und bedrückt. Ich dachte an Neles Brüste und glaubte, in sie verliebt zu sein. Ich dachte an ihre Dreadlocks und fühlte, dass ich es nicht war. Ich fragte mich, ob man an einer Freundin alles gut finden musste oder ob diese Idee ein dahergeredeter Blödsinn jener Menschen war, die ihr Leben ohne rosarote Brille und Selbstbeschiss nicht ertragen können. Vielleicht beschiss vor allem ich mich nach Strich und Faden: Wenn ich meine Angstgefühle als bindungsphobische Reaktion auf meine Verliebtheit in Nele deutete, wollte ich vielleicht nur vor mir selbst verbergen, dass ich Nele benutzte, um mich von Katja abzulenken. Schließlich heißt es ja Bindungsphobie und nicht Veliebtheitsphobie. Andererseits: Vielleicht redete ich mir genau das ein, um mir meine Verliebtheit in Nele auszureden und einen Grund zu haben, den Kontakt zu ihr abzubrechen. In meinem Kopf fand ein Zirkus statt, der selbst die furiosesten

Galavorstellungen der Vergangenheit übertraf. Ich riet mir, das Verhältnis mit Nele sofort zu beenden. Kurz darauf befand ich, dass ich auf den guten Sex bauen und lernen sollte, mit Nele eine ganz gute Zeit zu verbringen, ohne zwischendurch allzu oft an Katja zu denken. Eine Frau, in die ich nicht wirklich verliebt war, was konnte mir Besseres passieren?

Ich dachte an das Gefühl, mit Nele dazusitzen und nicht reden zu können, und während die eine Stimme in meinem Kopf sagte: »Ihr habt euch nichts zu sagen und werdet euch nie etwas zu sagen haben«, behauptete die andere: »Das musst du auch einmal aushalten lernen.«

Minütlich kontrollierte ich meine Gefühle von allen Seiten, bis diese völlig kopfscheu wurden und wie eine Horde panischer Kinder durch mich hindurchstürmten und mein biopsychisches System in einen dauerhaften Alarmzustand versetzten. Mir klingelten die Glocken. Mir stieg kalter Schweiß aus den Poren. Und wenn ich an das nächste Telefonat mit Nele oder – auf völlig verworrenen Gedankenpfaden – an eine Beziehung mit Katja dachte, kroch ein eisiges Gefühl vom Arsch den Rücken hoch. Spätestens jetzt musste ich mir doch einmal in aller Schärfe die Problematik vorlegen, ob ich nicht nur schrullig, sondern ernsthaft geisteskrank war. Die alte Frage drängte sich wieder auf: Hatte ich sie noch alle? Sah ich wirklich klarer als die Mehrheit, deren Erleben und Meinen nur Ausdruck ihrer rührenden Dumpfheit sein konnte? Oder kam bei mir zu all den sonstigen Störungen noch Wahrnehmungsverzerrung und Größenwahn hinzu? Oder anders gefragt: Ging es anderen auch so wie mir, oder war ich mal wieder der Einzige, der glaubte an dieser ganzen halbseidenen Angelegenheit namens »Liebe« bald komplett irre zu werden?

Mittels Lektüre und nüchterner Reflexion versuchte ich, mir Klarheit zu verschaffen. Zunächst einmal galt es, einen Überblick über die Liebeskonzeptionen der vergangenen Zeitalter zu gewinnen. Ich begann mit Platons Symposion. Eine Art Casting-Show für Philosophen. Thema: »Eros«. Wie immer bei Platon steht der Sieger schon vorher fest: Grandmaster Sokrates. Dem bärtigen Zausel galt der Eros nicht als Gott, sondern als Kind von Mangel und Fülle und als Mittler zwischen sterblichen Menschenleibern und unsterblichen Ideen. So pflanzt der Eros in uns den Wunsch, im Schönen zu zeugen, wobei die körperliche Liebe nur eine Vorstufe zur Liebe für edle Handlungen und Charaktereigenschaften und schließlich für die Liebe zur Idee des Schönen ist. Das las sich rührend. Mir gefielen aber auch die Kugelmenschen des Aristophanes: Anfangs waren wir alle glückliche Kugeln, wurden aber übermütig, strebten zum Götterhimmel und wurden von Zeus hälftig geteilt. Seitdem entbehrt jede Hälfte schmerzlich die andere, kann sich aber dank der von Zeus gnädig gestifteten Geschlechtsteile zumindest vorübergehend an eine andere Halbkugel andocken. Gute Geschichte, aber brachte die jemand weiter, der sich äußerlich wie eine Vollkugel und innerlich mehr viertel als halb fühlte?

Also weiter im Schweinsgallop durch die großen Gedanken der Vergangenheit: Augustinus, der es in jungen Jahren gar unheilig krachen ließ, schrieb in seinen Bekenntnissen: »Hier, wo ich sein kann, will ich nicht sein; dort, wo ich sein will, kann ich nicht sein.« Aha, da kamen wir der Sache schon näher. Aber der Ausweg, den der Kirchenlehrer bot, las sich wie die Empfehlung, einen unsichtbaren Freund anzuhimmeln, der als Möglichkeit alles und als Wirklichkeit nichts war: Gott. Nein, nein, nein – mit Augustinus kam ich auch nicht weiter. Ich hatte keine Lust, in ein Kloster zu gehen und Nacht für Nacht mit Sukkubi und zudringlichen Brüdern zu ringen, bis ich an gar nichts anderes mehr denken konnte als an Sex; außer vielleicht an Essen, das Augustinus ebenfalls in Verdacht hatte, uns unbotmäßig zu ergötzen und damit von Gott abzulenken. Vielleicht würde ich später einmal auf dieses asketische Konzept umschwenken, aber jetzt galt es erst einmal mit dem Irdischen zu Rande zu kommen. Weiter im Quelltext: Hohe Minne, ebene Minne, niedere Minne. Wieder die gleiche Problemlage: Wenn's hoch und edel ist, bleibt es ohne Erfüllung, wenn es verwirklicht wird, ist es nieder.

Etwas pragmatischer ging es in den mittelalterlichen »Regulae amoris« der Eleonore von Aquitanien zu: In der Ehe geht es um Pflicht, außerhalb der Ehe um Neigung. Also: Appetit holt man sich zu Hause, aber gegessen wird draußen, oder so ähnlich. Ein bedenkenswerter Vorschlag. Ich überlegte, ob ich Nele als Kebse oder Konkubine betrachten sollte, derweil ich eine asexuelle Intellektuelle zum Eheweib erkor. Das könnte die Last meiner Begehrlichkeiten auf immerhin vier Schultern verteilen, was ich als Akt der Barmherzigkeit meinerseits auszulegen gedachte. Der Verwirrung war damit aber noch nicht wirklich Einhalt geboten.

Ich las Dantes göttliche Komödie quer und stellte fest: Der Ich-Erzähler läuft hier durch etliche Verse einer sehr jungen Frau hinterher, um dann mal wieder bei Gott zu landen. Drunter machten es die Dichter damals nicht. Was damals Gott war, war heute das Hirngespinst vom ewig optimierbaren Selbst: Die ewige Taube auf dem Dach, die den Spatz in der Hand erbärmlich erscheinen lässt. Im Leben jenseits der Dichtung soll Dante Beatrice übrigens zweimal gesehen haben, aber das hatte bei ihm offensichtlich bleibenden Eindruck hinterlassen.

Ein paar Jahrzehnte später, das gleiche Lied: Der Dichter Petrarca läuft einer gewissen Laura über den Weg und anschließend in Liebesgedichten zu Hochform auf. Vielleicht war das die Lösung: Ich, Donck, entsagte. In einem alchemistischen Prozess würde ich den quellenden Samen meiner Lenden durch Blut- und Nervenbahnen ins Hirn ziehen, um dort meine Synapsen derartig aufzufetten, dass kaum denkbare Verschaltungen zustande kamen und dank dieser ein literarisches Werk, das noch in kommenden Jahrhunderten Menschen zur Sehnsucht nach dem Absoluten verleitete und sie zu Träumen und Tränen trieb. Bei dem Gedanken kamen mir beinahe selbst die Tränen.

Ich steuerte der Sentimentalität und geplanten Enthaltsamkeit entgegen, indem ich Machiavelli und Villon und Aretino las. Machtpolitik hier, Erdbeermünder da, und bei dem Pornodichter Aretino war dann eh Hopfen und Malz verloren. Ja gab es denn im Abendland nur verklärtes Sehnen oder Bumsorgien? Mir drängte sich allmählich der Verdacht auf, dass unsere ganze Kultur einen gewaltigen Schatten hatte. Vielleicht lagen die Dinge aber noch ärger: Menschen waren generell zu allen Zeiten nicht dazu gemacht, zur Ruhe zu kommen. Mal schwang das Pendel in die eine, mal in die andere Richtung: Den Fummeleien der Renaissance folgte das prüde Regiment der Protestanten, der bürgerlichen Wirtschafts- und Vernunftehe der Liebesrausch der Romantiker, den 68ern die »Generation Benedikt«.

Je mehr ich las, desto mehr kam es mir so vor, als ob sich meine Wünsche, Ängste und Überzeugungen aus all diesen widerstreitenden Bewegungen und Liebesideen zu einem Meta-Modell zusammensetzten, in dem allerdings die Idee der Romantik das Zepter schwang: Die Liebe zur Sehnsucht, die sich als Sehnsucht nach Liebe tarnt, ein bittersüßes Leben im Nimmernimmerland.

Ich versuchte es mit modernen Ansätzen. Der Philosoph Wilhelm Schmid schrieb in einem seiner hundert Bücher zu allen Lebenslagen: »So mutiert die romantische Liebe im Laufe der Moderne zu einer *Monsterqualle,* die mit unsichtbaren Fäden zarte Wesen umgarnt, sie zersetzt und verschlingt.« So sah es nämlich aus! Monsterqualle. Unangenehmerweise hatte ich kurz das Gefühl, Schmid könnte mit dem Begriff mich persönlich gemeint haben. Um mein erhitztes Gemüt abzukühlen, griff ich zu Luhmann. Sachlich, nüchtern, deskriptiv. Ganz ohne Monsterquallen. So ging es doch auch. In der luhmannschen Systemtheorie las sich das ganze Ding mit der Liebe weit weniger erschreckend. Es handelte sich bloß um eine »gesellschaftliche Semantik«, einen »Code des Miteinander-Umgehens«. In der Liebe versuche man, dem anderen als Ganzheit zu begegnen und nicht als partikulare Rolle oder Funktion innerhalb einer komplex ausdifferenzierten Gesellschaft, die sich aus etlichen Sozialsystemen zusammensetzt.

Das las sich gut, aber war ich mit Nele bereit, die Liebe systemtheoretisch als »wechselseitige Komplettannahme im Modus der Höchstrelevanz« zu leben?

Lesen bildet, Lesen schlägt Zeit tot, aber als Nele bereits Ausschau nach einem Studienplatz in Bonn hielt, um sich dort im Wintersemester für Tiermedizin einzuschreiben, schrieb ich mich sicherheitshalber bei einer Psychotherapeutin ein. Es handelte sich um eine freundliche, burschikose Frau Mitte 40, die mich viel über meine Eltern fragte und dabei sehr empathisch gucken konnte. Dummerweise wusste ich, was sie hören wollte. Überforderte, unreife Eltern, von Kindesbeinen an ein Gefühl von Mangel, gestörtes Urvertrauen, unterdrückte Liebeswünsche, Verantwortungsgefühle für die Scheidung der Eltern, kompensatorische Fresssucht, Intellektualität als Schutz vor Gefühlen, Angst vor Nähe wegen Verlustangst auf der einen und Vereinnahmungsangst auf der anderen Seite, Nähe-Distanz-Problem aufgrund von Verschmelzungssyndrom und neurotischer Ego-Abgrenzung, ungehörtes inneres Kind, und klar: Erst wer sich seiner selbst sicher ist, kann angstfrei andere an sich heranlassen usw. Alles passte so schön zusammen. Wir hätten ewig darüber reden können.

Nach der dritten Stunde erklärte ich mich allerdings bereits als geheilt, was die Therapeutin für eine Fehlannahme hielt. Wie könne ich denn sicher sein, nach so kurzer Zeit meine konfliktträchtigen Kindheitsgefühle aufgelöst zu haben. Ich war um eine Antwort nicht verlegen: Nach einer etwa fünf Minuten dauernden Phase der Übertragung meiner kindlichen Erwartungen auf sie hätte ich mich in einem intensiven Prozess bereits wieder von ihr und diesen Erwartungen emanzipiert. Das könne man vor allem daran erkennen, dass ich meiner eigenen Stimme mehr vertrauen würde als ihrer.

»Na, wenn Sie meinen«, sagte sie mürrisch.

»Ja. Mein inneres Kind möchte Ihnen übrigens noch etwas sagen.«

»Aha. Was denn?«

»Es mag die Muster, in denen Sie stecken!«

Die Therapeutin sah mich ernst an. Ich zeigte auf ihre geblümte Bluse. Sie lachte nicht.

Als ich von dieser Sitzung nach Hause kam, legte ich mich aufs Bett und versuchte, an nichts zu denken. Einfach mal den Kopf frei machen. Das konnte ja nicht schwer sein. Das Nichts nichtet, dachte ich und musste zugeben, dass ich diese Heideggerei nie recht verstanden hatte. Gut, für Heidegger war das Nichts eine Gegebenheit, die das Sein bedingte und vom Sein bedingt wurde oder aber zumindest untrennbar damit zusammenhing, aber wenn das Nichts nichtete, warum seinte dann nicht das Sein? Und konnte nicht nur aus dem Sein eine Aktion wie das Nichten erfolgen, aus dem Nichts aber nicht? Konnte nicht das Nichts nur aus der Sicht des Seienden nichten, oder vielmehr aus der Perspektive des denkenden Menschen, der – Logik und Grammatik dreist in eins setzend – im Sein des Nichts ebenso zu Hause war wie im Nichts des Seins und der … Plötzlich musste ich an Iris denken – Iris Erkenschwick aus der vierten Klasse der Hannah-Arendt-Grundschule: Pausbacken, dicke schwarze Locken, sehr dunkle Augen, nur Quatsch im Kopf. Ich dachte daran, wie sie mir ein Nutellabrot mit der beschmierten Seite ins Gesicht gedrückt und anderntags den ersten Brief zugesteckt hatte. Insgesamt hatte ich von Iris 17 Briefe erhalten. In den meisten hatten überdrehte Albernheiten gestanden (»Lieber

Max, bin heute außen hui und innen buh!«), in manchen auch kleine Gedichte, oft selbst ersonnen. Sorgfältig hatte ich die zahlreichen Rechtschreibfehler in diesen Briefen mit Rotstift korrigiert und auch kleine Anmerkungen an den Stellen gemacht, an denen mir Stil, Versmaß und gedankliche Tiefe noch ausbaufähig erschienen waren. Es hatte selten länger als zwei Tage gedauert, bis ich Iris ihre Briefe wieder zurückgegeben hatte. In ihrem letzten Brief hatte nur ein einziger Satz gestanden: »Max, du bist ein riesengroßer Pimmelkopf.« Das hatte wehgetan. Ich hatte mir Mühe gegeben, und dann so was. Im Anschluss an diese ordinäre Insultation hatte ich einmal sogar geträumt, ich stünde vor einem Spiegel und sähe darin, dass mein Hals nahtlos in eine rot glänzende Eichel mit Gesicht überging, aus der mich meine eigenen Augen traurig anstierten. Grauenhaft!

Ich stand von meinem Bett auf und rief Katja an.

»Isse die Silvia. Wärr isse dran?«

Ich plauderte kurz mit Katjas Mitbewohnerin, dann bekam ich endlich Katja an den Apparat und konnte ihr von Iris Erkenschwick erzählen.

»Interessant«, sagte Katja, nachdem ich den Pimmelkopf-Brief erwähnt hatte. »Du meinst, sie ist vielleicht in dich verliebt gewesen und du hast es nicht bemerkt?«

»Ja, genau das ist der Punkt.«

»Woran mag das gelegen haben, Max?«

»Ich konnte mir nicht vorstellen, dass sie mich toll findet.«

»Verstehe.«

»Ja. Also, das wollte ich nur erzählen. Gibt's bei dir was Neues?«

»Och, eigentlich nichts. Ich habe eben auf dem Bett gelegen und darüber nachgedacht, was Heidegger eigentlich mit diesem ›Im Sein des Seienden geschieht das Nichten des Nichts‹ gemeint haben könnte.«

»Na, das ist doch ganz einfach: Wo etwas ist, kann nicht nichts sein, und das absolute Nichts müsste sich theoretisch selbst negieren und wäre dann …«

»Max?« Katjas Stimme klang verändert. Es fühlte sich an, als hätte jemand auf einer Party, die Musik aus- und das Licht eingeschaltet.

»Ja?«

»Ich will gar nicht über Heidegger reden. Das ist doch Unsinn.«

»Ja. Aber wieso ist das Unsinn?«

»Weil es nichts mit meinen Gefühlen zu tun hat.« Es wurde still.

»Was ist denn mit deinen Gefühlen?«, fragte ich und spürte, wie mir ganz weich und warm zumute wurde.

Katja antwortete nicht. Ich lauschte in den Hörer und hörte nichts als Rauschen und dann plötzlich ein Schluchzen. Nach etlichen dichten Sekunden sagte ich: »Mir geht's auch beschissen.«

»Das ist alles so eine Scheiße«, sagte Katja.

»Ich würde dich jetzt gerne in den Arm nehmen«, sagte ich, ohne nachzudenken.

»Ja«, sagte Katja. Ihre Stimme klang verschnupft.

»Schnäuz dich mal«, sagte ich.

»Ja.« Katja raschelte mit etwas herum und schnäuzte sich. Dann sagte sie: »Ich sage dir jetzt etwas. Und wenn du das irgendwann gegen mich verwendest wie neulich den Selbstmord meiner Mutter, dann baller ich dir welche, bis du nicht mehr weißt, wie du heißt. Hast du verstanden?«

»Ja.«

»Gut. Ich habe totale Angst, okay? Ich habe aggressive Zwangsgedanken, sobald mir jemand auf diese beziehungsmäßige Weise nahekommt. Ich schäme mich total, aber ich kann nicht aufhören, mich an kleinen Details festzuhassen und zu zweifeln und zu zweifeln und zu zweifeln. Ich weiß, dass ich spinne. Aber ich kann nichts machen.«

Ich atmete aus. Mit einem Mal fühlte ich mich sonderbar leicht. Und ich hatte Katja in diesem Augenblick unglaublich lieb.

»Ich verstehe dich«, sagte ich.

»Wirklich?« Katjas Stimme klang schwach und mädchenhaft.

»Ja.«

»Ja«, sagte Katja halb wiederholend, halb bestätigend. »Ich glaube dir, Max. Ich muss jetzt auflegen.« Katja legte auf. Ich fühlte mich derart aufgescheucht, dass ich den Drang verspürte, mir eine Family-Pizza »Kiffers Fressflash« mit doppelt Käse ins Haus bringen zu lassen. Um dem Völlereidämonen Einhalt zu gebieten und mich auf andere Weise zu beruhigen, blätterte ich ein wenig in Heideggers Vortrag »Einblick in das was ist«. Das klang nützlich und bodenständig, vielleicht würde ich durch die Lektüre zur Vernunft kommen: »Das Spiegel-Spiel der weltenden Welt entringt als das Gering des Ringes die einigen Vier in das eigene Fügsame, das Ringe ihres Wesens. Aus dem Spiegel-Spiel des Gerings des Ringes ereignet sich das Dingen des Dinges.«

Ich schlug das Buch zu. Es reichte. So ging es keinen Tag länger weiter. Diese Grütze in meinem Kopf musste ein für alle Mal fachkundig abgesaugt werden. Ich rief Hörbie an und fragte ohne lange Vorrede: »Gibt es eigentlich Drogen, die einem so richtig und nachhaltig das Hirn freipusten?« Kurz war es still am anderen Ende der Funkverbindung.

Dann hörte ich ein schmatzendes Geräusch, ein kurzes Kichern und schließlich Hörbies überdrehte Stimme: »Du fragst mich, ob ich dir einen Schamanen besorgen kann?«

»Keinen Schamanen, eine Droge.«

»Mein ich ja, mein kleiner Tunguse. Einen Reiseleiter zu den Anorganischen.«

»Hast du da was?«

»Mein lieber Bombastus: Ich werde dir einen Schamanen schenken, wie er nur alle paar Jahrzehnte erschaffen wird.«

»Gut«, sagte ich ernst. Hörbie kicherte noch irrer als sonst.

17. KAPITEL

Der Oktober entpuppte sich als Monat der Überraschungen. So schanzte mir die Konrad-Adenauer-Stiftung ein Stipendium für meinen halbherzig formulierten Projektantrag zu: »Der besiegte Wille – Schopenhauers Lesart der Erlösungsmystik der Upanishaden« – kein griffiger Titel, aber ein Knallerthema.

Mein Mitbewohner Peer setzte allerdings noch einen drauf. Mit dem plötzlichen Tod seines Vaters hatte er eine nicht uninteressante Geldsumme geerbt und quittierte seine von Schichtdiensten zerfurchte Anstellung als Krankenpfleger, um sich an einer Kölner Fachhochschule für das Studium des Bibliothekswesens einzuschreiben. Obendrein plante er gleich für die ersten Semesterferien einen Trip und fragte mich, ob ich nicht Lust hätte, mit ihm in einem Campingbus durch Osteuropa, die Türkei und Griechenland zu vagabundieren. Er wolle sich durchaus spendabel zeigen und meine ins Auge gefasste Doktorarbeit könne ich dank moderner Informationstechnologie ja überall schreiben. Wir malten uns köstliche Szenarien aus: Türkische Dampfbäder, griechischer Wein, rumänische Gefängnisse.

Kurzum: Meine Zukunft schien unter einem guten oder zumindest soliden Stern zu stehen: gesichertes Einkommen, gesicherter Reisespaß. Und eine hübsche, freundliche Freundin, in die ich vielleicht verliebt war, vielleicht aber auch nicht, wusste ich auch an meiner Seite. Ausgeglichene Charaktere hätten sich in dieser Situation auf die Schulter geklopft und brav einen lebensbejahenden Schritt vor den anderen gesetzt. Ich hingegen wollte vor allem eines: den gordischen Gedankenknoten zerschlagen, der in meinem Hirn vor sich hin metastasierte. Hörbie empfahl mir pulverisiertes San-Pedro-Meskalin. Ich sollte das Zeug in einer magischen Nacht wie dem keltischen Totenfest am 31.10. zu mir nehmen, und zwar in seinem Beisein, damit er ein Auge auf mich haben konnte. Das klang in meinen Ohren durchaus vernünftig.

Unser letzter Auftritt mit Kobold führte Katja und mich noch einmal auf die Burg Satzvey, und zwar in jener magischen Nacht, in der ich mit Hörbie auf große Reise gehen wollte. Das erschien mir einerseits etwas viel auf einmal, andererseits hatte ich auf der Burg Satzvey gute Erfahrungen mit einem von Hörbie spendierten Trip gemacht. Und da mir der weißhaarige Trommel-Trottel versicherte, nach unserem Auftritt sei genug Zeit, die Nacht dafür goldrichtig und er ein erfahrener Tripsitter, schob ich meine Bedenken beiseite. Durch Zaudern und Genöle hat noch nie einer einen Blumentopf gewonnen. Hier war Heldenmut gefragt.

Das Grafenpaar der Burg Satzvey hatte ein großes Halloween-Spektakel ausgerufen, und wir sollten beim Mummenschanz der Monster, Geister und Grabgestalten zum Tanze aufspielen. Die Besucher des Burggeländes hatten sich entsprechend schick gemacht: asoziale Assassine, dickliche Dämonen, geile Geister, hessische Hexen, mosernde Mumien, robuste Roggenweiber, schüchterne Schelme, täppische Teufel, urgemütliche Untote, wollige Werwölfe und zänkische Zyklopen – so weit das Auge reichte. Mitten im Volksfestgedränge begegneten wir dem Rabenvater, der sich und sein Gefolge kunstvoll zombifiziert hatte. Zur Begrüßung streckte er beide Arme aus und schlurfte weißäugig auf uns zu. Dann gab er uns allen nacheinander die Hand von oben und mit Klatschgeräusch.

Als wir gegen 18 Uhr ein kleines Willkommenskonzert auf der Bühne des Haupthofes spielten, standen und liefen bereits

Tausende von Menschen auf dem Gelände herum. Wir musizierten in unseren üblichen Mittelalterklamotten, unsere Gruselkostüme hielten wir für unser Hauptkonzert in der Hinterhand. Dieses »gespenstische Nachtkonzert«, anberaumt von 20.30 Uhr bis zur anwohnerfreundlichen Sperrstunde um 22 Uhr, sollte das Glanzlicht der bisherigen Koboldhistorie werden. Dieter und Timo hatten Feuerwerkskörper organisiert und eine Choreographie ausgeheckt. Gundula hatte uns Moorleichen-Outfits entworfen. Kartoffelsäcke machen mächtig was her, wenn man sich dazu die Gesichter richtig anmalt. Das Schminken zog sich allerdings in die Länge, und Dieter fluchte im schlecht beleuchteten Backstage-Tunnel hinter der großen Bühne, Gundula solle gottverfickt noch mal schneller pinseln und nicht so bekifft grinsen, er müsse noch die Feuerwerkskörper checken, die Timo angeblich »völlig fachmännisch« verkabelt hatte. Immerhin sei der Westdeutsche Rundfunk mit Kamerateam angerückt. Wer heute patze, bekomme echt was in die Fresse.

Katja war übrigens eine ganz bezaubernde Moorleiche. Keine Ahnung, warum ich sie gerade in diesem Outfit so sexy fand, aber mich wunderte in dieser Hinsicht bei mir schon lange nichts mehr. Angetrieben von Dieters Verwünschungen wankten wir halbwegs pünktlich als reichlich gestresste Wiedergänger auf die Bühne. Ein fast noch voller, sehr großer und sehr gelber Mond leuchtete über dem Dach des Haupthauses, im Innenhof wogte eine Menge aus Maskierten. Wir standen vor dem größten Publikum, das wir je gehabt hatten. Dieter gab ein Zeichen. Hörbie hieb auf die Trommel. Timo drückte mit dem Fuß einen Schalter, und zwei Feuersäulen schossen links und rechts von uns in die Höhe. Aus der Menge schallte »ah« und »oh«, die Dudelsäcke setzten mit einer klagend-sehnsuchtsvollen Mike-Melodie ein, und ich griff mir meine C-Schalmei, um beim zweiten Durchgang dazu zu pusten. Doch! Durchaus! Das machte Spaß.

Erwartungsfroher Jubel brandete auf, in den Katja ihre mikrofonverstärkten Begrüßungsworte feuerte: »Volk zu Satzvey, in dieser Nacht, in der sich die Welt der Toten mit der Welt der Lebenden vermählt – seid ihr mit uns?«

Wohlwollendes Geschrei.

»Seid ihr mit uns, wenn Himmel und Hölle Hochzeit feiern, hier wo unsterbliche Träume zu vergänglicher Form gerinnen?«

Yeah!

»Wir alle hier« – Katja deutete über den Innenhof und danach über uns Kobolde – »werden sterben. Das ist ein alter Hut, ich weiß. Und vielleicht ist der Tod ja auch nur ein Übergang.«

In den folgenden Sätzen nahm Katja die Vorstellung auseinander, dass wir in der uns vertrauten Form weiterleben konnten. Ob als Engel im Paradies, Fee in der Anderswelt oder wiedergeborener Lausbub in Tibet – um an dieser neuen Seinsform nicht zu verzweifeln, müssten wir fast alles hinter uns lassen, was uns heute lieb und teuer sei. Kaum etwas von dem, worum unsere Gedanken kreisten, wäre in hundert Jahren noch da.

Katja forderte das Publikum auf, sich vorzustellen, dass die Leben, die wir heute führten, mit all ihren Freuden und Leiden, sehr bald vorbei seien, vielleicht schon morgen. Wenn ich die Gesichter der Leute richtig deutete, versuchten einige tatsächlich, sich ihre Vergänglichkeit vor Augen zu führen, auch wenn das in der Atmosphäre des Burghofs etwas von Schwimmen auf dem Trockenen hatte.

»Und jetzt!« Katja zeigte auf den Mond. »Seht in diesen Nachthimmel, der nie mehr so sein wird. Seht ihr, wie schön er ist?«

Ein Mann mit Hörnerhelm rief: »Mir kommen die Tränen!«. Einige lachten, aber Katja redete ungerührt weiter: »Ja, weint mit uns, freut euch mit uns und hört das Stück, dass unser Sackpfeifer Bärwolf von Hardtberg, auch bekannt als 50 Kupferlinge, für euch geschrieben hat: Samhain!« Und Trommel und Sack und Schalmei und zack!

Katjas nächste Ansprache griff auf Epikur zurück: »Der Tod

geht uns nichts an, denn solange wir existieren, ist der Tod nicht da, und wenn der Tod da ist, existieren wir nicht mehr.« In einer etwas verschlungenen Ausführung erzählte Katja, dass wir erst dann anfangen könnten, unser Leben bewusst zu leben, wenn wir sein Ende akzeptiert hätten. Dann wüssten wir das Wichtige vom Unnützen zu unterscheiden. Philosophieren lernen hieße sterben lernen, zitierte sie Michel de Montaigne und sagte dann: »Also, Volk zu Satzvey: Machen wir aus dem Kostbaren etwas Schönes.« Es faszinierte mich nach wie vor, wie Katja derlei mit Überzeugungskraft und weitgehend ironiefrei von sich geben konnte – sogar vor Tausenden, die Bier, Bratwürste und Bumsmusik wollten.

Wie abgesprochen reihten wir Hit an Hit, und es lief prächtig. Auch mir ging es zunehmend besser. Ich freute mich auf den Trip, und ich freute mich darüber, vertraute Gesichter im Publikum zu sehen: Rowena stand als mollige Vampirin am rechten Bühnenrand, Arm in Arm mit Salatan dem Unangemachten. Der Rabenvater hatte sich mit seinem Tross mitten in der Menschenmenge postiert und hielt nach jedem Stück ein großes Trinkhorn in die Höhe. Eine Geste, die vermutlich ausdrücken sollte: Ihr seid geil, ich bin geil. Vermutlich fand sich auch Merlin geil, wie er vom rechten Bühnentreppchen aus sowohl uns fotografierte als auch das Publikum, in dem Marion mit CD-Bauchladen herumging und ein paar Leute vom Fernsehen ein kleines Podest mit einer großen Kamera aufgebaut hatten. Nachdem wir ein neues Stück – eine peinliche Mischung aus Schlager und Folk namens »Hexenlied« – zum Vortrag gebracht hatten, stellte ich mich hinter das Mikrofon. Ich hatte Lust, vor so vielen Menschen Katjas Worten etwas entgegenzusetzen, nicht so sehr aus Überzeugung, mehr der Vollständigkeit halber.

In den ersten Reihen vor der Bühne tummelten sich vor allem Gruftis oder wie man diese Schwarz-Weiß-Ästheten heutzutage nennt. Sie tanzten in einem eigentümlich verklemmten

Stil, aber das immer ausgelassener. Zwischen den Stücken reichten sich die fidelen Trauerklöße zierliche Gläser, in denen sie Wasser und den Inhalt einer bauchigen Flasche vermischten. Bald schon hatte ich die Mixtur im Verdacht, an der exzentrischen Stimmung der Blassen nicht ganz unschuldig zu sein. Zumindest richtete ich meine Worte vor allem an die fröhlichen Finsterlinge: »Sancta Benedicta ist und bleibt eine Heilige. Sie sieht die Kostbarkeit des Seins, gerade weil es so zerbrechlich und so keineswegs selbstverständlich ist. Und sie ruft uns auf, etwas Schönes daraus zu machen, hier auf Erden und gleich jetzt. Sie ist erfüllt von einem großen Glauben, den ich nicht habe. Denn ich habe in einer mondlosen Herbstnacht ins Zentrum des Universums gesehen. Ja, liebe Menschen: Dort, im Herzen aller Existenz saß er, der blinde, idiotische Gott, der dieses sinnlose und an Schmerzen reiche Universum geschaffen hat. Ich sage euch: Hier in der Materie und in unseren welkenden Körpern wird nie das Heil sein. Das Heil liegt im ganz anderen. Ich meine damit das nicht Denkbare, das bleibt, wenn sich das Gespinst unserer irdischen Verstrickung auflöst. Das wunderbare, herrliche, schmerzlose, unschuldige, paradiesische Nichts. Bis dahin ist alles Narretei und Possenspiel.« Theatralisch verbeugte ich mich vor den Gruftis, und sie dankten es mir mit anerkennendem Nicken und Jubel.

Dieter stellte sich vor sein Mikrofon und schnurrte charismatisch: »Hört ihr die Kinder der Nacht? Welch' wundervolle Musik sie spielen?« Ein paar der Gruftis heulten zum Mond, und Mike läutete mit wehmütig dröhnendem Dudelsack den Abschluss unseres regulären Sets ein: das Platerspiel. Das Trommelsolo von Hörbie und Timo hatten wir diesmal in das Stück eingebaut, und als dazu Pyros hochgehen sollten, warf die eine Kartusche gar keine Flammen und die andere waagerecht statt senkrecht, sodass sich der trommelnde Hörbie die Hosen versenkte und ins Schlagwerk krachte und sich den Arm aufriss. Es half nichts: Wir mussten weiterdudeln wie die Teufel. Das verstand sogar Hörbie.

Gundula grinste alles in Grund und Boden. Dieter versuchte sich erfolgreich an seinem Kosakentanz. Ich stellte mich Mike gegenüber, sodass wir trötend aufeinander zugehen konnten. Jetzt erreichten die Gruftis endgültig Betriebstemperatur: Der eine schlug mit dem Kopf headbangend gegen die Bühnenbretter. Ein anderer hielt sich mit beiden Händen an den Schnäbeln von Dieters Schuhen fest und brüllte: »Meister! Meister!« Der Rest ließ die mit Opium-Shampoo gewaschenen Matten kreisen oder stolzierte nach Gruftiart vor und zurück.

Nach dem Stück gab es dieses frenetische, rhythmische Klatschen, das anzeigt, dass sich Individuen zu einer einzigen willigen Masse verschmolzen haben. Dieter tappte in die Mitte der Bühne: ein kleiner Busfahrer, der zufällig durch die Zeiten reiste und schon mit Tod und Teufel um die Wette gesoffen hatte.

»Volk zu Satzvey«, sagte er in Katjas Mikro, und seine Stimme zitterte ein wenig. »Ihr seid super. Ich möchte euch die Band vorstellen.«

Als Dieter zu Gundula kam, sagte er überraschend: »Und das hier ist die Frau, die ich seit zweiundzwanzig Jahren liebe. Die großherzige, geduldige, ausdauernde, tapfere und wunderschöne Gundula, die sich auch nennet Dulzinea.«

Timo warf mir hinter dem Schlagwerk stehend einen Blick mit weit aufgerissenen Augen zu. Ich guckte ähnlich. Auch für Mike hatte Dieter heute nur gute Worte übrig: »Und der hier, der ist mein Sohn. Er ist der sturköpfigste, musikalischste, energiegeladenste Mistkerl, den ich kenne – und ich kenne einige Mistkerle. Ich bin so verdammt stolz auf ihn, dass sich mein versoffenes Leben längst doppelt und dreifach gelohnt hat. Er heißt Mike, nennt sich aber Bärwolf von Hardtberg.«

Ein atemberaubender Applaus hallte durch die Nacht. Ich konnte mir nicht helfen: Wasser füllte meine Augen, und ich musste mich zusammenreißen, um nicht gänzlich in Tränen auszubrechen.

Als Letztes kam Dieter in seiner Vorstellungsrunde zu Katja und mir. Zunächst sagte er, dass Sancta Benedicta und Theoprastus Bombastus von Witterschlick hier und heute ihr letztes Konzert mit Kobold spielten. Massive Buhrufe wurden laut. Das hatte ich auch noch nicht erlebt: Buhrufe als Kompliment. Schließlich zeigte Dieter auf Katja und sagte: »Über sie muss ich nicht viele Worte machen, denn sie macht selbst schon genug. Die beste Rednerin auf Gottes Erdenscheibe und die durchgeknallteste Frau, die mir je untergekommen ist: die Gegenhure und Wanderpäpstin Sancta Benedicta.«

Katja trat einen Schritt vor und verbeugte sich. Ein wahrhaft infernales Geschrei hob an. Kurz glaubte ich, Tausende von Testosteronpartikeln durch die Nachtluft schwirren zu sehen. Ich muss allerdings zugeben: Die Mädchen und Frauen schrien nicht minder. Ich huschte unterdessen hinter die Bühne, um mir schnell den Sack aus- und das Bauchtanzkostüm anzuziehen. Die erste Zugabe würde meine große Stunde werden.

»Wo ist denn Bombastus?«, hörte ich Dieter nach bester Kasperletheater-Manier fragen. Dann veranstaltete er ein albernes Rufspiel mit der Meute, die mittlerweile für jeden Quatsch zu haben war: Bombastus, der totale Krieg, Freibier – scheißegal, Hauptsache, alle brüllen zusammen. Mike spielte auf seiner Schalmei die Melodie von »Tanz der sieben Fettschürzen« an und ich rauschte auf die Bühne. Gelächter und Jubel, etwas Nebel aus unserer Nebelmaschine, eine kleine Feuersäule – ach, dass ich das erleben durfte. Die Trauer darüber, dass ich sicher nicht mehr vor einem so großen Publikum und vielleicht überhaupt nie mehr öffentlich bauchtanzen würde, verwandelte ich in besonders leidenschaftliche Bewegungen.

Ich will nicht eingebildet klingen, aber als ich schließlich hinter einem Schleier aus Kunsthaaren auf der Bühne zusammensackte, ertönte ein Jubelgeschrei, das die Gunstbeweise gegenüber Katja noch übertraf. Ein Hüftschwung sagt eben mehr als tausend Worte.

In ihrer letzten Ansprache vor unserer finalen Zugabe sagte Katja: »Ohne die Geschichten, die wir uns erzählen, sind wir keine Menschen. Und Geschichten brauchen einen Anfang und ein Ende. Wenn etwas von uns ewig lebt, dann ist es wahrscheinlich nicht unsere Menschlichkeit. Ich wünsche euch, dass sich die kleinen, kostbaren Geschichten eurer Leben mit den Geschichten anderer verbinden und diese wieder mit anderen und vielleicht auch mit denen der Tiere und Pflanzen und der Erde, des Wassers und der Luft, sodass ihr verbunden seid mit einer gewaltigen, atemberaubenden Geschichte, die jeden Einzelnen von uns enthält und überdauert.« Katja hielt kurz inne. Offenbar dachte sie nach. Schließlich fand sie ihren Schluss: »Na, was soll ich noch sagen? Wie wär's mit einem keltischen Trinkspruch: ›Möget ihr leben, solange ihr wollt, und es wollen, solange ihr lebt!‹«

Und schon griff Gundula in die Saiten, um als zweite und letzte Zugabe einen Hit zu intonieren, den wir neu im Programm hatten. Das Lied stammte aus der Zeit nach dem ersten Weltkrieg, auch wenn es sich als Bauernkriegs-Hymne ausgab. Unangenehmerweise hatte es auch zum Repertoire der SS gehört. Deshalb hatte Katja eigentlich vorher etwas darüber sagen wollen, wie wir Kobolde das Lied verstanden, aber sie hatte es vergessen. So sangen wir erstaunlich leidenschaftlich und klagend in die wogende Menge:

Wir sind des Geyers schwarzer Haufen, heja hoho,
und wollen mit Tyrannen raufen, heja hoho.
Refrain: *Spieß voran, drauf und dran,*
setzt aufs Klosterdach den roten Hahn!
Wir wollen's dem Herrn im Himmel klagen, kyrieleys,

dass wir den Pfaffen nicht dürfen totschlagen, kyrieleys.
Uns führt der Florian Geyer an, trotz Acht und Bann,
den Bundschuh führt er in der Fahn', hat Helm und Harnisch an.
Als Adam grub und Eva spann, kyrieleys,
wo war denn da der Edelmann? kyrieleys.
Des Edelmannes Kindelein, heja hoho,
das schicken wir in die Höll' hinein, heja hoho.
Des Edelmannes Töchterlein, heja hoho,
soll heute uns're Buhle sein, heja hoho.
Nun gilt es Schloss, Abtei und Stift, heja hoho,
uns gilt nichts als die Heil'ge Schrift, heja hoho.
Das Reich und der Kaiser hören uns nicht, heja hoho,
wir halten selber das Gericht, heja hoho.
Ein gleich' Gesetz das wollen wir han', heja hoho,
vom Fürsten bis zum Bauersmann, heja hoho.
Wir woll'n nicht länger sein ein Knecht, heja hoho,
Leibeigen, frönig, ohne Recht, heja hoho.
Bei Weinsberg setzt es Brand und Stank, heja hoho,
gar mancher über die Klinge sprang, heja hoho.
Sie schlugen uns mit Prügeln platt, heja hoho,
und machten uns mit Hunger satt, heja hoho.

Das »heja hoho« wurde immer lautstärker mitgesungen, genauso der Refrain. Bei der letzten Strophe hakte sich Katja plötzlich bei mir unter und zog mich in die Bühnenmitte zum Mikro. Dort standen wir wie Hänsel und Gretel vorm Hexenhaus und sangen aus vollem Halse, unterstützt von etlichen Mitsingern:

Geschlagen ziehen wir nach Haus, heja hoho,
uns're Enkel fechten's besser aus, heja hoho.

Keine Ahnung, warum mir jetzt schon wieder eine Träne über die Wange lief. Enkel – so ein Blödsinn! Dafür bräuchte man erst einmal Kinder. Es wurde höchste Zeit, dass ich diesem Mittelalterkitsch den Rücken kehrte. Ich konnte förmlich spüren, wie mein Hirn im Schädel aufweichte. Noch ein paar Monate mehr, und ich hätte nur noch einen gärenden Brei im Oberstübchen spazieren getragen.

Nach dem Auftritt wartete ich auf eine günstige Gelegenheit, um mich mit Hörbie abzusetzen, aber die Gruftis nahmen uns in Beschlag. Dieter fand das toll, zumal sie Freigetränke anboten. Auf einer der Flaschen stand »Roquette 1797«. Über dem Schriftzug prosteten zwei Engel dem Betrachter zu. Man riet uns, die Flüssigkeit zu verdünnen. Katja erklärte mir, dass heutzutage bei Absinth der Thujongehalt kontrolliert niedrig sei, da schneide sich keiner mehr ein Ohr ab. Das mochte ja stimmen, aber wenn ich mir die Gruftis so ansah, überkam mich der Eindruck, dass Katja diesmal den Wikipedia-Eintrag doch etwas genauer hätte lesen sollen. Außerdem hatte ich mich heute Nacht dem Schamanen versprochen, daher nahm ich nur einen Becher Verdünntes und hielt mich auch beim Bier zurück.

Schließlich war Dieters Aufmerksamkeit abgelenkt und ich verschwand mit Hörbie in den Backstage-Tunnel hinter der Hauptbühne. Dort konnten wir zum einen wieder in unsere Mittelalterklamotten schlüpfen, die sich wärmer und bequemer trugen als die Leichensäcke. Zum anderen konnte Hörbie einen großen Rucksack aus einer Nische ziehen und sich für seine gute Planung und sein Netzwerk rühmen, das bis zum kiffenden Wirt der Burgschenke reichte, der die Tripausrüstung für uns postiert hatte.

»Bist du bereit für den guten Onkel Meskalito?« Hörbie reichte mir eine Halbliterflasche Cola und sah mich aus Vogelaugen an. »Hab's schon reingerührt. Aber schön langsam trinken.«

Während ich den ersten Schluck nahm, begutachtete mich der weißhaarige Wirrkopf mit Wohlgefallen. Als sich der Geschmack der Plörre in meinem Mund ausbreitete, schien sich mein Gesicht um die Mundpartie zusammenzuknautschen.»Total fies, was?« Hörbies Stimme überschlug sich.Eine unvertraute Bitterkeit ätzte sich in meine Schleimhäute. Alles in mir zog sich zusammen. Mir wurde flau, und ich musste mich an der Wand abstützen.

»Das ist ganz normal«, sagte Hörbie. »Trink in kleinen Schlucken weiter.«

Der fürsorgliche Familienvater hatte tatsächlich alles gut vorbereitet: Auf einer Wiese am Rande des Festgeländes stand eine offene Schutzhütte mit Holzbänken und Feuerstelle. Dorthin zogen wir uns zurück. Mittlerweile war mir derart schlecht, dass ich bald aufstehen und ein paar Schritte in die Wiese wanken musste. Ich konzentrierte mich noch stärker auf meine Übelkeit, und schon stieg Nährbrei aus meiner Körpermitte wie Lava aus einem Vulkan. Ich erbrach mich in sattem Schwall. Augenblicklich fühlte ich mich erfrischt und gereinigt. Leicht und frei schwebte ich zurück zu Hörbie. Er freute sich für mich. Ich freute mich für ihn, dass er sich für mich freuen konnte. Vielleicht freute ihn auch das, was wiederum mich freute. Und für mich selbst freute ich mich sowieso. Obwohl es das Wort »Freude« nicht ganz trifft – eher »Friede« oder »Einverständnis«.

Hinter der Hütte lagerte Feuerholz. Hörbie holte einige Scheite und hieß mich Reisig sammeln. Bald loderte ein Feuerchen, in das ich fasziniert hineinsah. Erstaunlich, wie wenig wir über das Feuer wissen. Es leuchtet wie die Sonne, und doch kann man mitten hineinsehen, ohne zu erblinden. Unten frisst es die Scheite, oben strebt es in die Luft und löst sich ins Unsichtbare auf. Stoff, der in Geist übergeht. Ein zwischen den Welten tanzendes Elementar. Die Ewigkeit ist verliebt in die Hervorbringungen der Zeit. Die Zeit aber, die du für deine Rose verloren hast, sie macht deine Rose so wichtig. Man sieht nur mit dem

Herzen gut, das Wesentliche… Hui, wie kometenhaft flog dieser Funken seine Ellipse, dieser kleine Funk. Das Leuchten seines Schweifs vibrierte eine Weile in der schwarzen Luft.

Vom Betrachten des Feuers war mein Mund ganz trocken geworden.

»Trocken«, sagte ich zu Hörbie und zeigte auf meinen Mund. Er nickte und reichte mir aus dem Rucksack eine Thermoskanne.

»Warmer Tee«, informierte ich Hörbie, nachdem ich den ersten Schluck getrunken hatte.

In der Glut zeigten sich Muster – fein ziseliertes Drachengold aus einer vergangenen und zugleich künftigen Kultur.

»Das ist so unglaublich intensiv«, sagte ich zu Hörbie. Und das sagte ich nicht einfach so dahin. Die Maserung der Glut hob sich derart plastisch vom Hintergrund ab, dass ich aus dem Staunen nicht mehr herauskam. Diese Schönheit war keine oberflächliche. Diese Strukturen hatten Sinn. Sie mussten nichts erklären. Sie konnten für sich stehen. Sie waren Kunst, befreit von der Magie der Lüge.

Aus der Ferne hallte ein Schuss. Echoartig. Wabernd. Ich fuhr hoch und sah zu Hörbie. Er saß da als eingemummelte Perücken-Made. Larvenhaft verpuppt und dicklich-weiß. Ein Bier in der einen, ein Feuerzeug in der anderen Hand. Wie aus Blei gegossen. Erstarrt. Dann trank er, und ich atmete auf.

Ich schloss für einen Moment die Augen, um besser hören zu können, wie das Feuer zischte und keuchte und wie glutfüßige Salamander durch seine Schluchten huschten. Leuchtende Figuren erschienen auf den schwarzen Leinwänden meiner Lider und stiegen wie glühende Luftballons nach oben. Gestochen scharf. Wie aus einem hyperrealistischen Metall gestanzt und mit einer Farbe aus dem Weltall besprüht. Budenzauber in der Zauberbude, die mittlerweile atmete.

»Ja, mein lieber Bombastus.« Die Worte schienen wie aus

einem anderen Zeitalter zu mir herüberzuwehen. »Jetzt geht es langsam los, nicht wahr?«

Da mochte die Made durchaus recht haben. Doch was sollten mir leuchtende Figuren und atmende Hütten dabei helfen, Klarheit zu finden? Ich durchschaute das Gaukelspiel der Droge und hätte jederzeit sagen können, was die objektive oder zumindest intersubjektive Realität war und was mein persönlicher Trip. Die Hütte zum Beispiel existierte, ihr Atmen hingegen entsprang meiner biochemischen Verwirrung. Oder war ich nur sensitiver geworden? Natürlich atmete Holz, ich bekam es nur sonst nicht mit. Als ob Hörbie meine Gedanken lesen konnte, sagte er: »Alles, was gedacht werden kann, ist ein Teil der Wirklichkeit.« Dann lachte er irre.

»Alles, was überhaupt gedacht werden kann, kann klar gedacht werden«, erwiderte ich, fühlte mich aber alles andere als klar, oder aus einem anderen Blickwinkel und genauer betrachtet: Ich fühlte mich überklar.

Ich stand auf, weil mir die Bank zu energisch in den Rücken blies. Unter meinen Schuhsohlen ringelten sich die Würmer, in meinen Ohren kicherte Pilzgesindel. Wie schwarz und ausgefranst die Wolken vor dem gelben Mond zogen – Scherenschnitte wilder Engel! Gleich würde die Kulisse einreißen und sich zeigen, was von Anbeginn der Zeit die Fäden zog.

Die Burg stand wie ein Schrei in der Fläche: vor Jahrtausenden auf einem fernen Planeten ausgestoßen und hier nun verdichtet, als Tor, als Raumschiff, als Strahl zurück.

Ein Wind ging, und mit den Wolken zogen Gefühle durch mich hindurch, so wie als Jugendlicher, wenn ich über die Felder Witterschlicks gegangen war und geglaubt hatte, bereits die Sehnsucht sei Verheißung auf künftige Erfüllung und zeige sich mir in Bäumen, Gräsern, Wolken, einer bestimmten Anordnung von Gebüschen in der Landschaft.

Das Blubbern drang anfangs sachte, dann fordernder an mein

Ohr. Ich folgte mit dem Blick seiner leuchtenden Bahn und fand es rotierend in dem, was ich erbrochen hatte. Mit dem Blubbern wuchs die Kotzmasse, gärte, quoll, verformte sich. So wie Eiweiß aus Nasenporen schießt, wenn man nur ordentlich drückt, ging die Form in die Höhe und nahm eine menschenähnliche Gestalt an. Ein breiiger Kopf, ein schwappender Hals, Brust, Bauch, dünne, lange, faserige Arme, ein Schritt, in dem ein Loch klaffte, aus dem Brackwasser floss, unebene Beine aus pulsierender Kotze und auf dem Boden zerlaufende Füße. Schuf ich dieses Wesen? Hatte dieses Wesen mich geschaffen? Vielleicht sogar, damit ich es schuf?

Das Wesen glitt über den Boden auf mich zu. Seine Arme schlingerten tastend durch die Luft. Ich spürte die bodenlose Bedürftigkeit der Erscheinung, ihre eiternde Sehnsucht. Sie will mich. Sie tastet nach mir. Sie ist schon so nah, dass ich kleine Lebewesen sehen kann, die auf ihrer blasigen Haut wohnen. Mein Herz bleibt stehen. Die Sonne geht auf. Ein weiterer Morgen flutet die nördliche Erdhalbkugel mit Licht. Das könnte meine letzte Hoffnung sein. Die Sonne geht wieder unter. Die Schatten ziehen blitzschnell heran und saugen die Farben fort. Ich habe solche Angst. Ich fürchte, dass ich wahnsinnig werde, und ich bin mir sicher, dass ich wahnsinnig werde, wenn das Wesen seine Tentakelarme in mich schiebt und sich mit mir vereint. Der Sieg über seine Einsamkeit ist mein Untergang, es will mich in sich auflösen, dass spüre ich so sehr, dass es mir den Hals und die Brust mit Beton füllt.

Ich laufe los. Der Boden ist nicht eben. Meine Beine verschieben sich. Mal ist das linke länger, dann das rechte. Ich spüre das klagende Verlangen des Wesens hinter mir.

»Wo bist du?«, weint es. »Wo bist du, Liebe meines Lebens?«

Ich laufe wie ein Betrunkener. Wie eine riesige, behinderte Kuh. Ich komme nicht von der Stelle. Ein Tentakel berührt meinen Hals. Mein Schrei geht nach innen und birst zwischen Magen und Lunge. Der Schmerz rieselt in Kaskaden. Kurz ist mir dunkelrot im Kopf. Alles ist weg. Aus dem Nichts kann ich etwas Neues schaffen. Weg von dem Feld und aus der Nacht.

Die Yacht hat Seegang, aber das Wetter ist gut. Vielleicht bin ich auch nur betrunken von den Cocktails. Segelschuhe, weiße Hose, ein weißes Polo-Hemd. Alles sehr teuer. Aber die anderen Herren sehen auch so aus. Nur die Damen tragen Bikini. Manche nur die Höschen. Das Buffet mit den Hummern und Früchten kann sich sehen lassen. Mein Pulsschlag setzt wieder ein. Der implodierende Schrei verebbt. Ich halte mich an dem glatten, kalten Stahl der Reling fest und sehe zu einem Mädchen mit langen dunkelbraunen Haaren und schmalen Schultern. Ihre Brüste sind schwer und sehen mich nachdenklich, fast traurig an. *Warum müssen wir hier sein und warum so?*, scheinen sie sich und mich zu fragen.

»Ich weiß es doch auch nicht!«, sage ich. Ein glatthäutiger junger Mann mit Fuchsaugen zwinkert mir zu. Die Yacht gehört ihm. Womöglich auch das Meer. Ganz sicher gehören ihm die Frauen. Er wird mir die Dunkelhaarige schenken, wenn ich ihn darum bitte. Ich bin weniger reich als er, deshalb muss ich bitten. Es ist alles ganz einfach. Unter Deck sind schummrig beleuchtete Kabinen mit Wasserbetten. Im Meer schwimmen Schweine. Sie strecken den langen Kopf mit den großen Ohren nach oben. Schwänzchen in die Tiefe, Rüssel in die Höh'. Je länger ich gucke, desto mehr Schweine schwimmen in der See. Sie sind rings um das Boot, und sie bilden ein Muster, das immer deutlicher wird, je länger ich auf eine bestimmte Weise hinsehe. Ich darf kein einzelnes Schwein fixieren, ich muss ins Nichts sehen, in die Linie zwischen Meer und Horizont, die selbst gar nicht existiert.

Ich frage mich, ob ich mich auf der Yacht dauerhaft einrichten kann. Der Besitzer scheint mein Freund zu sein, aber er ist auch mein Boss. Die Frauen sind nett anzusehen, aber ich kann mich für keine entscheiden. Ich will alle. Ich will keine. Ich will, dass die Schamanengesänge unter Deck aufhören, dieses monotone, rhythmische Brummen, das unter meinen Schuhen prickelt. Andererseits verändert sich mit dem Brummtakt mein Körper. Ich werde dünner und dünner. Die Muskeln unter meiner Haut werden sichtbar. Ich bin braun gebrannt und durchtrainiert. Ich lupfe mein Polohemd mit dem Arm, an dem der »Overseas Chronograph« von Vacheron Constantin prangt. Meine Bauchmuskeln bilden zwei Reihen aus drei Hügeln. Darunter scheint eine Sonne. Ich schaue wieder nach oben. Wie trostlos blau die andere Sonne im gelben Himmel steht.

Wir gleiten an einem Strudel aus Abfall vorbei. Er sieht mich an wie ein böses Auge. Ich bekomme Angst. Ich habe Angst vor der Angst, denn sie verändert alles. Wenn ich Angst habe, kann mich das Wesen wittern. Ich darf nicht an meine Angst und ich darf nicht an das Wesen denken. Ich muss so tun, als gäbe es weder das eine noch das andere, dabei weiß ich, dass es das eine gibt, weil es das andere gibt, und mit diesem Gedanken ist es zu spät: Aus dem Müllstrudel wächst der Tintenfischkopf meines Verfolgers. Die Arme zischen zur Reling und ziehen den massigen, gequirlten Kotzkörper durch das Wasser.

Ich sinke auf die Knie. Ich habe keinen Mut mehr. Ich werde nur als Hülle weiterleben, in der eine zerstörte Persönlichkeit herumirrt wie ein in unzusammenhängenden Erinnerungen verlorener Greis. Bitte nicht. Bitte, bitte nicht. Ich habe solche Angst. Wer kann mir helfen? Wo ist mein reicher Freund? Wo sind die Frauen? Wieso liegen sie als Kadaver über das Deck verstreut? Habe ich die Schießerei nicht mitbekommen? Granitfarbene Sturmwolken. Ein klatschendes Geräusch, als sich das Wesen auf Deck hievt. Ich habe die Stärke nicht, denke ich. Ich denke immer wieder: Ich habe nicht die Stärke. Ich habe nicht die Stärke, die ich bräuchte. Ich sehe die riesige Scheide des Wesens: ein alter, von Kräuselfalten umfurchter Mund, in dem schwarze Zähne stehen und faulen Geruch verströmen. Die schwarzen Borsten rundherum bewegen sich wie nestelnde Fühler. Ich werde mit dem alten, kranken, hässlichen Wesen zusammenleben und mit ihm verwelken müssen. Ich werde sterben und vorher von allem abgeschnitten sein, was ich mir wünsche. Vielleicht werde ich noch nicht einmal wahnsinnig und das ist noch schlimmer: Ich werde bei klarem Verstand in diesem verwesenden Brei gefangen sein und nichts als Ekel, Angst und Scham und Bitterkeit empfinden.

Bitte nicht. Ich habe nicht die Stärke. Ich habe nicht die Stärke, die ich bräuchte.

»Liebe meines Lebens.« Die Stimme des Wesens ist in meinem Kopf. Ich breche vor Angst fast entzwei. Aber das Wesen hält inne und mustert mich aus lächerlichen Puppenaugen. Ich spüre, dass es mich nicht mit Gewalt nehmen will. Es will mein Einverständnis.

Ich sitze mit meinem Vater im Biergarten. Auf einer Leinwand laufen Männer in kurzen Hosen über eine grüne Fläche. Gerade ist eine Wespe in mein fast volles Weizenglas geflogen. Ich nehme das Glas und gieße den Inhalt über den Kopf meines Vaters. Er bleibt sitzen. Als das Glas leer ist, schüttele ich es, damit auch die letzten Tropfen auf meinen Vater fallen. Er senkt den Blick zu Boden und sagt: »Danke, das habe ich gebraucht.«

Ich antworte: »Nichts zu danken. Ich habe das auch gebraucht.«

Ich liege im Bällebad eines großen Möbelhauses und strampele mit den Beinen. Ich kann nicht wegschwimmen. Ich weiß, was unter den bunten Bällen lauert. Ich höre es blubbern. Die anderen Kinder bemerken gar nichts. Sie werden gleich sterben. Ich konzentriere mich. Nichts wie weg hier. Immer weiter.

Meine Mutter weint, als ich ihr den Rotwein aus der Karaffe über das Buch und den Kopf gieße. Sie sagt: »Ich kann dich verstehen. Heute kann ich dich verstehen.«

Ich sage: »Ich dich auch.«

»Du bist die Liebe meines Lebens«, hallt es in meinem Kopf. »Warum läufst du vor mir weg?«

»Weil du nicht bist, was ich will«, schreie ich. »Ich will dich nicht.«

»Aber es gibt niemanden, der dich so sehr will wie ich«, sagt das Wesen. »Ich will zurück zu dir.«

Es ist grauenhaft. Neben der Angst und dem Ekel empfinde ich jetzt auch noch Schuldgefühle. Mir ist bewusst, dass ich diese Gestalt aus Erbrochenem aus mir ausgespuckt habe. Mir ist bewusst, wie einsam sie ist und dass sie nie jemanden finden wird, der sie liebt, denn sie ist all das, was man nicht lieben kann.

»Geh weg«, sage ich. Meine Stimme klingt wie die eines zerrissenen, völlig verzweifelten Menschen, der besser nie geboren wäre.

»Das kann ich nicht. Ich muss dir folgen«, sagt das Wesen. Für einen Augenblick ist seine Einsamkeit meine eigene: eine kosmische, unheilbare Einsamkeit, ein Ausgestoßensein vom Anfang der Zeit bis zu ihrem Ende. Was für eine unglaubliche Tragödie. Es zerreißt mir das Herz. Ich halte es nicht länger aus und wünsche mich weg. Irgendwohin, wo das Wesen nicht ist.

Ich beobachte den Nachtfalter. Er fällt tot vom Lampenschirm.

Alles wogt in dem Festsaal durcheinander, eine Vielzahl unausgegorener Träume, die mit jeder Bewegung schlierige Farbbögen in die Luft zeichnen. Graf Beißel von Gymnich stolziert als Prinz Prospero rot durch die Räume, so als hätte hier irgendjemand ein exotisches Fieber. Die Farbbögen verbinden sich, die Farben laufen ineinander. Es ist sowieso wahr: Niemand ist getrennt. Sich wandelnde Stoffe, die ineinander übergehen. So wirbeln die Masken, irgendwo schlägt eine Uhr und gebiert statt eines Stundenkuckucks einen blinden Höckerschwan. Ich laufe auf schwankendem Boden. Der Raum ist plötzlich zu groß, als dass ich in diesem Leben noch von einer Seite an die andere gelange, auch wenn dort ganz hinten beim Ausgang Katja steht und winkt. Sie ruft etwas, aber ich kann es nicht hören. Das ist so schade.

Ich setze mich hin und würde gerne weinen. Aber das hier ist zu traurig, um zu weinen. Ich kann die Tatsachen nicht leugnen: Ich bin zu klein, der Raum ist zu groß. Ich bin zu weit weg von zu Hause, um jemals dort anzukommen. Ich bin ganz alleine, und es gibt nichts, was ich tun kann. Das ist alles, was es zu wissen gibt.

»Das geht nicht dir alleine so«, sagt das Wesen und platscht keine zwei Meter von mir entfernt auf den braunen Steinboden. Dabei sieht es so lächerlich aus, dass es mir ins Herz sticht. Wie kann irgendetwas derart erbärmlich sein?

»Ja, ich bin erbärmlich«, sagt das Wesen. Es kann meine Gedanken lesen. Es weiß, wie sehr ich mich vor ihm fürchte und ekle, und es lässt trotzdem nicht locker. Wie verzweifelt muss dieses grauenhafte Gebilde sein? Ich sehe zu ihm herüber. Es hat die unförmigen Beine in einem grotesken Schneidersitz verschlungen. Seine braunen Puppenaugen sind im Gesichtsbrei zu einem Schielen verrutscht. Die Tentakelarme hängen schlaff herab. Ein Teil von ihnen liegt auf dem Boden.

Ich sehe zu Katja herüber. Sie ist so klein, dass ich sie kaum noch erkenne.

Vielleicht ist ein Monat vergangen. Ich bin älter geworden. Das Wesen ist eingeschlafen. Wie ein aufgequollener Teig hebt und senkt sich das, was am ehesten dem Brustkorb entspricht. Ich hoffe, dass es wenigstens schöne Träume hat, um sich von seiner verzweifelten Suche zu erholen. Ich hoffe auch, dass das hier nur ein Traum ist, aus dem ich bald aufwachen darf. Leider sagt mir ein tiefes Gefühl, dass dem nicht so ist.

Ich rücke näher an das Wesen und betrachte sein Gesicht. Irgendwie ist es süß, wie es friedlich schläft und sich in seufzenden Schüben hebt und senkt. Ich tupfe mit meinem Gewandzipfel etwas Sabber aus seinem Mundwinkel. Ganz vorsichtig berühre ich das breiige Kotzgesicht. Es ist angenehm kühl und weich.

Die Sonne geht auf, die Sonne geht unter. Der Raum wird noch größer. Die Tänzer sind sehr weit weg. Ich betrachte das Gesicht des Wesens. Ich streichle vorsichtig seinen Kopf. Mein Herz tut so weh, dass ich glaube, es verblutet in meinem Körper. Es gibt etwas, das noch viel schmerzhafter ist als Angst und Abscheu – die Sehnsucht, die sich dahinter verbirgt, die ins Nichts ausgestreckten Arme.

Ich werde sterbensmüde. Ich kann nicht mehr denken. Ich kann nicht mehr wachbleiben. Aber ich will nicht einsam einschlafen, weil ich vielleicht nie wieder aufwachen werde. Und ich will nicht, dass das Wesen einsam schlafen muss. Ich schmiege mich behutsam an die unförmige Schlafende und lege meinen rechten Arm auf ihren glitschigen Bauch. Das ist sehr ungewohnt, aber nicht unangenehm. Bald atmen wir im gleichen Rhythmus. Unsere Bäuche heben und senken sich und ich werde friedlich. Ich fühle mich tatsächlich geborgen. Alles ist so, wie es sein muss. Es kann nicht anders sein. Ich schließe die Augen und schwebe über Felder aus wogendem Gras. Dort unten, klein und ausgelassen, laufen Katja und ich Hand in Hand.

18. KAPITEL

»Herr Wesendonck?« Pause. »Herr Wesendonck? Können Sie mich hören? Wissen Sie, wo Sie sind?«

Ich sah einen jungen, bärtigen Herren vor mir stehen, der einen mattgrünen Kittel über unglamouröser Alltagskleidung trug. Vielleicht ein Hipster. An der Wand hing eine Uhr, die 8.07 Uhr zeigte, oder, wenn ich die Dunkelheit draußen richtig deutete, wohl eher 20.07 Uhr.

»Natürlich«, sagte ich und sah kurz an die Decke, von der eine Leuchtröhre steriles Licht in den Raum gesendet hätte, wenn sie angeschaltet gewesen wäre. Stattdessen brannte nur eine funktional gestaltete Nachttischlampe. Ich schaute an mir herab und unter die Decke und fand mein schönes Mittelaltergewand aufgeschnitten und rechter Hand meine Schnabelschuhe lieblos so unter die Matratze gestopft, dass die Spitzen wie zwei verdutzte Tiere herauslugten.

»Ich befinde mich in einem Bett«, sagte ich. »Es steht mit großer Wahrscheinlichkeit in einem Krankenhaus, eventuell auch in einer Psychiatrie. Es tut mir leid, wenn ich Ihnen Kummer bereitet habe, aber wie Sie sehen, bin ich frisch und munter.«

»Wirklich?«

»Abgesehen von leichten Kopfschmerzen, bin ich fit wie der redensartliche Turnschuh und würde nun gerne gehen.«

Der Mann verzog seinen Mund zu einem Schmunzeln. »Sie wissen, warum Sie hier sind?«

»Ja, durchaus. Ich denke, es hat etwas mit jener Substanz zu tun, die ich mich nicht entblöden konnte, im Zusammenspiel mit einigen Nippern Absinth zu goutieren. Herrje, ich rede ja ausgesprochen gestelzt daher, ist Ihnen das unangenehm? Rede ich zu viel? Halte ich Sie von der Arbeit ab?«

»Herr Wesendonck, Ihr Befund lautet Mischintoxikation, das haben Sie selbst schon ganz richtig erfasst. Sie haben allerdings Glück und befinden sich nicht in der Psychiatrie.«

»Dem Herren sei's getrommelt und gepfiffen. Ich danke Ihnen von Herzen, dass Sie mich nicht lange im Trüben fischen ließen, sondern gleich frisch von der Leber weg …«

»Sie sind doch ein pfiffiges Kerlchen«, unterbrach mich der Mann. »Da muss ich Ihnen ja nicht erzählen, wie gefährlich das Hantieren mit illegalen Drogen sein kann und dass es einen guten Grund für das Verbot gibt.«

»Ganz recht! Herrje, was sind denn das für Schläuche? Kann man die nicht mal abmachen?«

»Sie bekommen weiterhin eine Infusion. Und durch diese Kabel hier messen wir die elektrischen Aktivitäten Ihrer Herzmuskelfasern.«

»Messen Sie nur, junger Mann, messen Sie, aber mir geht es super. Ich bin ganz gereinigt und fürchterlich frisch. Ich hätte gute Lust, ein paar Biere mit der wunderschönen Katja Stappen zu trinken.«

»Ihre Freundin kommt gleich wieder. Das Bier lassen Sie aber erst einmal.«

»Aha, na gut, soso.«

»Frau Stappen ist nur eben etwas essen gegangen. Ich lasse Sie jetzt alleine. Gegen 21.00 Uhr kommt die Visite mit dem Oberarzt.«

An Schlaf war nicht zu denken. Ich konnte nur tumb herumliegen und einem schnorchelnden Geräusch lauschen, das hinter einem beigen Paravent produziert wurde. Entweder gurgelte dort die Kotzgestalt, oder ein Patient blubberte schubweise sein Erbrochenes die Speiseröhre hinauf. Vielleicht gebar sich auch ein extraterrestrischer Nährschlamm aus sich selbst in einem Bottich aus unverätzbarem Platin, den die Ärzte ... Plötzlich hatte ich Katjas Stimme im Ohr, so als spräche sie durch eine lange Röhre, also sehr weit weg und zugleich fast in meinem Kopf: »Max, alles ist gut. Ganz ruhig. Ich bin bei dir.« Ich konnte zunächst nicht recht entscheiden, ob es sich bei dieser geisterhaften Stimme um eine akute akustische Halluzination oder eine Erinnerung handelte, kam aber bald zu dem Ergebnis: Es handelte sich um beides. Oh Katja, Katja, Katja. Ich vermisste sie. Ihre Stimme war so schön. Bereits ihr Name war schön. Ich ließ mir jeden Buchstaben im Mundraum zergehen. Wundervoll! Und ich hatte alle in der Band lieb. Kämpfte nicht jeder von ihnen auf seine Weise einen zu Herzen gehenden Kampf vor dem Hintergrund unserer himmelschreienden Bedeutungslosigkeit? Wie unwissend hatte ich doch einst über diese Menschen und ihre Schrullen geurteilt? Was wusste ich schon von den Ängsten und Schmerzen im Busen meiner Freunde? Gerne hätte ich jetzt Dieter den Bart gezaust, Gundulas Nase gestreichelt, Mikes Ohrläppchen gehalten, Timo eine freundschaftliche Backpfeife gegeben und Hörbie gesagt, dass ich ihm nicht böse war. Alles war gut. Alles war lieb. Schon das Nachttischlämpchen war lieb, wie es da so treulich für mich leuchtete.

Eine ganze Weile gab ich mich freundlichen Gedanken hin. Irgendwann fragte ich mich, wo eigentlich Katja blieb, und sah auf die Uhr. Das Display zeigte 8:08 Uhr. Vielleicht hatte die Batterie keinen Saft mehr. Ich überlegte gerade, ob ich läuten sollte, um nachzufragen, als Katja ins Zimmer kam. Unter ihren Augen hafteten schwarze Schminkreste, hinter ihrer Stirn schimmerte die steile Falte. Sie trug eine Joggingjacke statt des Moorleichensacks.

»Katja«, sagte ich beschwingt und wollte zu einer kleinen Begrüßungsrede ansetzen, aber Katja unterbrach mich: »Und?«, fragte sie mit vorgerecktem Kinn. Ich ließ die Silbe auf mich wirken. Von dem einen kleinen Wort schienen mehrere Wege abzugehen und ich musste mich für einen entscheiden.

»Mir geht es sonderbar«, sagte ich, »aber keineswegs schlecht.«

Katja zog sich einen Stuhl heran und setzte sich neben mein Bett.

»Und ich habe Hunger«, fügte ich hinzu.

»Da.« Katja hielt mir zwei Bountys hin. Während ich die Süßriegel entpackte, begann Katja zu erzählen. Sie hätte mich auf dem ganzen Gelände gesucht und schließlich mithilfe von Morgana im Tanzsaal gefunden. Es wäre nicht mehr allzu viel los gewesen, aber ich hätte für erhebliches Aufsehen gesorgt, weil ich mit zuckenden Beinen auf dem Boden gelegen hätte. Dabei hätte ich mich selbst umarmt und Speichel sei mir aus dem Mund geflossen. Ein paar Leute seien um mich herumgestanden. Manche hätten mein Verhalten für eine lustige Einlage gehalten, andere überlegt, ob man nicht einen Krankenwagen rufen sollte. Allerdings habe es in dem Tanzsaal der Burg Satzvey keinen Netzempfang gegeben. Mit der Hilfe von zwei Männern hätten sie mich ins Freie getragen. Dabei hätten meine Augenlider ganz unnatürlich gezuckt. Auf dem Innenhof sei dann Dieter aufgetaucht und habe gesagt, ich müsse ins Krankenhaus. Auf keinen Fall sollten wir einen Rettungswagen rufen, das könne leicht 1000 Euro und mehr kosten. Und was mit mir los sei, müssten jetzt auch nicht noch mehr Leute mitbekommen. Er werde fahren. Dieter habe auch behauptet, er sei wieder nüchtern, er habe in den letzten Stunden so gut wie nichts getrunken. Ich wäre dann in den Bandbus verfrachtet worden, noch immer in einem Zustand, den man weder Schlafen noch Wachsein nennen könne. Ich hätte unverständliches Zeug genuschelt und hin und wieder laut geschmatzt. Im Bus hätte auch ein sonderbar kleinlauter, vermutlich bekiffter Hörbie gesessen, der nach Feuer gerochen habe und dessen Gewand stark angekokelt gewesen sei.

Auf der Fahrt in das Krankenhaus von Euskirchen habe Dieter plötzlich angefangen zu fluchen. Es sei dabei um Hörbie gegangen, den er sofort aus der Band schmeißen, aber vorher zusammenschlagen werde. Dann habe er auch sich selbst beschimpft, wie er so doof gewesen sein könne, diesem Arschloch wieder zu vertrauen und ihn auch noch in die Band zu holen, nur weil er mit dem gottverdammten Penner verschwägert sei. Auch hätte Dieter plötzlich gemeint, dass ein Krankenhaus gar nicht infrage komme, weil sie dort feststellen würden, dass ich Vollidiot Drogen im Blut hätte, und dann würde es extrem verschissene Probleme geben. Hörbie habe zaghaft widersprochen. Er habe da ganz andere Erfahrungen gemacht, aber Dieter hätte ihn angeschrien, er solle bloß die Fresse halten. Dabei hätte sich Dieter so in Rage geredet, dass er zwischendurch mit voller Wucht aufs Lenkrad geschlagen hätte. Mir hätte das alles nichts ausgemacht. Ich sei weiterhin in meinem somnambulen Nuschelzustand verblieben. Selbst als der Bus mit einem heftigen Ruck von der Straße in einen Graben gedonnert sei und Dieter brüllend versucht hätte, mit Vollgas weiterzufahren, hätte ich brabbelnd und sabbernd in ihren Armen gelegen.

Schließlich hätten wir doch einen Krankenwagen und obendrein den ADAC anrufen müssen. Die Stimmung auf der Euskirchner Landstraße sei angespannt gewesen, und es hätte sie erleichtert, als die Rettungssanitäter angerückt seien und sich sehr ruhig und professionell präsentiert hätten. Sie hätte im Rettungswagen mitfahren dürfen und sei seitdem hier im Marien-Hospital.

Das, was ich da zu hören bekam, klang interessant, hatte aber irgendwie sehr wenig mit meinen Erlebnissen zu tun. Alles, was meine Erinnerungen mit denen von Katja verband, waren der Tanzsaal und Katjas geisterhafte Stimme. Ich hatte eine Ahnung davon, dass mein Körper als schmerzunempfindlicher, von elektrischen Impulsen durchzuckter Fleischberg herumgezappelt hatte, während mein Geist in einem Schattenreich über oder neben der Burg schwebte und kaum noch etwas wusste von dem Ding, das da lag und um sich schlug. Vielleicht bestand für einige sehr lange Minuten die einzige Verbindung zwischen meinem Körper und meinem Bewusstsein in Katjas Stimme, die sich wie eine silbrige Brücke über den Abgrund spannte, der zwischen dem einen und dem anderen klaffte.

Das hätte mich gruseln können, aber stattdessen fühlte ich mich wunderbar wattig und weise. Alles hing zusammen, jeder Splitter enthielt das Ganze, aus dem er kam und zu dem er zurückkehren würde. Ich hätte Katja diese Einsicht gerne mitgeteilt, aber ich bemerkte, dass sie sich gerade in einer ganz anderen Schwingung befand als ich. Daher sagte ich mit tief gefühlter Anteilnahme: »Es tut mir sehr leid, dass ich dich so erschreckt habe.«

Ich sah an Katjas Gesichtsausdruck, dass sie eigentlich etwas Schroffes entgegen wollte, aber plötzlich von einem anderen Gefühl überwältigt wurde. In schöner Symmetrie liefen ihr links und rechts Tränen die Wangen hinunter. Plötzlich und zum ersten Mal hatte ich eine Ahnung davon, wie Katja im Alter aussehen würde.

»Ach, Katja«, sagte ich leise. Sie schüttelte den Kopf. Ohne mich anzusehen, sagte sie: »Du weißt ja, dass sich meine Mutter vor einen Zug geworfen hat.«

»Ja.«

»Da hat sie ja schon nicht mehr bei uns gewohnt.«

»Ja.«

»Als sie noch bei uns gewohnt hat, ist sie manchmal total erschöpft gewesen. Das habe ich dir ja erzählt.«

»Ja. Damals auf der Party nach dem Abigag.«

»Wenn meine Mutter in so eine Phase kam, habe ich das schon Stunden früher gemerkt. Ich habe gedacht, wenn ich selbst fröhlich bin, bleibt sie bestimmt fröhlich. Ich habe gedacht, ich helfe ihr, wenn ich auf sie eingehe und so bin, wie sie es wollen könnte. Ich habe auch gedacht, wenn ich ein guter Mensch bin, dann erfüllt mir Gott einen Wunsch.« Katja hatte mehr zu sich selbst als zu mir gesprochen. Ich konnte ihre Worte als warmes Strömen in meiner Brust und schmerzhafte Bündelung in meinem Herzen spüren.

»Ich müsste es doch eigentlich längst kapiert haben«, sagte Katja. »Ich kann mich mühen, wie ich will – was die anderen machen, liegt nicht in meiner Hand.«

Ich sagte nichts. Ich dachte noch nicht einmal etwas. Ich lag da und fühlte Katjas Gefühle. Die Ohnmacht und die Einsamkeit. Die Trauer und die Angst. Und die Sehnsucht. Dabei kam ich mir interessanterweise vor wie eine Wiese, auf der trüb gestimmte Kinder im Kreis einherschritten.

»Es ist alles immer da«, sagte ich. »Gleichzeitig.«

Katja sah mich an. Sie hatte aufgehört zu weinen. Dafür hatte ich nun Tränen in den Augen. »Alles, was du jemals gedacht und gefühlt hast.«

»Was meinst du damit?«, fragte Katja. Ich spürte ihre Skepsis, hinter der sich ihre Neugier zu verstecken versuchte.

»Es gibt zwei Wege«, sagte ich mit der Autorität des aufgeweichten Drogenopfers. »Du kannst vor dem, was da ist, flüchten. Oder du kannst dich ihm stellen.«

»Soso.«

»Bei dem ersten Weg bist du auf der Flucht, was ziemlich anstrengend und auch unbefriedigend ist. Auf dem anderen bist du in der Konfrontation, was auch ziemlich anstrengend ist, nur dass es obendrein noch sehr wehtut.«

»Max, ich sehe da tatsächlich gerade zwei Wege für mich.« Katja richtete sich ein Stück auf. »Entweder ich halte das, was du sagst, für drogenumnebeltes Eso-Gelaber, was ziemlich anstrengend ist, oder ich versuche, dich wirklich ernst zu nehmen, was auch ziemlich anstrengend ist.«

»Ja«, sagte ich. »Das sind nur Worte. Unsere rührenden Versuche, uns mitzuteilen. Komm mal her.«

»Was?«

»Gib mir die Hand!«

Katja rückte mit dem Stuhl näher ans Bett und legte ihren Arm so auf meinen Bauch, dass sich unsere Finger ineinander verschränken konnten. Ich spürte, wie Katjas Hand immer weicher und durchlässiger wurde. Wahrscheinlich war es auch meine Hand, die weicher und durchlässiger wurde, und genau genommen war die eine Hand nicht mehr von der anderen zu unterscheiden, sondern verschmolz mit ihr zu einer warmen Kugel. Es wurde so still im Zimmer, dass ich plötzlich das Blubbern hinter dem Paravent wieder ganz deutlich hörte. Kurz dachte ich an den Menschen, der hinter dem Sichtschutz lag und mit Schleim in der Lunge atmete. Dann stand mir das verzweifelte Wesen gestochen scharf vor Augen, und eine Gänsehaut überzog meinen Körper. Gleichzeitig wurde das Gefühl in meiner Hand so intensiv, dass ich Katja anlächelte und fragte: »Darf ich noch einmal dein Ohrläppchen halten?«

»Na gut, aber pass auf wegen der Schläuche.«

Ich langte mit der freien Hand an Katjas linken Ohrlappen. Wie schön er sich anfühlte. Ich zog Katja am Ohr ein wenig zu mir heran, um sie zu küssen. Sie verspannte sich und sagte: »Was hast du vor?«

»Küssen«, gab ich zur Antwort, ließ aber ihr Ohrläppchen los.

Einen Augenblick verharrte Katja in meine Richtung gebeugt. Dann richtete sie sich auf und sagte nachdenklich: »Versuch das doch noch mal, wenn du nicht unter Drogen stehst.«

19. KAPITEL

Ich hatte gedacht, es würde einfach werden. Es hatte doch halbwegs leichtfüßig begonnen, wieso sollte es nicht leichtfüßig enden? Eine kleine, leichtfüßige Sommerromanze – genau darauf würden sich zwei erwachsene Menschen ja wohl verständigen können. Als ich allerdings das in Herbstnebel eingehüllte Gut Heckenrose mit meinem beknackten Reiserucksack erreichte, fühlte ich mich ausgesprochen schwerfüßig.

Die ganze Sippe hatte sich gegen meinen Plan verschworen: Nele fiel mir um den Hals, nahm mich an der Hand und führte mich in die Küche, in der mich ihre Eltern anlächelten, der Familienhund hingebungsvoll meine Hand schleckte und der Ofen gutmütig Wärme ins Gebälk bollerte. Obendrein wucherte ein befreundetes Ehepaar wie friedliebendes Gestrüpp aus der hölzernen Sitzgruppe um den Küchentisch und blinzelte mir freundlich zu. Während Nele mit Kometenaugen von ihrem Studienplatz in Bonn erzählte, tischte man mir Gemüsesuppe, selbst gebackenes Brot und Apfelmost auf, und ich aß und trank wie ein Hühnerdieb, der weiß, dass er jeden Moment auffliegen wird.

Als ich Nele bat, mit mir in ihren Bauwagen zu gehen, spürte ich an einer warmen Woge und einem kessen Blick, dass sie damit ganz andere Erwartungen verknüpfte als ich. Um die Fallhöhe zu verringern, sagte ich schon auf dem Weg zu ihrem Kuscheltempel: »Nele, ich habe schlechte Nachrichten.« Etwas Blöderes hätte ich vermutlich nicht sagen können, denn jetzt nahm sie mich wieder bei der Hand, sah mich besorgt an und rechnete vermutlich damit, dass ich ein angefahrenes Igelchen gefunden hatte.

»Was ist denn los?«, fragte sie mehrmals, und als wir endlich in ihrem Wagen saßen, fing es an zu regnen.

Ich hatte mir vorgenommen, das Wort »Schlussmachen« nicht zu benutzen. Wer älter als 18 Jahre ist und »Schlussmachen« sagt, sagt auch »Gutmensch«, »Work-life-balance«, »Komfortzone« oder »ich glaube, ich pack's dann bald mal«. So wie häufiges Fratzenschneiden dazu führt, dass die gröbste Fratze unverrückbar stehen bleibt – und wer mir nicht glaubt, soll sich nur einmal in Fußgängerzonen aufmerksam umsehen –, so führt der gedankenlose Gebrauch bestimmter Worte und Phrasen zu einer bewusstseinsverengenden Veränderung der neuronalen Struktur im Frontallappen. Aber das nur am Rande.

»Nele«, sagte ich, »ich möchte nicht, dass du wegen mir nach Bonn ziehst.«

Neles Blick veränderte sich von fröhlich zu tapfer: »Ich geh ja auch nicht wegen dir nach Bonn, sondern wegen mir. Ich freu mich total auf die Stadt.«

Ich suchte nach dem passenden Ausdruck und fand nur Wortschrott. Mit dem Beenden einer Beziehung verhielt es sich ähnlich wie mit dem Beischlaf: Es gab jede Menge Ausdrücke für die Sachverhalte, nur keine, die taugten. Ein weiteres Beispiel dafür, wie wenig entwickelt unsere Kultur war.

»Ich möchte nicht mehr dein Freund sein«, sagte ich und merkte beim Sprechen, wie hart das klang.

»Was?« Nele sah mich fassungslos an und wiederholte noch einmal lauter: »Was?«

»Ich möchte nicht mehr dein Freund sein«, sagte ich ein zweites Mal und zwang mich dazu, ihr in die Augen zu sehen.

Nele klappte zusammen, als hätte ich ihr in den Magen geschlagen. Sie stützte die Ellenbogen auf die Knie und den Kopf in die Hände. An den Zuckungen ihres gekrümmten Oberkörpers sah ich, dass sie weinte. So gerne hätte ich sie in den Arm genommen und dadurch sie und vor allem mich getröstet. Aber ich konnte nur dick und stumpf dasitzen und einer Frau dabei zusehen, wie sie weinte.

Der nächste Tag war ein Sonntag, an dem es nicht richtig hell wurde. Ich dümpelte in meinem Zimmer herum wie ein Wels auf dem Grund eines Tümpels. Wieder und wieder hörte ich Mahlers Siebte und entdeckte von Mal zu Mal neue Klanggebilde und Zusammenhänge. *Eine Welt geht unter, eine andere entsteht,* dachte ich. Vielleicht wirkte die Erinnerung an das Meskalin wie eine sehr sanfte Reprise des Trips. Kaum dachte ich das, fühlten sich meine Arme an, als seien sie mit Gas gefüllt. Und dann musste ich plötzlich lange und intensiv weinen, ohne zu wissen, warum.

Am frühen Abend fühlte ich mich gereinigt, wanderte in die Südstadt und klingelte an der Tür von Katjas 2er-WG. Silvia öffnete mir, ich ging durch die Diele und klopfte an Katjas Zimmertür. Ich klopfte ein zweites Mal, dann drückte ich die Klinke. Katja stand mit dem Rücken zu mir, auf den Ohren faustgroße Kopfhörer. Ich lehnte mich in den Türrahmen und beobachtete sie, bis sie sich umdrehte, kurz erschreckte und mich dann anlächelte.

Es war seltsam: Wir kannten uns schon so lange, aber jetzt wirkte Katja anders auf mich: Jünger, schüchterner, mädchenhafter und dabei gleichzeitig aufgeregt und konzentriert.

»Bier?«, fragte sie. Ich nickte, und Katja ging in die Küche, um zwei Flaschen zu holen. Ich setzte mich auf ihr dunkelgrünes Sperrmüllsofa, das ich vor Jahren mit ihr hierhin getragen hatte. Ich betrachtete das ordentlich gemachte Bett, in das ich mich schon oft genug hineinfantasiert hatte. Schließlich schaute ich zum Fenster, hinter dem einer Kastanie die Blätter abfielen.

»Es gibt Neuigkeiten«, sagte Katja, als sie ins Zimmer zurückkam. Sie setzte sich neben mich und erzählte mir von einem Literaturagenten aus Berlin, der die WDR-Aufzeichnung unseres Halloweenauftritts gesehen und Katja gemailt hatte. Keine Ahnung, was Literatur mit Fernsehen zu tun hatte, aber der Typ hatte Katja einen Buchvertrag in Aussicht gestellt, allerdings nicht für »Mythos Glück«, sondern für die Umsetzung einer Idee, die er mit Katja am Telefon entwickelt hatte: »Eskapismus – Wie, wovor, warum wir flüchten.«

Ich freute mich für Katja, aber ich konnte mich nicht richtig auf das Thema konzentrieren. Mich machte der Gedanke verrückt, dass ich vielleicht die Frau küssen konnte, die keinen Meter von mir entfernt saß. Ich musste nur die Hand ausstrecken, die ich jahrelang so züchtig im Zaum gehalten hatte. Andererseits brauchte ich nach zehn Jahren nun auch nichts zu überstürzen. Und so sprachen wir über den Agenten, Verlagsrechte, Zeitpläne, den möglichen Inhalt und das zu erwartende Honorar.

Bei der zweiten Flasche Bier sagte Katja, wir müssten auch mal über den Ausgang der Wette reden. Sie glaube, dass ich recht behalten hätte: Nachhaltig gebracht hätten ihre Reden nichts.

»Du könntest den jungen Schenkeisen anrufen«, sagte ich. »Wenn er nicht in die Firma seines Vaters eingestiegen ist, wäre das ein Punkt für dich.«

»Ich habe ihm gemailt.«

»Und?«

»Er ist in die Firma seines Vaters eingestiegen.«

»Tja.«

»Es sieht so aus, als ob ich dich heiraten müsste.« Katja sah mich neugierig an.

»Langsam«, sagte ich, »wir hatten doch vereinbart, dass ich über die Wirkung deiner Reden entscheide.«

»Hatten wir.«

»Tja, gratuliere. Du hast gewonnen.«

Katja sah mich an, schob sich eine Haarsträhne hinters Ohr und fragte: »Und woran machst du das fest?«

»An mir. Ich habe mich verändert.«

»Und wie?«

Ich tippte mit dem Zeigefinger der rechten Hand an die Stelle in meinem Mund, an der vor wenigen Wochen noch ein gesunder Zahn gesteckt hatte. »Zahn weg«, sagte ich. »Das ist doch wohl eine nachhaltige Veränderung.«

Katja wiegte den Kopf hin und her. Offenbar wollte sie lieber heiraten, als mir beim Abnehmen zuzusehen.

»Aber die Schlägerei hatte doch nichts mit meiner Rede zu tun.«

»Selbst wenn nicht«, sagte ich. »Ich habe mich auch anderweitig verändert. Nenn es narzisstisch, aber manchmal hatte ich den Eindruck, du redest vor allem zu mir.«

Katja sah mich mit einem Interesse an, das mich ganz nervös machte. Wieso guckte sie denn plötzlich kurz auf meinen Mund? Und wieso redete dieser Mund weiter?

»Ich habe dir sehr genau zugehört und gedacht: Eine Rede erreicht nur den, der davon erreicht werden will.«

»Und du wolltest erreicht werden?« Katja betonte das Wort »erreicht« in ironischer Absicht.

»So ist es. Ich habe vor allem über die Freundschaft zu mir selbst nachgedacht und wie ich vertrauenswürdiger werden kann.«

»Ja gut, du hast nachgedacht. Aber was hat sich verändert? Kannst du da was nennen, außer deiner neuen, äußerst vertrauenswürdigen Freundschaft mit psychedelischen Drogen?«

»Es ist doch schon mal allerhand, dass ich ohne Not die Wette verloren gebe und abnehmen will. Vor ein paar Monaten hätte ich das sicher nicht gemacht.«

»Okay. Noch was?«

»Reicht das denn nicht? Du hast gewonnen. Ich nehme ab. Freiwillig. Und zwar durch Yoga und Achtsamkeit.«

»Verarschst du mich jetzt?«

Anstatt auf Katjas etwas mädchenhaft gestellte Frage einzugehen, nahm ich einen ordentlichen Schluck Bier und sagte dann: »Außerdem haben mich deine Reden darin bestärkt, dass ich das Risiko der Verwirklichung auf mich nehmen muss.«

»Könntest du das etwas konkreter ausdrücken?«

»Ich tendiere stark und mehr als bei irgendjemand sonst zu einer Komplettannahme deiner Person, und zwar im Modus der Höchstrelevanz.«

Katja schloss für einen Moment die Augen. Nach einer Weile fragte sie: »Ist das eine Liebeserklärung?«

»Ja.«

Wieder dehnte sich ein Moment. Katja rückte näher an mich heran. Plötzlich war ihr Gesicht ganz nah an meinem. Die Erwartung, die schon die ganze Zeit über den Raum angefüllt hatte, verdichtete sich weiter und schnürte mir die Luft ab. Aus dieser ungewohnten Perspektive wirkte Katjas Kopf verformt, und es kam mir kurz so vor, als ob ich hinter ihrer Haut den Schädel sah, mit seinen großen, ins Nichts stierenden Augenhöhlen. Die Gefühle aus der Geisternacht kehrten in abgeschwächter Form zurück: die Furcht und der Ekel und die Schuld und die bodenlose, niederschmetternde Einsamkeit. Ich gab mir einen Ruck. Schließlich hatte ich es schon einmal geschafft, diese fiesen Gefühle zu verwandeln.

Wir küssten uns, aber ich verkrampfte mich dabei und dachte in kurzer Folge, dass es überhaupt nicht klar war, ob wir sexuell miteinander harmonierten, dass es kaum etwas Dümmeres gab, als die Krankheit des Verliebtseins zehn Jahre zu verschleppen, und dass Oscar Wilde wahrscheinlich recht hatte, wenn er formulierte: »Es gibt zwei Tragödien im Leben: Die eine ist die Nichterfüllung eines Herzenswunsches. Die andere ist seine Erfüllung.« Dann dachte ich, dass ich mir das Denken und Reden in Zitaten dringend abgewöhnen musste, denn mit dieser vorgetäuschten Art von Weisheit untergrub ich meine Fähigkeit, selbst zu denken.

»Alles klar?«, fragte Katja.

Ich saß steif da, versuchte vergeblich, locker zu wirken, und sagte nach ein paar peinlichen Sekunden: »Ich glaube, ich habe einen Zuwendungsschock.«

Katja sah mich halb belustig, halb ernst an: »Ich bin's doch nur: Katja Stappen, das Mädchen, das sich in der zwölften Klasse neben dich gesetzt hat.«

»Ich habe einfach Angst, dass wir sexuell gar nicht zusammenpassen.«

»Das hast du aber schön gesagt, Max.«

»Ich sag einfach, wie es ist.«

»Wenn ich jeden dämlichen Gedanken aussprechen würde, dann wärst du mit den Nerven längst am Ende.«

Ich wollte Katja fragen, was für dämliche Gedanken das zum Beispiel wären, hielt aber die Klappe und saß deprimiert auf dem Sofa. Ich war am Ziel meiner Träume angelangt und fühlte mich hundeelend. Das war der Teil übers Happy End, von dem man in der Regel nichts zu hören bekommt: Beklemmung, Schwermut, abgrundtiefe Sinnlosigkeit. Andererseits hatte ich einen weiten Weg bis hierhin zurückgelegt und keine Lust, jetzt klein beizugeben. Und außerdem: Was hieß schon »end«? Es gab kein »end«. Das mit dem »end« war hier einer der Gedankenfehler.

Katja saß da in ungeschützter Zartheit: Ein Kind, dem man die Haut abgezogen hatte, sodass es mit bloß liegenden Nerven die Welt spürte, wenn es keinen Schutzanzug aus Worten und Gedanken trug oder aus sich heraustrat und im Wolkenkuckucksheim herumirrlichterte. Sie legte ihren Kopf auf meine Schulter und nahm meine Hand. Es fühlte sich richtig und beruhigend an.

Ich seufzte und sagte: »Ich bin da irgendwie behindert.«

»Ich weiß. Ich auch«, sagte Katja ohne Bitterkeit. »Und wer eigentlich nicht?«

»Und jetzt?«, fragte ich.

Katja schien ernsthaft nachzudenken. Sie richtete sich auf, wandte mir ihr Gesicht zu, schloss die Augen und flüsterte: »Üben, üben, üben.«

Verliebtheit ist etwas anderes. Aber Verliebtheit ist ohnehin nur ein Spiegelspiel mit den eigenen Wünschen, Hoffnungen und Ängsten im Angesicht des Gegenübers, ein drolliger, vorübergehender Wahnsinn, der hilfreich sein kann, um zwei Menschen einander bekannt zu machen. Katja und ich hatten diese Phase endlos gedehnt, zerdacht, abgewehrt und schließlich versiegen lassen. Nun fanden wir uns ohne beflügelnde Euphorie als Liebespaar im Veteranenstatus wieder: zugleich wohlig vertraut, aber auch unsicher, was genau wir da eigentlich füreinander empfanden. Zwischendurch fragte ich mich, ob das nun schon alles gewesen sein sollte. Dann wieder fühlte ich mich in Katjas Armen so geborgen, dass ich meine Zweifel nicht mehr nachvollziehen konnte. Mal fühlte ich mich auf der Straße mit ihr unerträglich fett, mal freute ich mich an Katjas Schönheit. Mit dem, was ich mir in der Fantasie ausgemalt hatte, hatte die Beziehung zu Katja nicht viel zu tun. Ich hatte mir zurechtgesponnen, dass ich glücklich sein würde, was immer das eigentlich heißen sollte, stattdessen war ich alles, was ich vorher schon gewesen war, und noch mehr und vieles davon intensiver. Und ich hatte mehr Sex als je zuvor, oft schön, hin und wieder ernüchternd. Vermutlich lag es an dem Sex und der Vertraulichkeit, die er mit sich brachte: Ich spürte, dass in der nun auch körperlichen Verbindung etwas Neues und Namenloses entstand, unsichtbar, aber doch so wirklich wie ein gemeinsames Kind. In den Augenblicken, da eine tiefe Angst in mir aufstieg, dachte ich an meine Begegnung mit dem Kotzwesen. Das ließ die Angst zwar nicht ganz verschwinden, erinnerte mich aber daran, was für Möglichkeiten in mir steckten.

Schließlich wurden wir so tollkühn, dass wir uns dazu verstiegen, einem neuen Schrecken ins Auge zu blicken: einem Paarurlaub. Einem Paarurlaub mit uns als Paar und Peer und Silvia als Protopaar. Paare paradox. Für unsere große Fahrt vom Okzident in den Orient und wieder zurück kauften wir ein Bischoff-Wohnmobil und einen alten Camper-Van von Knaus, in der Hoffnung, beim Wiederverkauf nicht zu viel Verlust zu machen. So hatte wahlweise jedes Geschlecht oder jedes Paar sein eigenes Gefährt, was uns ganz schön ausgefuchst vorkam. Unsere Listigkeit ging aber noch weiter: Peer nahm seine Gitarre mit. Ich steckte Flöten und Schalmeien ein, Katja ihr Tambourin. Es ist ja allerorts und allerzeits angebracht, dem Geworfensein ins Universum mit Rhythmus und Melodie zu begegnen.

Katja startete gerade das Wohnmobil, als es am Fenster der Beifahrertür klopfte. Ich sah hinaus. Draußen stand Schmidt. Er war etwas blass um die Nase. Lang würde es der alte Haudegen wohl nicht mehr machen. In der einen Hand hielt er eine Zigarette, mit dem Zeigefinger der anderen deutete er auf die Tür. Offenbar wollte der Politgreis mitfahren.

»Das könnte dir so passen«, sagte ich leise.

»Was?« Katja sah zu mir rüber.

»Nix, gib Gas.«